LA PUERTA DEL CÍRCULO POLAR ÁRTICO

Juvenal Acosta

LA PUERTA DEL CÍRCULO POLAR ÁRTICO

Diseño de portada: Planeta Arte & Diseño / Daniel Bolívar

Fotografía de portada: © iStock

Bajo el sello editorial PLANETA M.R.
Avenida Presidente Masarik núm. 111,
Piso 2, Polanco V Sección, Miguel Hidalgo

C.P. 11560, Ciudad de México
www.planetadelibros.com.mx

Primera edición en formato epub: junio de 2021
ISBN: 978-607-07-7482-9

Primera edición impresa en México: junio de 2021
ISBN: 978-607-07-7501-7

Impreso en los talleres de Impregráfica Digital, S.A. de C.V.
Av. Coyoacán 100-D, Valle Norte, Benito Juárez
Ciudad De Mexico, C.P. 03103
Impreso en México–*Printed in Mexico*

A Emilio, siempre.

En algún lugar, bajo la orilla de la campana de luz,
el sol brillaba en otras tierras y otra gente.
Ahí es donde uno anhelaba ir, ahí es donde uno soñaba viajar,
donde estaba la vida y lo que tenía que pasar pasaba.

Cora Sandel, *Alberta & Jacob*

Así, quien ha dicho que se procrea por amor, en tanto que se mata por odio,
puede haber dicho una verdad, pero, sin ninguna duda,
no ha dado con eso ninguna justificación moral de la procreación.

Julio Cabrera

I

DAÑOS

Traer niños a este mundo es como
llevar madera a una casa en llamas.

Peter Wessel Zapffe

Nadie ha tenido la suerte de no haber nacido.
Todos hemos tenido la desgracia de haberlo hecho.

David Benatar

1

Södermalm, Estocolmo, 2008

La estación del metro Medborgarplatsen, ubicada en la plaza del mismo nombre, no es una de las más visitadas por los turistas que exploran Estocolmo, a diferencia de otras que son famosas por sus elaboradas exhibiciones de arte contemporáneo sueco y el espectáculo multicolor de las cavernas excavadas, decoradas con sofisticados sistemas de iluminación. Las estaciones T-Centralen, Solna Centrum, Tekniska Högskolan o Stadium, por mencionar solamente algunas de las más conocidas, son mucho más atractivas que esta modesta parada del metro.

Medborgarplatsen está en Södermalm, una isla de la municipalidad de Estocolmo que recientemente ha adquirido cierta popularidad entre algunos turistas por ser el hogar de Lisbeth Salander, la heroína punk de la novela de Stieg Larsson *Män som hatar kvinnor*, que en sueco significa «Los hombres que odian a las mujeres», aunque fue traducida para su publicación en español como *Los hombres que no amaban a las mujeres*. Un sueco ingenioso se ha inventado los *tours* de Millennium que pasean a los fans de Salander y Larsson por el Estocolmo de sus novelas.

Aquella noche de junio de 2008, la superficie de la Medborgarplatsen estaba ocupada por al menos doscientos adolescentes que bebían cerveza, comían pizzas o hamburguesas y fumaban, convencidos de que su juventud los volvía invulnerables. Ese sentimiento de inmunidad absoluta es un privilegio que únicamente conocen los jóvenes, sobre todo los nativos del primer mundo. La mayoría eran chicos del barrio, casi todos jóvenes blancos de clase media, ruidosos e insolentes pero inofensivos. En los márgenes de la plaza había algunos grupos de muchachos provenientes de África, casi todos de Somalia, y uno de varones de Irak, todos ellos refugiados de la miseria y la guerra que sufrían sus países. Los Estados Unidos venían lanzando bombas sobre Irak desde 1990, cuando el primer Bush, determinado a proteger los intereses de su país en la región petrolera más grande del mundo, emprendió la operación militar «Tormenta del desierto» que expulsó de Kuwait a las tropas invasoras de Saddam Hussein. Después del ataque terrorista a las Torres Gemelas de Nueva York en el 2001, la sed de venganza de Bush hijo y compañía en contra de un país que no tenía nada que ver con Osama Bin Laden y Al Qaeda, pero sí mucho petróleo, hizo que los americanos atacaran otra vez a Irak en el año 2003. La ocupación americana destruyó el país, se convirtió en el fiasco militar más grande después de Vietnam y desató el caos responsable del éxodo de miles de iraquíes que pudieron salir de su tierra antes de que las bombas de sus enemigos tribales o los militares norteamericanos los mataran.

Esa noche, en la plataforma de la estación del metro, un grupo de adolescentes chiitas esperaba el tren de la línea verde que los llevaría a otra parte de Estocolmo donde habían acordado reunirse con el primo de uno de ellos, que tenía unas películas piratas que un amigo había enviado desde Bagdad. Eran cinco muchachos y sus edades fluctuaban entre los quince y los diecisiete años. En las casi tres horas que estuvieron en la plaza no tomaron alcohol porque lo tenían estrictamente prohibido por su religión y sus padres; era *haram*. Bebieron cocacolas y compartieron dos pizzas Margarita, las más económicas de la pizzería Plaza. Uno de ellos, Ahmed, acababa de perder la virginidad la semana pasada con una chica sueca, aunque no quería que nadie lo supiera, porque tener sexo antes de casarse también es *haram* de acuerdo con la ley islámica. Sus amigos sospechaban que algo importante y prohibido había pasado el sábado anterior, cuando Ahmed desapareció una tarde entera con Susanne Clausen, una de las vecinas del complejo de edificios donde todos ellos vivían, en una zona de Södermalm venida a menos. Las bromas y los empujones gentiles les daban a los amigos el aspecto de un grupo de cachorros alegres que retozaban por el placer de retozar. Los iraquíes chiitas no eran diferentes a cualquier grupo de varones de esa edad de cualquier lugar del mundo.

Los cinco amigos esperaban el tren lejos de los otros pasajeros; se habían ubicado en uno de los extremos de la estación porque estaban acostumbrados, desde que eran niños y sus padres los llevaban de la mano cada vez que se subían al metro, a alejarse y evitar el contacto con los suecos viejos, que los miraban con sus helados ojos azules, arqueando las cejas y meneando la cabeza con los labios apretados. Un par de minutos después de ellos, habían bajado a la plataforma dos muchachos de su edad, uno de cabello rubio, casi blanco, y el otro con el pelo de un rubio un poco más oscuro y largo, que procedieron a observarlos con atención. Los dos suecos y tres de los iraquíes se conocían porque fueron juntos a la escuela, pero nunca habían sido amigos. Los chicos rubios iniciaron una conversación que vista desde lejos parecía intensa, agitada. En algún momento, el adolescente de pelo corto comenzó a avanzar con determinación hacia el grupo de árabes. Su amigo lo tomó de un brazo, como pidiéndole que se quedara donde estaban, en la zona central de la plataforma, pero el muchacho de pelo corto tenía mucho odio en la mirada y en su pecho como para escuchar las palabras de su amigo. Un par de meses atrás, la misma Susanne Clausen que se había acostado con Ahmed le había dicho que ya no quería seguir saliendo con él porque no le gustaba que fuera tan pendenciero y además estaba harta de sus comentarios racistas. Los padres de Susanne eran inmigrantes daneses que sufrieron en carne propia la discriminación de los nativos suecos y ella creció viendo cómo la densa amargura de su padre y la resignación impotente de su madre habían apagado el brillo de sus ojos.

El rubio de pelo corto no quiso posponer algo que ya había decidido que iba a hacer tiempo atrás, cuando vio juntos por primera vez a Susanne y a Ahmed cenando en un local pequeño de falafeles y shawarmas de Ringvägen. Su plan era muy simple: le diría a Ahmed que era un inmigrante de mierda y que, por esa razón, porque era un tipo pobre y miembro de una raza inferior, al salir con Susanne estaba comiéndose las sobras de lo que él ya no quería. Le prometió a su amigo que no se pelearía; solamente le diría eso porque quería ponerlo en su lugar. «Si no podemos echarlos de nuestro país, al menos hay que recordarles quiénes son», dijo. Ahmed estaba muy entretenido bromeando con sus amigos y no vio a los dos chicos que se acercaban hasta que uno de sus compatriotas le puso sobre aviso en cuanto advirtió la manera agresiva con que el sueco de pelo corto se dirigía hacia ellos.

Lo que sucedió en los segundos siguientes fue tan rápido y confuso que la policía que llegó a los pocos minutos después del accidente registró muchas versiones diferentes del mismo evento, aunque la mayoría de aquellos que vieron y protagonizaron el altercado coincidieron en que el primer golpe lo lanzó Ahmed cuando el rubio de pelo corto le tiró el escupitajo en la cara luego de decirle «puto terrorista». Según el mismo Ahmed, el otro muchacho, el de pelo largo, cuyo nombre no pudo recordar en ese momento porque estaba terriblemente afectado por lo que acababa de pasar, se interpuso a empujones entre él y su amigo gritando «¡No, no! ¡Paren, por favor!» para evitar que hubiese más golpes, pero en la confusión uno de los chicos árabes pensó que el rubio de pelo largo estaba atacando a Ahmed y se arrojó sobre él, lo agarró firmemente de la camisa con ambas manos y dio un giro de ciento ochenta grados para lanzarlo con gran fuerza en dirección opuesta a ellos. Su intención, le explicó a la policía, era evitar que le pegara a Ahmed. El horror, que nunca abandonaría la memoria de todos los presentes, transcurrió en cámara lenta.

La fuerza del empujón hizo que el joven de pelo largo perdiera el equilibrio: muy rápido y sin poder detenerse, comenzó a trastabillar hacia atrás en dirección a las vías cuando el tren de la línea 18 procedente de Farsta strand con rumbo al centro de Estocolmo entraba a toda velocidad a la estación. Los seis adolescentes, paralizados por el espectáculo atroz de lo inevitable, contemplaron fascinados la danza terrible, el gesto incrédulo del muchacho de pelo largo y el esfuerzo inútil de los músculos de su cuerpo, que intentaban sin éxito recuperar el control de sus movimientos para detenerse, y fueron testigos de la coordinación monstruosa del azar y el caos, de la odiosa sincronía perfecta con que ese cuerpo joven, en su último segundo de vida, pareció hacer una elegante pirueta de ballet antes de caer, en el momento justo en que el silbato del tren anunciaba de manera simultánea su llegada puntual al andén y la hora de la muerte.

2

Ciudad de México, 2014

El hombre que camina en dirección opuesta a Violeta es joven, tiene un rostro de facciones más mestizas que indígenas y camina con la prestancia ostentosa y falsa del inseguro. Los habitantes de esa colonia de clase media alta pueden identificarlo de inmediato como alguien que no vive allí, alguien cuya presencia está justificada por una razón práctica: algo laboral, logístico. Su corte de pelo parece militar o imita el de algún jugador de futbol famoso. La ropa barata le queda demasiado ajustada. La fortaleza física de su cuerpo es evidencia de una paradoja que hace sufrir a muchos chavos de la clase media chilanga: ¿cómo es posible que esos muchachos pobres, criados con tortillas y frijoles, tengan un físico más desarrollado que el suyo, cuando ellos invierten tantas horas y dinero en el gimnasio?

Violeta no es rica, es clase media alta. Como muchos miembros de esa clase, es una criolla, aunque este término no se usa mucho en su país. Cuando la gente en México escucha «criollo» piensa primero en los hijos de españoles que iniciaron la Guerra de Independencia de España en el siglo XIX. Cuando alguien dice «criollo» para referirse de manera genérica a los blancos mexicanos, los *whitexicans*, no falta quien piense que el que usa esa palabra es un acomplejado o un resentido social. Violeta es diferente: es criolla, pero no es blanca. Es una morocha argenmex. La gente que no la conoce supone que es colombiana, veracruzana o caribeña, porque hay algo en su cabello ondulado, algo en el color de su piel que hace pensar en un trópico caliente donde la sangre africana se mezcló con la del indio y la del español. No ha faltado quien quiera insultarla diciéndole «negra» o «pinche negra», a pesar de que muchos mexicanos rechazan la idea de que su sociedad es racista porque el racismo es evidencia de pobreza moral y espiritual. Creen que una especie de magia histórica benévola los exonera de los prejuicios que aceptan y practican sin escrúpulos en su vida cotidiana. Pero el mexicano es profundamente consciente del color de su piel, de las facciones del rostro propio y del de sus semejantes, a pesar de la creencia de que su glorioso y manoseado pasado indígena le exime del odio racial.

El joven que camina en dirección opuesta a Violeta pertenece a la clase más discriminada por los mexicanos de la clase media y de la clase alta, por los criollos y por todos aquellos mestizos que han elegido afiliarse a los valores raciales supremacistas de la clase dominante mexicana. Violeta no le ha dado ninguna importancia a la presencia de ese desconocido que viene en dirección opuesta a la suya porque, aunque ha comenzado a oscurecer, ella camina en la colonia Roma, un barrio caro y hermoso donde vive gente que lo transita con la misma seguridad con que ella lo hace. No sería exagerado decir que no ha advertido la presencia de este hombre porque su condición social, evidenciada por su atuendo y su manera de moverse por las calles de la ciudad, lo ha vuelto parcialmente invisible a sus ojos. Tal vez otro criollo, un *millennial hipster* más o menos parecido a ella o uno de los muchos extranjeros blancos que habitan la zona, habría conseguido llamar su atención. No este muchacho. Violeta no puede sentirse amenazada por aquello que no ve. Los hombres invisibles, como los monstruos de los cuentos, no hacen nada; no pueden hacer nada porque no existen.

Violeta vive una ficción cómoda y peligrosa: se siente segura en una ciudad que no lo es. Esto es posible porque las personas como ella habitan un mundo cuyas reglas son un misterio para quienes no viven en la Ciudad de México: saben que la ciudad es peligrosa, que en cualquier momento algo terrible puede suceder, pero recorren sus calles con la tranquilidad del dueño de casa. Una mirada apresurada, un escaneo visual a un lugar público, les permite evaluar de inmediato el nivel de riesgo. Esta visión de la realidad la comparten las personas de clases media y alta de otras ciudades. Los cachacos estrato cinco y seis de Bogotá, los blancos ricos de Río de Janeiro y los miembros de las castas privilegiadas de Bombay poseen esta habilidad; entienden el contrato ventajoso que existe entre ciudad dura y habitante afluente.

Puesto que su instinto ha determinado que en ese tramo de calle no existe ningún riesgo, Violeta no se ha dado cuenta de que, además de este joven que camina en dirección opuesta a la suya, no hay nadie más caminando por la cuadra. Hay una chica de quince o dieciséis que está parada en la entrada de su casa, del otro lado de la calle. La chica no se mueve: como millones de chilangos en ese mismo instante, tiene las narices metidas en la pantalla de su teléfono celular y resulta difícil saber si está esperando un Uber o simplemente busca un poco de soledad para poder enviar y recibir textos sin la supervisión de sus padres. Es posible que su chateo sea inocuo. Lo contrario también es posible, pero no importa. Su presencia en esa calle, en el umbral de esa casa, en la ciudad y en el planeta entero se ha vuelto completamente insignificante puesto que su disolución física y mental en el agujero negro del teléfono la abstrae del universo material. Es como si no existiera; es menos que un espectro, es una imagen carente de peso específico. La distancia entre Violeta y el hombre joven que camina en dirección opuesta ha disminuido en los últimos segundos. Los ojos de Violeta ya han decidido que él no existe, pero esta conciencia de su invisibilidad no ha pasado desapercibida para él. Los monstruos saben que son monstruos; los seres invisibles saben que, a pesar de que nadie los puede ver, ellos están allí. Todos los monstruos conocen su poder.

Para él nada de esto es nuevo porque lo ha experimentado toda su vida. Apenas sale de su colonia, apenas baja de esas calles sucias y malolientes, llenas de perros callejeros, basura que el gobierno no recoge, fugas de agua incoherentes en un barrio donde falta el agua, y entra al territorio incierto de una colonia afluente como esta, pasan dos cosas contradictorias: se vuelve presente, pero de una manera negativa. Las frentes de los colonos de la Roma se fruncen al preguntarse qué hace ahí una persona como él (gesto huraño, corte de pelo demasiado corto con mucha brillantina o gel, movimientos escurridizos, demasiado seguros o agresivos, según el ojo que los examina) que no está vendiendo flores, paseando perros o barriendo el frente de alguna casa o edificio. El otro efecto de su presencia es que se vuelve automáticamente invisible. El daño es doble.

Hay una palabra que él no tolera, una palabra que lo destruye porque está hecha de kryptonita verbal y odio. Un sustantivo que tiene el poder de anularlo en una fracción de segundo y lo disuelve en una sustancia amarga hecha de rencor vivo. A veces escucha esa palabra insidiosa a sus espaldas, a veces la escucha de frente cuando alguien se la escupe para destruirlo o intentar enviarlo de inmediato a ese lugar de donde no tendría que haber salido, un rincón oscuro, sucio y frío que no está en las calles que les pertenecen a aquellos que tienen pasaporte, iPhone, cuentas de banco y hablan el idioma violento de la anulación: la palabra es *naco*. *Pinche naco.* Este es uno de los vocablos más sucios del español mexicano. Es tan sucio como la palabra *cholo* en algunos países de Sudamérica o tan puerca como aquella que los blancos usan para destruir a los negros en los Estados Unidos; es repugnante como otras palabras que otros asesinos de almas usan en otros países y otros idiomas. Es una palabra tan vil que hay personas como él que a veces la usan para denigrar a otros de condición aún más baja que la suya, otros de facciones más indígenas, de procedencia más miserable.

En su colonia, el joven que camina en dirección opuesta a Violeta no es un naco, pero aquí, en la Roma criolla, sí lo es, y aunque

Violeta no reconozca su presencia, él sabe (lo sabe porque es un experto en contradicciones, un académico sin título de la negación) que su invisibilidad, ahora que está apenas a cinco pasos de ella, es producto del nefasto perfume de pobreza que ella ha detectado y que hace que sus ojos ni siquiera registren su existencia. Esa invisibilidad es más insultante para él que las expresiones de miedo o desconfianza a las que también está acostumbrado: las señoras que se cruzan la calle para no pasar junto a él, las secretarias que se acomodan la bolsa al otro lado del cuerpo, las MILF ricas que se alejan lo más posible de él en los elevadores, las chavas fresas que lo miran de reojo o ven su ropa con asco.

El hombre joven que camina en dirección opuesta a Violeta habría preferido ver en ella una expresión de miedo, porque para el monstruo que no ha hecho nada es preferible el respeto que produce el miedo al insulto de la invisibilidad. Él sí la vio (la vio desde que entró a esa calle y, aunque para él ella no tiene nombre, está seguro de que debe ser otra puta niña fresa a quien le encanta la verga, pero nada más coge con putitos que no se la deben de coger como Dios manda). En la Ciudad de México ella nunca es invisible. A cuatro pasos de distancia, el joven que camina en dirección opuesta a ella todavía no sabe si decirle que ni que estuviera tan buena pero igual se la metía, o si en el siguiente paso va a ignorarla por completo como una forma de venganza, de desaire, de castigo. La lección poderosa de su padre, la de sus tíos, la de los vatos de la colonia es: «castígalas, chingada madre, castígalas con tu desprecio, que es lo que más calienta a las pinches niñas ricas; lo que más les gusta a estas morras, que las ignoren, que no les hagan caso. Es lo que las pone más cachondas». Esa es la lección del bolero impotente, de la canción ranchera resentida, del melodrama en blanco y negro de la Época de Oro del cine nacional, de los cuates caguameros de la colonia.

Lo que piensa Violeta en ese momento es casi irrelevante porque lo que va a pasar en los siguientes segundos o lo que nunca llegará a suceder depende de la decisión del hombre que cada vez está más cerca de ella. (¿Qué piensa Violeta? ¿Piensa en el hombre que camina en dirección opuesta que de pronto parece realizar un movimiento inesperado? ¿Piensa en la chica que al otro lado de la calle ha alzado su mirada de la pantalla del teléfono porque ha presentido que algo va a suceder en la banqueta de enfrente? ¿Piensa en la novela que algún día le gustaría escribir?). Quizá Violeta simplemente camina, libre de cualquier pensamiento que pueda interferir entre ese paso que acaba de dar y el siguiente, que la pone a menos de un metro de distancia del joven que camina en dirección opuesta. Nadie piensa, mientras camina con esa despreocupación por las calles de su ciudad, que en el mundo haya hombres que odien tanto a las mujeres.

Lo que sucede en las fracciones de segundo que seguirán a esos pasos, a los de Violeta, dueña hasta ese instante de su vida, de su ciudad, de su cuerpo, de su destino inmediato, y a los del joven que en ese momento está a menos de un metro de ella, no es inexplicable; es absurdo, violento e irracional, pero no es inexplicable. El joven, que hasta hace unos segundos desconocía su identidad de monstruo, ha tomado una decisión sin siquiera saber por qué razón la ha tomado. La decisión pareciera haber sido realizada no por su cerebro sino por su cuerpo, por los reflejos ágiles de su cuerpo poderoso, por su brazo y su cintura, de una manera impulsiva, independiente de su voluntad. Es posible que la decisión fuera tomada hace mucho tiempo, sin que él se diese cuenta, en la soledad del cuarto que comparte con cuatro personas en uno de los cerros más sucios del municipio de Naucalpan. Es posible que la decisión fuera tomada en un sueño que no recuerda.

El resultado específico de esa decisión es simple y brutal. El joven mueve la pierna y el pie izquierdos para bloquearle el paso a Violeta, quien a su vez se mueve de manera instintiva a la derecha, hacia la fachada de una casa catalogada del siglo XIX que ese año alcanzó un valor escandaloso de un millón y medio de dólares. Ese tipo de movimientos son cosa de todos los días en las calles de la ciudad y Violeta apenas lo nota. Su mano derecha está presionada, como siempre que camina en la calle, contra la pequeña mochila de cuero que cuelga de su hombro derecho. Su mano y su brazo izquierdo se movían, hasta hace un segundo, al compás de su paso y ahora se han detenido. El brazo izquierdo del joven se levanta frente al cuerpo de Violeta, pero no lo toca. Su movimiento habría tenido otro significado si estuviese sacando un pañuelo o un objeto de una caja o de un sombrero de mago, pero en esa mano extendida no hay nada. La visión de la mano hace que Violeta voltee con un gesto de curiosidad en dirección al joven desconocido, que en ese mismo instante ya tiene formado un puño con la mano derecha y lo dirige ahora a toda velocidad hacia el rostro limpio e interrogante de esa mujer a quien él nunca ha visto en su vida.

El golpe, si hubiese tenido lugar en un ring de boxeo, habría sido elogiado por los críticos de box y los periodistas encargados de reseñar la pelea al día siguiente en los diarios matutinos como un poderoso derechazo al rostro del contrincante, que cayó en el primer round para darle una victoria indiscutible al boxeador de Naucalpan gracias a su superioridad física y su gran destreza pugilística. Pero esa no es una arena de boxeo, es una calle común y corriente de la colonia Roma. El puño cerrado del joven desconocido se estrella en la nariz y en la boca abierta de Violeta, que no ha tenido tiempo de esquivar el puñetazo, ni de alzar las manos para protegerse, ni de moverse a un lado para evitar el golpe que ha explotado con un odio profundo, pesado y sucio en contra de ella y todas las mujeres de la ciudad, en contra de todas las criollas mexicanas, en contra de las chavas fresas, en contra de la novia que lo dejó, en contra de la maestra que lo reprobó en la primaria, en contra de la amante imposible, en contra de lo inaccesible, de lo lejano, de lo deseado, de lo que causa humillación, vergüenza y rabia en su estado más puro y más crudo. El golpe la rompe y la derrumba contra la pared. En el suelo, Violeta tiene ambas manos en su cara. Hay mucha sangre. Violeta dice «¡Ayyy! ¿Por qué?, ¿por qué?».

Al otro lado de la calle, la chica del teléfono exclama «¡Noo maaames!» y, en vez de cruzar la calle para ayudar a la mujer que llora sentada en el suelo, trata de activar la cámara del celular para grabar un video porque sabe que solamente aquello que está registrado en un video existe; sin embargo, se demora en hacerlo porque la emoción del privilegio que trae el ser testigo de un ataque real que puede trendear en las redes y hacerla famosa por quince segundos entorpece sus dedos. El hombre joven permanece por un instante eterno al lado de Violeta, estático, paralizado en un momento de triunfo irreal, sonriendo como si hubiera metido el gol que le dio a su equipo la victoria en la final del campeonato de futbol. Y, aunque sabe que tiene que irse de inmediato, que tiene que salir cuanto antes de esa calle, de esa colonia, no resiste la tentación de firmar su obra maestra con un escupitajo y una frase. El escupitajo cae en el pelo de Violeta, que apenas ha logrado reunir el aliento necesario para gritar ahora de dolor, y la frase que susurra el hombre es la que ella recordará con terror el resto de su vida cada vez que la sorprenda el ocaso del día en las calles de cualquier ciudad o de esta, que hasta ese momento era suya.

—Imagínate si te hubiera agarrado de noche.

3

Ciudad de México, 1998

El daño comenzó cuando alguien los vio, porque alguien debió verlos. Posiblemente una ventana de la casa estaba abierta. Quizá fue en alguna de esas ocasiones en que se encontraron en otro lugar para ser discretos, en un café, en la mesa más alejada de la puerta de entrada de un bar o cuando se tomaron de la mano por más de un segundo al salir de un restaurante. Tal vez alguien los vio entrando a un motel de la zona. El hecho es que la persona que los vio sabía quiénes eran los amantes, los conocía lo suficiente para ubicarlos, darles identidad y saber que ese señor era el esposo de la señora argentina y esa chica mucho más joven que él era la amiga gringa de su esposa. Una vez establecida la identidad de los amantes clandestinos lo más importante fue destruirlos, porque pocas cosas ofrecen tanta satisfacción a las personas aficionadas a ese tipo de placer perverso como provocar la ruina de alguien cuya vida imagina perfecta.

El fervor acusatorio del puro, de quien se sabe superior y puro, es una droga poderosa que tiene un efecto parecido al de un orgasmo, aunque este no sea de carne sino de ultraje escarlata. El éxtasis del mojigato transforma todo a su alrededor cuando apunta el dedo acusatorio en dirección del corrupto, el pecador, la puta, el traicionero, la infiel, la que destruye hogares, la calientamachos, el mal padre, el mal marido. El efecto de la droga es breve y por lo tanto hay que usarla una y otra vez. El testigo de la infidelidad coge el teléfono y llama a su prima, le confía la información al vecino que se encuentra en el estacionamiento del supermercado, le dice a la comadre, comete la indiscreción de contarle a la hija, le refiere los detalles al marido cuando este llega del trabajo. «¿A que no sabes lo que vi? No le vayas a decir a nadie. No vayas a contar que el arquitecto de la casa de la esquina... Ella es demasiado joven. Creo que no es de aquí. Es extranjera».

Una vez desatado, el rumor se convierte en una bestia ingobernable, es un pitbull al que nadie puede controlar. Una vez que se zafa de su cadena, la violencia y el daño que puede infligir son inimaginables. El rumor ahora se ha extendido hasta llegar a quienes nunca tendrían que haberse enterado de algo tan fragmentado y fuera de contexto. Una infidelidad matrimonial es un evento cotidiano, vulgar, que resulta de algo muy complejo que nadie, más allá de los implicados, puede explicar, justificar. El chisme que esta provoca dura unos días, quizá unas semanas, y luego se desvanece, queda temporalmente olvidado, hasta que un día los vecinos de la calle se tapan la boca con horror al enterarse de que a la joven extranjera que se acostó con el marido de su amiga la han encontrado muerta. Los rumores vuelven a circular, pero esta vez alimentados con la sangre de esa chica a quien nadie conoce, pero a la que todos creen conocer porque lamentan su muerte como si hubiesen sido sus amigos más cercanos. «¿Qué le habrá pasado? ¿Quién pudo haber cometido esa infamia? ¿Y quién te parece que pudo haber sido? ¿Y tú quién piensas que fue?».

A los pocos días, una vecina un poco mayor que ellos le dice a los hijos del hombre infiel que todo el mundo *sabe* que su papá mató a su amante porque estaba embarazada de un hijo suyo y que por eso su mamá los abandonó. Es en ese momento que el verdadero daño comienza.

II

MAPAS

No pienso en mí misma como incomprendida,
pienso en mí como inexistente.

Violette Leduc

La destrucción del medio ambiente
es evidencia del rechazo de la humanidad
a mirar de frente a las fauces de la existencia.

Thomas Ligotti

1

Ciudad de México, 1997

La conversación privada de un padre o una madre con su hija de seis años nunca es banal. Nada de lo dicho en ese espacio íntimo es frívolo, nada es una pérdida de tiempo. Aquellos que nunca tuvimos hijos no entendemos esas conversaciones; podemos imaginar su propósito, su lógica interna, pero no la intensidad de la emoción que se manifiesta a través de miradas amorosas y caricias mutuas.

Ahora que el planeta está condenado a arder hay argumentos serios a favor del exterminio humano, pero basta suponer que hasta la infancia más miserable pudo haber tenido un breve instante de alegría, o una demostración ínfima de afecto que se convirtió en memoria irremplazable, para entender que la gran mayoría de los hombres y las mujeres les damos peso y valor específicos a estos recuerdos y con ellos justificamos nuestras vidas.

—¿Hasta dónde me quieres, papi?

—A ver, déjame pensar. Te quiero hasta el Polo Norte, mi amor.

—¿Qué hay en el Polo Norte?

—Hay mucho hielo, hay mucha nieve. Además, el Polo Norte es la casa de los osos polares.

—¿Y está lejos el Polo Norte?

—Uy, súper lejos. No tanto como el Polo Sur, pero muy lejos.

—¿Y por qué está más lejos el Polo Sur que el Polo Norte?

—Bueno, porque vivimos más cerca del Polo Norte que del Polo Sur, pero si viviéramos en Ecuador estaríamos a la misma distancia de los dos.

—¿Y por qué?

—Bueno, porque Ecuador es un país que está en la mitad del mundo.

—¿Y dónde está la mitad del mundo?

—Vamos por el globo terráqueo que te dio tu abuela y te enseño en dónde queda exactamente.

Eduardo y Violeta se dirigieron al cuarto del fondo del pasillo donde ella y su hermano Sebastián dormían.

—Aquí, mira, en este lugar donde tengo el dedo índice está un país que se llama Ecuador y allí está ubicada la mitad del mundo. Esta raya que le da la vuelta a todo el planeta Tierra es la línea e-cua-to-rial.

La niña recorrió con uno de sus dedos la línea azul oscuro que su padre le mostraba.

—¿Y por qué dicen que la mitad del mundo está en ese país si también está en todos estos otros lugares?

Eduardo no supo qué responderle a su hija, pero le prometió que averiguaría el dato más tarde en la enciclopedia que ocupaba un lugar importante en uno de sus libreros. Nunca lo hizo; tal vez porque lo olvidó o porque ya era la hora de que Violeta y Sebastián se lavaran los dientes para irse a dormir, o quizá porque ella le pidió que hicieran alguna otra cosa. Nadie conoce con certeza los motivos por los que los humanos nos movemos de una actividad a otra sin una razón lógica que justifique cada uno de nuestros movimientos; si hay alguien que conoce el misterio del olvido inmediato, el impulso caprichoso y la indecisión, esa persona ha guardado muy bien el secreto.

La niña debió pasar largos momentos con el globo terráqueo o con la idea del mundo dividido en secciones claramente delineadas, porque unos días después de aquella conversación sobre la línea ecuatorial Violeta le pidió a su padre, le hizo prometer, que algún día la llevaría al Polo Norte. Eduardo respondió: «sí, claro, mi amor, cuando crezcas», aunque en realidad dijo esto sin considerar que estaba adquiriendo un compromiso que quizá algún día tendría que cumplir. Violeta no olvidó nunca esa promesa porque, en la novela que escribiría muchos años después, la protagonista de su historia tendría una experiencia parecida con su padre; la única diferencia es que, en la novela, en vez del Polo Norte, la niña de diez años, que está leyendo *Luces del norte*, le pide a su padre que le prometa que algún día la llevará al Círculo Polar Ártico a ver la aurora boreal, petición a la que él responde: «Sí, mi amor. Te lo prometo».

¿Por qué prometemos cosas que nunca vamos a cumplir? Los padres hacen esto con sus hijos porque los quieren y no piensan en las consecuencias nefastas de sus promesas rotas; o tal vez lo hacen porque se los quieren sacar de encima para poder atender otras prioridades. Quizá esta inclinación a la mentira y al fraude sea producto de la hormona primitiva del amor filial, una reacción química estimulada por la visión de la cara o la voz de la hija, que convencen al padre o la madre del imperativo moral o biológico de ofrecerle la certeza absoluta de que todos sus deseos van a ser cumplidos, si no en ese momento, sí en un futuro que llegará más temprano que tarde. Este instinto es uno de los elementos más sofisticados de la trampa de la biología. Sin ese amor poderoso e intransigente del progenitor por la cría, los humanos ya nos habríamos extinguido y de nosotros no quedaría ni un rastro desde el norte hasta el sur del universo. Sin ese amor, el planeta estaría a salvo. Tal vez nosotros estaríamos a salvo de nosotros mismos.

No sabemos qué sucedió esa noche después de que la promesa original del Polo Norte fuera hecha por Eduardo. No existe nada que nos permita recuperar los detalles de esa noche, cuando Violeta se fue a dormir a su cama y su padre se retiró a la suya a leer alguna de las novelas apiladas en la mesita al lado de su almohada mientras Marcela, su esposa y madre de Violeta, terminaba de ver un programa en la televisión. No hay nada en la novela de Violeta, no hay nada en las libretas de Eduardo que nos indique si algo sucedió, lo que nos hace suponer que no pasó nada extraordinario, salvo ese momento. Posiblemente Violeta soñó con calles desconocidas en ciudades lejanas o con osos blancos caminando sobre el hielo. Tal vez no soñó con nada.

2

Cuando recibió el globo terráqueo de manos de la abuela Olga, Violeta no sabía por qué razón misteriosa el planeta había sido dividido en gajos, pero le encantó aprender que en el mundo existía un orden hasta entonces desconocido. Es posible que fue en ese momento, su dedo diminuto recorriendo la superficie de cartón rígido y lustroso del globo, descubriendo por primera vez el braille de la orografía mundial representada en una escala asequible y por lo tanto mágica, que Violeta comenzó a percibir al mundo como un objeto divisible y, en consecuencia, susceptible de ser entendido como una composición armoniosa de fracciones complementarias, opuestas pero necesarias, hecho de puntos cardinales deliberados.

El planeta, entendió Violeta, está cortado por líneas paralelas, pero también por líneas transversales, y tiene cuatro hemisferios, dos trópicos y dos polos. Vista así, la Tierra era un objeto comprensible, una cosa gigantesca del tamaño de un millón de globos terráqueos y que tenía sentido porque estaba organizada de una forma lógica: puntos cardinales, masas de tierra, cordilleras, grandes espacios donde el mar azul separa los continentes. Lo que más le gustaba a Violeta eran los archipiélagos porque estaban hechos de muchas islas diminutas. En 1997, Google Maps y Google Earth todavía no existían más que en la imaginación de un escritor argentino muerto, pero si Violeta hubiese tenido acceso a ellos, habría pasado horas enteras descubriendo en la pantalla de una tableta lo que ahora se esforzaba por visualizar en las páginas del atlas: la realidad lejana y misteriosa de una isla diminuta llamada Kiritimati, que unos años después encontraría en las coordenadas 1°52'N 157°24'W. Estos números misteriosos, esta identidad geográfica única y definitiva, le daban a la isla un lugar exclusivo en el planeta y en el archipiélago al que pertenecía, hogar del último país (o el primero, si decidía comenzar el recorrido en dirección opuesta) en la línea ecuatorial de su globo terráqueo: Kiribati.

La línea inexistente que divide al mundo, la grave y neurótica línea ecuatorial, pasaba por territorios de agua y tierra que iban más allá de las fronteras del país llamado Ecuador, según lo constataron sus ojos y la yema de su dedo índice al recorrer la superficie del globo terráqueo. La mitad del mundo estaba también en el país de al lado, Colombia. Y la mitad del mundo, observó Violeta, estaba en el país ubicado al lado derecho de Colombia, Brasil. Y la línea que marcaba esa mitad del mundo continuaba después a lo largo del azul de ese mar enorme que se llamaba océano Atlántico y entraba en el continente que comienza donde terminan las aguas del océano, África. Ya en África, antes de ingresar al territorio continental, la línea que cortaba el planeta en dos cruzaba un país formado por dos islas diminutas llamadas Santo Tomé y Príncipe. Violeta no sabía que estas dos islas, a pesar de su lejanía y su reducido tamaño, fueron colonizadas a fines del siglo XV y principios del XVI por los portugueses, quienes las convirtieron en su momento en la principal fuente de azúcar del imperio, gracias a la explotación brutal de los nativos, que esclavizaron como si no fueran humanos como ellos.

Violeta no podía saber a esa edad que no importaba qué tan remotos fueran los lugares en donde había medios para enriquecerse, la ambición y la sed insaciable de fortuna hacía que desde hace quinientos años los europeos los encontraran como los tiburones encuentran sangre. La línea, observó Violeta, no tocaba a la isla de Príncipe; únicamente atravesaba Santo Tomé antes de llegar al continente. Una vez ahí la línea ecuatorial tocaba algunos países que ahora ya no existen porque África, como el resto del mundo, ha cambiado mucho desde que Violeta recorrió con su dedo diminuto la superficie del globo terráqueo marca Columbus. El dedo acarició los nombres, la tierra, los bosques y lagos invisibles de Gabón, Congo, Zaire, y luego continuó por los ríos y las montañas de Uganda, Kenia y Somalia. Después de pasar por debajo de Mogadiscio, el dedo índice de Violeta entró de nuevo al inmenso azul, que del otro lado de África ya no se llamaba Atlántico sino océano Índico, para en cuestión de segundos lentos recorrer miles de millas marítimas hasta llegar a las islas Maldivas, que parecían abandonadas por una deidad senil en medio de tanta agua; de allí, el dedo llegó a Indonesia. A punto de cerrar el círculo y el viaje el dedo de Violeta se detuvo en Kiribati, que era la última nación tocada por la línea ecuatorial antes de cerrar la circunferencia, con sus treinta y tres atolones e islas diminutas que forman el archipiélago de Kiribati, el único país del mundo tocado por los cuatro hemisferios.

¡Ah, los nombres misteriosos y musicales de los países del mundo! Mogadiscio y Gabón. Kiribati y Zaire. Todo esto vio Violeta. En ese momento no se enteró de que a nuestro planeta también lo corta en dos otra línea imaginaria y que esta raya, perpendicular al Ecuador, se llama meridiano de Greenwich. Cuando creció y llegó al cuarto o quinto año de primaria, Violeta se volvió a encontrar con las imágenes del planeta cortado en gajos y aprendió que ese otro meridiano atravesaba otros países que memorizó entonces: Gran Bretaña o Reino Unido, Francia, España, Argelia, Mali, Burkina Faso (su nombre favorito), y vio que el meridiano de Greenwich pasaba rozando apenas el lado superior izquierdo de Togo y Ghana.

Es posible que aquel momento con su padre haya influido en el temperamento viajero de Violeta. Pero es probable que su deseo de irse, de desaparecer y no volver nunca a esa ciudad y a su país, esté relacionado directamente con la desaparición de Marcela, su madre. Eduardo pensó, pero muchos años después, cuando ya la había perdido, que su única hija había querido irse desde siempre porque durante toda su infancia Violeta desapareció simbólicamente entre las páginas de su atlas y sus libros o en las libretas donde escribía y dibujaba por horas. «¿Dónde está Violeta? ¡Violeta...! ¿A dónde te metiste?». Una cosa era evidente desde que la niña tuvo la habilidad de tomar decisiones: no quería estar donde tenía que estar. No quería estar en la escuela, ni en su casa, ni en el súper, ni en el coche de su padre, ni en su clase de natación. El único lugar donde se quedaba quieta y en silencio era en su habitación, con sus libros, su libreta, su globo terráqueo y sus lápices de colores, acompañada siempre por el Señor González, el pingüino de peluche que su abuela argentina le compró en un viaje que hizo a Ushuaia a buscar recuerdos perdidos. Tal vez aquellos que tienen hijos deberían mantenerlos alejados de los libros y los mapas para que estos no ejerzan en ellos su encanto maligno. Dicen que los viajeros y los exploradores fueron niños inquietos y curiosos, pero no es poco frecuente encontrar entre ellos a personas tímidas que crecieron aisladas en la soledad de sus cuartos y que sienten que no pertenecen por completo al lugar en donde el azar les hizo nacer: estos viajeros no buscan conocer todos los rincones del planeta, buscan solamente un lugar: aquel que puedan considerar propio, el que les fue negado.

Como las mujeres que vinieron antes de ella, Violeta aguardó con impaciencia el día que podría irse para siempre en busca de ese lugar lejano.

3

Ciudad de México, 2016

Mientras esperaba a Vidal en el café, Violeta escribió en su libreta que había sido una coincidencia desafortunada que aquel día de junio del 2015 en que finalmente decidió gastarse la herencia de la abuela Olga, la abuela mexicana, yéndose a estudiar su maestría a los Estados Unidos, hubiese sido el mismo en que los periódicos publicaron la noticia de que el millonario gringo Donald Trump había afirmado que los inmigrantes mexicanos eran unos violadores y unos criminales. Con esta declaración, Trump anunció su candidatura para presidente de ese país. «Lo bueno es que con esas declaraciones pendejas Trump jamás va a llegar a la presidencia», escribió en su libreta.

Cuando Vidal llegó al café Violeta dijo que esa clase de hostilidad a los mexicanos por parte de un candidato a la presidencia del país norteño le hacía poner en duda su decisión de irse a California. Vidal dijo que ni de chiste se le ocurriera modificar sus planes.

—Acuérdate de que los mexicanos nos ofendemos de todo y los gringos son expertos en explotar las debilidades de sus adversarios a través del arte de la provocación.

—Sí, carajo, lo que pasa es que esos ataques son muy injustos.

—¡Pero no nos hacen nada! Le lastiman el orgullo a la gente, nada más. Nos duelen porque la dignidad es nuestro humilde patrimonio de país pobre. No sé mucho del gringo idiota que dijo esa barbaridad, pero no dejes que un gabacho hocicón decida tu futuro. San Francisco es una capital cultural importante y te va a venir bien irte del rancho. Hay que ver el mundo antes de que se acabe.

Dos cosas quería Violeta antes de subirse al avión rumbo a su nueva vida en California: la primera, terminar el primer borrador de su novela; la segunda, comenzar su libro de ensayos. Había muchas cosas importantes que sucedían en el mundo y ella quería ser parte de esa generación de escritores jóvenes que contaban el cambio y la transición en forma de ensayo. Además, tenía historias que quería contar porque su experiencia de lectora le había enseñado que narrar ordena el mundo. No creía en la escritura como terapia porque cientos de horas con su psicólogo no habían sido suficientes para organizar el caos emocional en el que a veces se hundía. «La terapia es como una sopa de conflictos que por más que revuelvo no cambia de sabor, nada más de textura», escribió en su libreta. Su obsesión con la muerte de Brenda la había mantenido ocupada durante los dos años que llevaba trabajando la novela en el taller literario que dirigía Vidal. Estaba segura de que pronto la iba a terminar. Según Vidal, lo más importante era terminar el primer borrador para tener una idea completa de la trama y de los destinos individuales de los personajes. Una vez que supiera hacia dónde iban los personajes y pudiera escuchar y ver las voces y los rostros de esa gente que deambulaba por las páginas de su manuscrito, solamente entonces, dijo Vidal, podría dedicarse a pulir el borrador. Todas esas otras cosas que en ocasiones Violeta se empeñaba en incluir en el texto y que según él no tenían cabida en su novela («Las novelas no son tratados de política o filosofía. Las novelas deben de contar una o varias historias, punto») podría discutirlas en forma de ensayo. ¿Qué otras cosas preocupaban a Violeta en el 2014, cuando pisó por primera vez el taller literario de Vidal?

1. La muerte de mujeres mexicanas a manos de hombres violentos y cobardes.

2. La inminente destrucción del planeta como consecuencia del calentamiento global.
3. Los desaparecidos de los últimos dos sexenios (los 43 de Ayotzinapa, los levantados, los miles de mexicanos y centroamericanos que, como en una película de terror, se desvanecían cada año de la superficie de la patria).
4. Los miles de inmigrantes provenientes de África y de Siria que desembarcaban en las costas de Turquía, Grecia e Italia, o morían en las aguas heladas del Mediterráneo.

«Nos engañamos cuando pensamos que la solución a los males que aquejan a la humanidad son responsabilidad de otros. Los problemas del mundo no existen en otro lado sino aquí mismo, porque cada uno de nosotros es causa directa o indirecta de esos males», escribió Violeta, abrumada ante la evidencia de que todo aquello que el ser humano tocaba parecía estar condenado a la destrucción. ¿Y México? En el año de gracia de 2016, todo indicaba que el hartazgo del pueblo mexicano iba a llevarle a iniciar un levantamiento popular en contra del gobierno de Peña Nieto. Y, para acabarla de fregar, en el país del norte un viejo idiota quería comprar la Casa Blanca para construir una muralla hermosa entre los dos países.

—Yo no creo en las coincidencias, Vidal. Creo que todo en el universo sucede de una manera desorganizada y caótica, pero cuando el caos se expresa de esta manera y parece enviarnos mensajes apocalípticos, yo sí que me pongo nerviosa. Ya sé que ese imbécil nunca va a llegar a la presidencia, pero me indigna que haya gente así en el universo, y más cuando viven en un lugar en el que yo voy a estar viviendo en cuestión de semanas.

—No quiero alarmarte, Violeta, pero piensa que si hay un gringo que tiene la desfachatez de abrir la boca para decir esas cosas horribles de los mexicanos es porque muchos otros no las dicen, pero las están pensando. Vas a ver que a este cabrón le van a aplaudir que tenga el «valor» de decir lo que piensa. Más ahora que la opinión pública está secuestrada por lo políticamente correcto. Ya tiene un rato que nadie puede decir nada porque los ofendidos salen corriendo a protestar: se acabó la libertad de expresión.

—Bueno, protestar porque un idiota diga que los inmigrantes son violadores no es ser políticamente correcto, es ser políticamente decente.

—De acuerdo, pero ve eso en el contexto de los Estados Unidos donde no puedes abrir la boca sin que te demanden y te hagan juicio. Esa censura, resultado de la mojigatería progre y la famosa culpa blanca, al rato va a llegar aquí, si no es que ya llegó.

—Sí, Vidal, pero la mayoría de las críticas a lo políticamente correcto suenan a excusas para no aceptar que hay muchas cosas que tienen que cambiar o ya cambiaron. Por ejemplo: cuando Fox empezó a decir «mexicanos y mexicanas» todo mundo se burló y reaccionó negativamente a su intento de ser más incluyente. No pongas esa cara, maestro, déjame que termine. No estoy defendiendo al culero de Fox; estoy dándote un ejemplo de que, en México, un país que se empeña en descalificar y burlarse del cambio, decir «no», «no se puede» y «no mames» a todo lo que intenta ser diferente, es casi un acto reflejo. Tendría que escribir algo sobre el tema. Deja que me haga una notita en la libreta.

Violeta sacó de su mochila la libreta que había guardado cuando llegó Vidal y garabateó una pregunta para recordar que un día tendría que escribir algo sobre lo políticamente correcto. El futuro ensayo entró a la lista de temas pendientes que quería investigar para su libro, entre otros:

* Tauromaquia y tacos al pastor. Crueldad hacia los animales.
* El clítoris contra el patriarcado.
* Lululemon: nalgas apretadas o antifeminismo en Polanco.
* ¿Corrección política o decencia?

A Vidal le alegraba que Violeta pudiera irse del país. Si tuviera su edad a él le hubiera gustado irse; y no era que no hubiera viajado por el mundo. Como escritor y funcionario de la cultura, había recibido muchas invitaciones para viajar por toda América Latina y algunos lugares de Europa y los Estados Unidos, pero vivir en otro país, eso sí nunca lo hizo. Hacía algunos años, un académico gringo de Duke, la universidad de Carolina del Norte, lo invitó para que fuera profesor visitante en el Departamento de Español por un semestre. Durante unas semanas estuvo muy ilusionado con irse, hasta que Marina, su esposa, con quien tenía una relación muy complicada después de veinticinco años en los que ella aguantó sin chistar demasiado sus borracheras e infidelidades, le dijo que ni loca dejaría su casa y sus amigas para irse a un pinche lugar de Gringolandia que no era Miami o Nueva York. «¿Con quién diablos voy a hablar en español en Carolina del Norte? ¿Con una momia madrileña que enseña filología o el Romancero español desde 1980? ¿Contigo? Para eso mejor me quedo». El odio entre esposos es solidario: al paso de los años, Marina decidió que era mejor hacerle la vida imposible que divorciarse de él. Vidal se acostumbró a no decir nada porque para entonces ya se había convertido en el tipo de hombre que se refugia en el silencio para no tener que hacer ni decir nada. Sus discípulos y sus admiradores hablaban con respeto del silencio creativo y misterioso del novelista, cuando en realidad lo que ese silencio ocultaba no era la sabiduría resignada de un asceta, sino una apatía mórbida y una depresión marca Prozac disfrazada de melancolía romántica. Con Violeta hablaba porque la veía como la hija que nunca tuvo.

—¿Cuándo te vas, Violetita? Ya me lo habías dicho, pero se me olvida.

—Todavía faltan tres semanas, pero tengo un montón de cosas que hacer.

—¿Tres semanas? Y lo dices tan tranquila. No creas que tienes tanto tiempo, niña.

—Lo que pasa es que a tu edad el tiempo pasa más rápido, Vidal. Yo tengo apenas veinticinco años y todo el tiempo del mundo.

—Según recuerdo, cuando los cumpliste pensabas que se te había acabado la vida y que estabas a un paso de la menopausia.

—¡Ya se me había olvidado! Bueno, en vez de ver quién de los dos es más decrépito, ¿por qué no me dices qué te pareció mi ensayo sobre el nuevo nombre de mi amada ciudad y luego vamos a comernos unas quesadillas a algún lado? Se me antojan unas de flor de calabaza.

Violeta esperaba que Vidal le diera su opinión sobre un ensayo que le envió la semana anterior.

—Lo leí, Violeta, y la verdad no puedo creer que estés de acuerdo con el cambio de D. F. a Ciudad de México. Me parece una traición a nuestra identidad chilanga. Estoy de acuerdo contigo en una cosa: seguir llamando Distrito Federal a una ciudad como esta es resignarse a la fealdad; D. F. es un nombre administrativo, oficial, y, como bien lo dices, es prosaico e impreciso. ¡El único problema es que ese es el nombre histórico de la ciudad! ¡Así la hemos conocido toda la vida, yo y veinte millones de citadinos que no queremos llamarla de otra manera!

—Otro mexicano enemigo del cambio. Debes ser de los que todavía oyen a los Doors en La Pantera y «La Hora de los Beatles» en Radio Éxitos. Mejor vamos a echarnos unas quesadillas que si nos seguimos peleando vamos a acabar de novios.

—Vamos, pero continuemos la discusión. Solamente los que no se quieren no se pelean entre ellos.

4

Los niños y los adolescentes del planeta saben que la mayoría de las cosas que decimos los adultos son falsedades más sucias que la conciencia de un médico mediocre; por esta razón no escuchan esas manifestaciones de anquilosamiento intelectual y corrupción moral, o las escuchan a medias, en el mejor de los casos. Aquellos que milagrosamente recordamos lo que pensamos y sentimos antes de crecer y permitir que se nos pudrieran los sentimientos y las ideas, sabemos, aunque no lo confesamos en voz alta, que asesinamos al niño que fuimos porque ese crimen era necesario para nuestra supervivencia. Lo matamos porque nuestros adultos respectivos nos dijeron que había que madurar para poder vivir, cuando en realidad lo que más necesitábamos era conservar tan intacta como fuera posible esa ignorancia que mal llamamos inocencia. Madurar es acercarse a la muerte. El logro más grande de esa madurez es la negación y el autoengaño.

La observación cuidadosa del hombre maduro y de las consecuencias de sus actos hizo que la protagonista de nuestra historia, Violeta Malagón, concluyese que el planeta había alcanzado un punto en el que ya no le era posible tolerar la presencia de los parásitos que comenzamos a alterar y a destruir el medio ambiente hace dos y medio millones de años, cuando se nos ocurrió inventar la primera herramienta, antes incluso de que empezáramos a utilizar el fuego para calentar nuestras cuevas, cocinar o destruir con él lo que se nos ocurriera. Violeta documentó su investigación de dos maneras: la primera observando y tomando notas sobre la conducta de los habitantes de su ciudad. El ejercicio le proporcionó los elementos necesarios para elaborar una lista de razones por las que era esencial cuestionar el derecho de los seres humanos a continuar poblando la superficie del planeta. Su observación empírica confirmó lo que ya le había dicho su segunda fuente de información, un libro titulado *Sapiens. De animales a dioses,* escrito por un historiador israelí: los seres humanos somos los depredadores más crueles del planeta y somos responsables, entre otras cosas, de la extinción de incontables especies de animales, la destrucción de millones de hectáreas de bosques y selvas, la contaminación irreversible de ríos, mares, lagos y lagunas, el envenenamiento del aire y el lento pero progresivo calentamiento del planeta, que nos llevará más temprano que tarde al colapso total. De seguir así, entendió Violeta, en el mejor de los casos nos esperan hambrunas, sequías y guerras brutales provocadas por la falta de los recursos más básicos para la supervivencia; en el peor, el exterminio de la vida humana en el planeta. Las ficciones distópicas y apocalípticas de escritores, poetas, artistas y cineastas se volvieron realidad en el siglo XXI, cuando dejaron de ser fantasías literarias o cinematográficas.

Violeta descubrió en la pantalla de su iPhone 6 que la humanidad continuaba creciendo de manera alarmante, sobre todo en los países del tercer mundo, donde imperan el fanatismo religioso y la pobreza. Mientras más religiosos e ignorantes más hijos, tan innecesarios como sus padres, traían al mundo esos miserables. Esos niños estaban condenados a repetir el ciclo de ignorancia y sexo procreativo. Por fortuna, la naturaleza hizo del ser humano una especie suicida que, así como mataba y destruía todas las cosas y animales que lo rodeaban, también encontró formas eficaces de destruirse a sí misma. Esto lo registró Violeta en su libreta en el año fatal de 2016, el peor de la memoria reciente, el mismo año que tomó la decisión radical de convertirse al antinatalismo y nunca tener hijos, carne de cañón del apocalipsis.

En su Ciudad de México, Violeta (chamarra de mezclilla, vestido negro, pelo corto y negro, botas Dr. Martens blancas, mochila de cuero y piel libre de tatuajes) examinó con ojo clínico y cínico los vagones del metro, las calles de las colonias del centro, el interior de las combis y los metrobuses, las oscuras salas de los cines en las plazas comerciales, los pasillos lustrosos de los supermercados Chedraui, la explanada del Museo del Chopo, las plazas comerciales de Satélite y Perisur, el interior patinado de las catedrales, iglesias y bibliotecas, las salas de espera de las oficinas gubernamentales, el interior de las aulas escolares, los salones de los museos, los foros de conciertos, las fondas económicas, las mezcalerías mamonas de la colonia Condesa, las heladerías de Coyoacán. Todo recorrió Violeta con mirada crítica para ir asentando una tras otra en su libreta las palabras de un manifiesto personal que contenía los puntos específicos que justificaban su propuesta de suicidio colectivo por abstinencia emocional y sexual. Había llegado la hora de proclamar en voz alta los valores de su filosofía antinatalista. De acuerdo con ellos los humanos no deberíamos tener hijos por cuatro razones muy simples:

1. Es mejor no nacer porque se evita el sufrimiento propio y ajeno.
2. El 95 % de los humanos no estamos capacitados intelectual ni emocionalmente para ser padres y madres.
3. La mayoría carecemos de recursos para darles a esos hijos una crianza decente que incluya lo más esencial: respeto. Respeto por los otros, respeto por el medio ambiente y respeto por ellos mismos.
4. El planeta ya ha sido sometido a demasiados abusos por parte de los humanos, y es imposible sostener el ritmo de reproducción humana sin poner en riesgo la integridad del ecosistema y todas las especies animales que lo habitan.

No al amor (Ughh). No al sexo (Guácala). No a la reproducción (NI LOCA) porque ese imperativo biológico nos lleva a producir seres humanos superfluos. Sí a la abstinencia.

Esbozó una lista de todos aquellos a quienes, según ella, bajo ningún pretexto o circunstancia se les debería conceder el privilegio obsoleto de la procreación. La lista original incluía a los fundamentalistas religiosos de cualquier afiliación, a las personas lo bastante ricas para criar niños que ven el mundo como algo que les pertenece, a aquellos cuya pobreza es tan extrema que sus hijos están condenados a la miseria más abyecta y, por razones personales, a los racistas. Estas categorías, según Violeta, eran las más importantes. Sin embargo, en algún momento la lista creció para incluir bulis, políticos corruptos, torturadores, cazadores, secuestradores, narcotraficantes y violadores, por mencionar solamente unos cuantos. Era posible, consideró, que algunas de estas categorías incluyesen individuos que, a pesar de su baja calidad moral, pudieran eventualmente tener hijos que escaparan de la esfera de influencia negativa en la que habían sido criados, pero ¿podíamos arriesgarnos a equivocarnos?

Violeta estaba consciente de que su razonamiento no podría resistir el embate de una crítica fundada en la lógica más básica, pero esto no le molestaba porque su manifiesto era un ejercicio de libre albedrío intelectual, más poético que científico. Lo que sí le importaba era articular su rechazo a la maternidad no como una decisión emocional, sino como un acto de responsabilidad social.

Con anterioridad había tomado decisiones que iban en contra de sus propios gustos e intereses porque era lo correcto desde el punto de vista ético; no tenía coche porque sabía que era importante buscar otras opciones de transporte que no contaminaran, había dejado de comer carnes rojas porque el efecto nocivo de los gases tóxicos producidos por los grandes criaderos de carne vacuna era un factor importante en el calentamiento global gracias al efecto invernadero (y, cada vez que pasaba por alguna de sus taquerías favoritas, Violeta suspiraba). No compraba ropa nueva que viniese de lugares como la India, China, Bangladesh, su propio país o Centroamérica, ya que por lo general esta ropa es manufacturada en condiciones de explotación extrema de los trabajadores de las maquiladoras. Cuando encontraba alguien dispuesto a escucharla, Violeta repetía: «No hay ropa barata. Lo que hay es ropa que se produce bajo sistemas inmorales de producción en países tercermundistas; comprar ropa en Liverpool, en Walmart o en cualquier cadena de tiendas por el estilo es hacerse cómplices de esa forma de esclavitud contemporánea».

El problema de una existencia moral es que demanda ser consecuente y no se puede ser consecuente sin disciplina. Violeta comenzó a cuestionarse hasta dónde estaba dispuesta a implementar sus ideas en la realidad de todos los días, desde las cosas más cotidianas, como el uso responsable del agua «¿Me baño todos los días? Si nada más orino, ¿jalo la cadena del excusado? ¿Sigo comiendo aguacate michoacano, salmón chileno, pescado de Alaska? ¿Cuánto detergente biodegradable uso para lavar los platos y la ropa?», hasta las más serias y difíciles de considerar «¿En qué lugar tengo que vivir y cómo para afectar de la menor manera posible el frágil equilibrio del medio ambiente? Si una de las peores cosas que los humanos hacemos en contra del medio ambiente es el uso excesivo de aviones por la contaminación que producen, ¿cómo voy a viajar a todos los lugares que quiero conocer antes de que todo esto se vaya a la mierda? ¿Tengo derecho a viajar y a conocerlos? ¿Qué pasaría si todas las personas que pueden hacerlo decidieran que tienen el derecho de viajar a donde quieran?».

El otro problema de una existencia moral es que uno tiene que vivirla en un mundo esencialmente inmoral, y los jóvenes que la defienden e intentan conducirla con dignidad (los viejos ya no están interesados en esa conversación, con la excepción de unos cuantos necios), porque saben que el mundo es un planeta hermoso y moribundo, son los cisnes negros del lago de lo imposible.

5

Helsinki, Finlandia, 1990

La Akateeminen Kirjakauppa, o Librería Académica de la ciudad de Helsinki, era un refugio natural para los poetas desempleados, los estudiantes pobres, los indigentes y aquellos que carecen de otras maneras socialmente respetables de protegerse del frío en el invierno despiadado de Helsinki. Allí fue donde Malin Mårtensson y Aleksandr Rostropovich se conocieron en enero de 1990.

El eco de la estrepitosa caída del muro de Berlín en noviembre de 1989 todavía resonaba en las calles de Europa y de la Unión Soviética. Para Aleksandr ese sonido era la coda de la imperfecta sinfonía democrática con que la perestroika de Mijaíl Gorbachov se enfrentó a la sordera política y económica de la Unión Soviética. Inspirado por el hechizo reciente de los mazos y los ladrillos rotos de Alemania, Aleksandr Rostropovich dejó San Petersburgo, Rusia, en diciembre de 1989 y llegó a Finlandia, el país europeo más cercano a él, con la intención de tomar un tren a París. En Francia se volvería europeo, hablaría únicamente francés, publicaría sus poemas e intentaría completar sus estudios universitarios. Tenía veintiún años, muy poco dinero y muchos planes, pero en Helsinki se dio cuenta de que sus ropas pobres y los rasgos de su cara delataban su origen soviético, una circunstancia accidental que a los finlandeses que lo miraban con desdén no les hacía gracia.

En 1990 casi no había inmigrantes rusos en Finlandia por razones históricas contundentes: desde hace siglos, Rusia tenía la pésima costumbre de atacar e invadir al pequeño país escandinavo. Invadió el territorio finlandés cuando este todavía era parte del Reino de Suecia durante la Gran Guerra del Norte, que comenzó en 1700 y duró un poco más de veinte años. Durante casi todo el siglo XIX Finlandia se convirtió en un Gran Ducado y estuvo bajo el control ruso; no logró su independencia hasta que el caos desatado por la Revolución de Octubre en 1917 permitió que lograra separarse de Rusia. En pleno siglo XX, el ejército soviético volvió a atacar a Finlandia en noviembre de 1939. La agresión soviética dio inicio a la Guerra de Invierno, que duró alrededor de tres meses hasta que la Liga de las Naciones intervino en 1940 con una declaración de ilegitimidad y la expulsión de la Unión Soviética de la organización. Stalin volvió a enviar tropas al pequeño país en 1944 con la excusa de proteger Leningrado de un posible ataque alemán. No hay finlandés que piense que los rusos son unos buenos vecinos.

A Aleksandr le entusiasmaron las promesas inauditas de la apertura anunciada por la glásnost y su voz se sumó a la de miles de estudiantes soviéticos que marcharon en las ciudades más importantes de la Unión Soviética. Con pocas excepciones, los jóvenes de su generación apoyaron la democratización del partido soviético que la perestroika de Gorbachov impuso, a pesar de la gran resistencia de la vieja guardia. Pero no había glásnost ni paraíso ruso sobre la tierra que se pudiera comparar con la promesa de Francia, con la ficción poderosa que Aleksandr construyó años atrás en su imaginación adolescente a partir de los versos de Verlaine y Paul Éluard y las novelas de Flaubert y Zola.

Como en una película imposible de Godard o Resnais, Aleksandr Rostropovich proyectaba en su mente una imagen seductora: se veía deambulando a la orilla del Sena con un cigarrillo Gauloise en la comisura de la boca, la libreta llena de apuntes en el bolsillo interior del abrigo de lana inglesa que todavía no tenía y versos febriles en los labios fríos, que surgían de ellos con la bendición de los grandes poetas parisinos que antes de él recorrieron esos mismos caminos a la vera del río y cruzaron esos puentes de piedra centenaria a altas horas de la noche, mascullando las palabras que más tarde inmortalizaron en páginas eternas. ¿Qué poeta, qué artista, no desea con desesperación llegar al lugar donde tendría que haber nacido? Aleksandr sabía que su verdadera patria no era la URSS y que su identidad no era la que el destino le impuso erróneamente. El mundo que conoció en su infancia de San Petersburgo era gris y marchito, pero Francia, *la France*, la patria generosa y fecunda de Rimbaud y Baudelaire, era luminosa. ¿Por qué los humanos nacemos donde no nos corresponde?

Aleksandr quería ser el próximo Vladimir Nabokov, pero en Francia, no en América. París era Europa. Europa era el futuro innegociable. Su francés era muy bueno porque su madre lo aprendió de una abuela que había sido criada con los privilegios de hija de un coronel del zar, y el afrancesado siglo XIX ruso era un fantasma vivo en el hogar materno. Su madre se encargó de que Aleksandr y su hermana dominaran el francés tan bien como ella, que lo hablaba con una elegancia decimonónica anacrónica porque sus maestros habían sido las novelas de Víctor Hugo y Dumas. Sin estar consciente de ello, Aleksandr hablaba francés no como un poeta parisino sino como un oficinista de Lyon del XIX.

Al segundo día de su llegada a Helsinki, Aleksandr se protegió del frío nórdico en la catedral de los libros de Finlandia, la Akateeminen Kirjakauppa, que estaba ubicada en una calle principal llena de comercios, muy cerca de la gran estación central de trenes. Provincianos, inmigrantes y turistas extranjeros tienden a concentrarse en los centros de las ciudades a las que llegan, y Aleksandr no fue la excepción: el de Helsinki le ofrecía al joven poeta seguridad y familiaridad. ¿Para qué arriesgarse a explorar el resto de la ciudad, un territorio extraño y potencialmente peligroso? La librería se convirtió en su refugio personal porque apenas recorrió sus pasillos se dio cuenta de que, a pesar de que no entendía los títulos de los libros, allí estaba en su hábitat natural. «La poesía no tiene idioma o su idioma es un sentimiento», decía el primer verso de un poema que escribió en su libreta aquel primer día de trabajo en 1990 en la mesa del café. El poema se tituló: «El idioma de la poesía». Al amparo de la Kirjakauppa pasaba largas horas escribiendo o leyendo los ejemplares de la sección de libros en francés. Su rutina comenzaba alrededor de las diez de la mañana, cuando dejaba la casa donde un paisano ruso que era amigo de un hermano de su madre le permitía pasar la noche. Caminaba media hora hasta el centro de Helsinki y se dirigía a un supermercado ubicado en la avenida Erottajankatu. Allí compraba una manzana, un pedazo de queso barato y una *ruisleipä* grande que escondía en la mochila para comerlos poco a poco y de manera furtiva sin que nadie lo viera. Una vez aprovisionado, Aleksandr se iba a la librería con la diligencia de un burócrata que se dirige a la oficina.

El encanto no podía ser eterno. Los nativos de todos los pueblos y ciudades del mundo tienen una nariz sensible que detecta de inmediato el olor sospechoso del extranjero, sobre todo en aquellos lugares que ellos consideran exclusivos y no están dispuestos a compartir con fuereños. El gerente de la librería era un hombre de más de dos metros de altura y era más flaco que una garza. Fue criado por un padre y un abuelo que odiaban a los rusos porque un tatarabuelo retratado en un daguerrotipo borroso les enseñó que todos los males venían de Rusia, luego de que un apuesto coronel moscovita le arrebató el amor de su primera esposa. De ellos heredó un olfato que le permitía detectar el olor nefasto de un ruso a un kilómetro de distancia. Desde el primer día en que Aleksandr cruzó el imponente umbral de su librería, el gerente se percató de su presencia, pero hizo un esfuerzo por ser tolerante. «Quién sabe, ¿tal vez se trata del próximo Solzhenitsyn?», especuló cuando lo vio entregado con pasión y disciplina a las páginas de su libreta. La ficción duró hasta que un día el gerente llegó de muy mal humor al trabajo porque esa mañana su esposa se quejó de su aliento matutino. Para desquitarse, se dedicó a vigilar los movimientos del joven poeta hasta que descubrió que cada quince o veinte minutos este metía la mano a su mochila para sacar un pedacito de *ruisleipä* o un trocito de queso que se llevaba a la boca fingiendo un bostezo. ¡Ajá! ¡La falta de educación y de buenos modales de esa gente! ¡Qué insolencia, qué atrevimiento! A la más joven de las empleadas de la Librería Académica le correspondió la desagradable tarea de cuestionar el dudoso derecho de Aleksandr de estar metido en la librería todos los días haciendo uso de las instalaciones y de los libros sin comprar nada en absoluto.

—Malin, ve y dile a ese ruso maleducado que esta no es una biblioteca ni un parque público. Si no va a comprar nada, que se vaya a la calle.

Comenzaba el invierno. Las calles oscuras a las cinco de la tarde eran una opción inhóspita para el joven poeta. Alvar Aalto, el arquitecto responsable del diseño de la librería más hermosa de Finlandia y uno de los edificios más bellos de la Esplanadi del centro de Helsinki, seguramente se habría sentido conmovido por el deseo del joven poeta ruso de quedarse allí, protegido del frío por los muros de su poema arquitectónico. Algunos edificios, los de Aalto entre ellos, son poemas concretos, construidos con sustantivos de cemento, acero y madera, hechos de espacio blanco, de un lenguaje de piedra y silencio. Tal vez por eso, Aleksandr se sentía como si estuviera en una casa familiar que lo protegía de la intemperie. Pero Alvar Aalto no era el dueño de su obra ni era responsable de quién entraba o quién salía de ella. La decisión del gerente finlandés, que identificó en el cuerpo y las ropas viejas de Aleksandr el aroma nefasto del invasor, del extranjero pobre, no tenía nada que ver con la poesía.

Antes de su expulsión de ese paraíso, Aleksandr debió sentir el influjo de la obra de Aalto, porque el poema que escribía cuando Malin Mårtensson llegó a su lado, avergonzada por la misión que su jefe le había encargado, decía:

No vemos lo que nos rodea
Ignoramos la verdad
Del paisaje más arrebatador o
El puente más alto. No vemos
La calle con el paisaje humano más cautivador del mundo
Y los secretos que susurran los libros y las cosas
Nos pasan desapercibidos
Porque estamos perdidos en el corazón
De la desdicha
Perdidos en el centro de nuestro dolor interior
Y ese dolor
Nos ciega...

—Hola, perdona que te interrumpa.

Malin era diminuta y tenía el pelo negro. Su voz era pequeña como su cuerpo y Aleksandr no entendió qué le decía porque no hablaba finés. Pero ella no era finlandesa, era sueca y estudiaba historia escandinava en la Universidad de Helsinki. Su tesis de maestría era sobre las relaciones del reino de Suecia con Rusia y, puesto que Finlandia fue parte del reino sueco hasta dos siglos atrás, para ella era importante estar en Helsinki donde podía consultar todos los archivos históricos de la ciudad.

Malin hablaba ruso porque su proyecto académico demandaba que hablara y leyera el idioma de Pushkin y Tolstói. Apenas se dio cuenta de que Aleksandr no hablaba finés, Malin se dirigió a él en ruso para informarle, de la manera más delicada que pudo encontrar, que su jefe no quería que pasara tanto tiempo allí sin comprar nada y que tenía que irse. La joven dependiente sintió la necesidad de pedirle disculpas y aclararle que, si fuera por ella, él podría quedarse en la librería todo el tiempo que quisiera, leyendo y escribiendo poemas, pero su jefe... Vio que en la libreta del ruso había un poema y le preguntó sobre qué era. El joven poeta cogió la libreta y se la puso en las manos a Malin, quien lo leyó dos veces; cuando se la devolvió le dijo que lo que decía el poema era cierto y que le gustaba mucho. Su jefe la observaba con un gesto severo desde la sección de libros de autoayuda, a unos diez metros de distancia: ¿qué hacía esa sueca tonta platicando con el ruso? ¿Por qué se tardaba tanto tiempo en echarlo a la calle? La librería cerraba a las diez de la noche y eran apenas las seis treinta. Aleksandr le preguntó a la joven si quería que él volviera al rato para tomar un café cuando ella saliera del trabajo. Malin dijo, sí.

Aleksandr se refugió en la imponente Estación Central de Helsinki, de donde iban y venían los trenes que comunican a la capital de Finlandia con el resto de Europa, a esperar que llegaran las diez. Tenía frío, pero ahora conocía a una chica joven como él con quien podría hablar de arte y poesía; además, podría hacerlo en ruso. Diez minutos antes de las diez, Aleksandr ya estaba parado a unos metros de la puerta de la librería. Cuando Malin salió, lo vio fumando un Belomorkanal, cuyo fuerte olor mareaba a quienes no estaban acostumbrados a él. Aleksandr lo apagó en cuanto la vio. Caminaron por la calle Pohjoisesplanadi. «Cuando llegué a Helsinki, me la pasé semanas enteras escuchando únicamente música de Sibelius», dijo Malin. Aleksandr sonrió asintiendo con un gesto de la cabeza, aunque jamás había escuchado la música de Sibelius. El parque Esplanadi estaba desierto. Malin dijo que hacía demasiado frío como para sentarse en una de las bancas de la rotonda principal a hablar de poesía y de Rusia, así que sugirió que caminaran hasta la calle Kluuvikatu, donde dieron vuelta a la izquierda. A media cuadra estaba el café Fazer, uno de los más antiguos y tradicionales de Helsinki. Desde su llegada, Aleksandr pasaba frente al café todos los días en sus largas caminatas por el centro, pero nunca había entrado porque no era un lugar para los Aleksandrs del mundo. El Fazer era un café muy tradicional, diseñado para gente que podía pagar los altos precios de la comida y las bebidas: turistas, finlandeses jubilados, jóvenes ejecutivos y mujeres elegantes vestidas con ropas caras. En un par de ocasiones el joven poeta se paró frente a las vidrieras a observar lo que la gente comía; del otro lado del cristal vivían una existencia lejana, como si fuesen parte de un sueño inaccesible, las mesas con los postres y los quesos, las vitrinas repletas de pasteles, sándwiches, jugos de frutas, los mostradores cubiertos de bocadillos suculentos y canastitas envueltas con primor con celofán crujiente para aquellos clientes que entraban a llevarse pastelillos frescos o masas recién horneadas a sus casas. El mármol negro de la fachada elegante, las puertas macizas y las grandes letras doradas con el nombre del establecimiento eran una frontera impenetrable. Fazer era un símbolo de lo inaccesible. Las ciudades del mundo, pensaba Aleksandr, deben estar llenas de Fazers: paraísos prohibidos para los refugiados, los pobres y los inmigrantes.

—Entremos aquí —dijo Malin.

—No tengo dinero para un lugar como este. —No había vergüenza en la voz de Aleksandr, simplemente una declaración de imposibilidad.

—Yo te invito, vamos.

6

Ciudad de México, 2001

Salvo Sebastián y su abuela Olga, nadie sabía lo que pasaba en la cabeza de Violeta, quien desde muy chica entendió una verdad útil: nunca digas lo que piensas porque todo será utilizado en tu contra. Los años de la niñez y la adolescencia están caracterizados por la inevitabilidad de la mentira y la traición. Con honrosas excepciones, los primeros en traicionarte y mentirte son tus padres y tus hermanos, luego tus amigos, tus vecinos, tus maestros y tu pareja; finalmente te traiciona la vida al convencerte de que tú también debes mentir y traicionar, a ti mismo y a quienes te rodean. Aquellos que no tienen interés en hacerte daño son, por lo general, tu abuelo o tu abuela, quizá porque los viejos están tan cansados, decepcionados y enfermos que no tienen la energía que se necesita para seguir cometiendo canalladas. El resto de la humanidad miente, manipula y utiliza en tu contra la información que tiene sobre ti; se burla sin piedad de tus deseos, de tu ropa, de tus sueños, de tus juguetes y hasta del nombre de tu perro o de tu gato, si como Violeta has decidido que te encantan los perros, pero que los gatos son mucho más interesantes.

La gata de Violeta se llamaba Petra. Era una gata negra y hermosa que, según ella, no tenía muchas neuronas y por eso se comportaba como una solterona prepotente. Petra fue su tercera gata negra. La primera de ellas, Nicolasa, murió cuando Violeta tenía menos de tres años y no recuerda mucho de ella. Sabe que la quiso mucho, como se tiene conciencia del cariño que uno le tuvo a una abuela o a una tía que murió cuando uno era chico. Los muertos de nuestra primera infancia, humanos o mascotas, no son como los muertos de nuestra adolescencia y madurez; son ingrávidos. Son muertos que gozan de una especie de liviandad, son muertos ligeros cuya ausencia aceptamos con menos dolor. De su segunda gata, Lulú, Violeta tuvo plena conciencia y por ello es posible que la muerte de esa gata negra, quieta y cariñosa como Nicolasa, comience a explicar el rechazo profundo que Violeta comenzó a tenerle a Dios, a la idea de Dios, a la excusa, a la explicación deficiente, a la ficción absurda de Dios, que, según manifestó a los diez años de edad, era otra mentira como Santa Claus («se llama Papá Noel, no Santa Clos», decía Sebastián, más argentino que ella), inventada por los adultos para manipular a los niños y vender basura en los centros comerciales. No. Dios desapareció de su vida mucho antes de que los traumas de juventud la golpearan de manera brutal, porque a Violeta la muerte de Lulú le causó tanto daño como la muerte de Brenda o el abandono de su madre, aunque eso no se lo podía decir a nadie porque los niños del mundo tarde o temprano aprenden que es mejor quedarse callados.

Como millones de niños solitarios, Violeta se refugió en la lectura de novelas. Apenas pudo leer de corrido los libros se convirtieron en un territorio personal exclusivo, una isla en medio de la rutina y el aburrimiento de ser niño. Además, la lectura, esa actividad personal, y libremente elegida, no tenía nada que ver con la escuela, con la vida familiar, ni con los juegos que jugaba con Claudia, su única amiga del colegio. Cuando cumplió seis años, su abuela Olga le regaló, envuelto de manera primorosa, un atlas enorme de tapas duras y el globo terráqueo. «Para que viajes sin salir de tu cuarto». Cuando cumplió siete recibió de manos de la abuela el *Don Quijote de la Mancha* que había pertenecido a su padre, el bisabuelo Abel. Violeta todavía recuerda la sensación de sus dedos al tocar por primera vez la portada marrón forrada de piel y las finísimas hojas de papel cebolla. El libro olía a viejo, olía al bisabuelo desconocido, a Don Quijote. Cuando cumplió ocho años, la abuela le regaló *Luces del norte*. A los nueve, *Frankenstein*. A los diez, la *Crónica del pájaro que da cuerda al mundo*, y a los once, en el 2001, *Harry Potter y la piedra filosofal*. Porque esos regalos venían de las manos de la abuela Olga eran todavía más especiales: solamente ella sabía qué historias le vendrían bien a su cerebro y su imaginación. La primera novela de la serie de *Harry Potter* fue el último libro que su abuela Olga le regaló a Violeta. Seis meses después de ese cumpleaños, la abuela sucumbió al cáncer de pulmón que ya se había llevado a varios miembros de su familia fumadora.

El camino que conduce de J. K. Rowling a Thomas Ligotti es muy largo y complicado, pero pasa por puntos de lectura desconcertantes, aterradores y revelatorios. Cada uno de ellos fue como el nudo individual de una prenda de las que su abuela Olga tejía mientras escuchaba música clásica en Radio UNAM o las noticias en la radio. Cada punto del tejido formaba un nudo diminuto donde algo misterioso pasaba ante los ojos de Violeta: el nudo ya no era nada más aquello que el estambre había sido antes de que las manos y la aguja lo convirtieran en algo diferente; era el resultado de la combinación de la pericia del ojo atento de la tejedora, la música de Tchaikovsky que la abuela escuchaba y el estambre con que dedos y aguja iban formando el suéter o la bufanda. A insistencia de su abuela, Violeta aprendió a tejer, pero pronto abandonó la actividad porque era demasiado inquieta y le costaba mucho concentrarse.

—Dame un libro, abuela. Prefiero leerte que tejer. Mientras tú tejes, yo te leo lo que tú quieras.

Y Violeta leía en voz alta los cuentos de Oscar Wilde que a su abuela le recordaban a su padre porque eran los mismos que el bisabuelo Abel le leía o le contaba a ella cuando era una niña más chica que su nieta, allá por los años imposiblemente lejanos de la década de los cuarenta. O leía poemas que a la abuela le gustaban porque la devolvían a su infancia o a su adolescencia en un

México muerto. Cuando Violeta un día le pidió que le explicara lo que quería decir uno de esos poemas, la abuela respondió:

—No importa tanto lo que quiera decir el poema, amor. Lo que importa es la música de los versos. Tu bisabuelo Abel decía que los poemas son canciones que no llevan música porque no la necesitan. A él le gustaba que yo me aprendiera poemas y se los declamara. Su poeta favorito era Amado Nervo. «Muy cerca de mi ocaso, yo te bendigo, vida...». Bueno, otro día te lo declamo completo. Te decía: todas las poesías que se escribieron cuando él era joven, allá por los años treinta o cuarenta, a él no le gustaban. A mi papá le gustaba mucho la poesía, pero nada más hasta Ramón López Velarde, hasta Antonio Machado. Después de ellos, ya no le gustaba nada. Decía que Octavio Paz y todos esos poetas modernos habían destruido la poesía. «Esa dizque poesía no tiene nada de música, y si una poesía no tiene música, pues no tiene nada de poesía», decía mi papá —decía la abuela a Violeta.

7

Helsinki, 1991

Algunos de los errores más graves en las vidas menores de los seres humanos son cometidos en nombre del amor y el deseo. No es cierto que la dicha sea el producto directo de la pasión, al menos no la dicha que a veces se alcanza en la madurez, cuando aquello que comenzó como deseo se convierte en algo más inteligible y nutricio para aquellos que comprometieron su esfuerzo y su paciencia en los trabajos ingratos y tediosos de la relación amorosa permanente. La pasión común ofrece la brevedad del éxtasis carnal y el orgasmo, el arrebato de la sangre y la emoción pura de los amantes que, en el abrazo urgente de los cuerpos desnudos, descubren por unos minutos que pueden desafiar a la misma eternidad, al menos hasta que la ebriedad soberana del exaltamiento emocional es sucedida por la grosera realidad que traiciona y denigra lo vivido solamente unas horas antes. Crueldad imperdonable: la realidad prosaica y brutal que aguarda detrás de la puerta del cuarto donde los amantes se pierden en el laberinto de la carne para destruirlo todo con su tufo tan pronto ellos salen de su refugio oscuro.

Trece meses después de que Malin y Aleksandr se tomaran una taza de café con leche en el Café Fazer acompañada de *croissants* tan sabrosos como los que Aleksandr nunca se comería en Francia, Malin, de vuelta en Estocolmo, dio a luz a un varón que le trajo la amargura y la culpa que una madre siente cuando se descubre incapaz de amar a su propio hijo.

—Que se llame Anders, como mi padre —sugirió Elsa, la madre de Malin, cuando su hija le dijo que ni siquiera se le había ocurrido qué nombre ponerle al niño.

Pobre Aleksandr: como muchos otros inmigrantes del planeta, no pudo desafiar los retos de la extranjería. La narrativa clásica y satisfactoria del individuo que deja su país para perseguir una idea o un sueño por lo general se ocupa del migrante que triunfa a pesar de todas las adversidades. Lo cierto es que todos los países del mundo, unos más que otros, están llenos de inmigrantes y refugiados que nunca pudieron conseguir aquello que buscaban con mucha ilusión y pocos recursos o sentido común cuando decidieron emprender el viaje rumbo al futuro.

Hay tantas razones para irse como individuos que se van, pero los migrantes pueden dividirse en dos tipos de personas: aquellos que dejan todo por decisión propia, porque el extranjero ofrece algo inasequible en sus lugares de origen. Estos migrantes son afortunados porque no huyen de algo; puesto que escogen su destino geográfico, construyen la ilusión de que son dueños de su destino personal. Los otros son aquellos que dejan su pueblo o su ciudad en contra de su propia voluntad, los que no tienen opciones, los que se van porque tienen que irse. Estos migrantes se van buscando bienestar económico o seguridad personal: huyen de la miseria y el hambre, de una guerra; son perseguidos políticos o religiosos, o buscan dejar atrás de ellos el odio, la violencia y la intolerancia. Malin y Aleksandr pertenecían a la primera clase de inmigrantes: los dos estaban en Finlandia porque así lo decidieron. Malin tenía la investigación académica que realizaba para su tesis, tenía la envidiable tranquilidad de vivir en un país que era casi una extensión del suyo porque en algún momento de la historia lo fue. Tenía el deseo y la posibilidad real de perfeccionar su conocimiento del finés, ese idioma musical y extraño; tenía un salario digno, un trabajo agradable y los discos de Sibelius que escuchaba en su departamento diminuto de la avenida Bulevardi, en una de las zonas más antiguas de la ciudad, mientras veía a través de la ventana a las personas que caminaban con la tranquilidad de los dueños de casa.

Aleksandr llegó a Finlandia porque quería ser un poeta famoso que viaja por el mundo, un poeta sofisticado que fuma en los cafés de Europa mientras escribe versos inmortales. Se creyó poseedor de la fortaleza que todos los inmigrantes deben de tener para vivir fuera de los márgenes familiares de su propio país. Irse significa dejar de ser uno mismo para convertirse en otro; la transformación requiere una fortaleza que endurece la piel y permite resistir el rechazo y la indiferencia, la injuria y la negación; una fortaleza que le sostenga a uno de pie cuando en el lugar de origen mueren los padres, los amigos, el abuelo y el perro, porque sólo el inmigrante sabe de qué sustancia amarga están hechos la nostalgia y el dolor lejos de casa. Aleksandr no tuvo esa fortaleza.

A escasas dos semanas de haberla conocido, Aleksandr le pidió a Malin que le permitiera irse a vivir con ella porque la amaba como nunca había amado a ninguna otra mujer. Le aseguró que no podía vivir sin su olor, sin sus ojos de miel sueca, sin su cuerpo delgado. Pero esto no era cierto. La verdad era simple y mediocre: Aleksandr no podía ni quería vivir solo porque nunca aprendió a hacerlo; la soledad le daba miedo. Su incapacidad de estar solo era más una deficiencia de carácter que una extravagancia emocional o social, como en el caso de las personas extrovertidas y gregarias. Había crecido en soledad como resultado de la negligencia familiar y la pobreza. Su cuerpo se negaba a seguir viviendo con el miedo y la amargura profunda de quien nunca tuvo a nadie. Se convenció o hizo el intento de convencerse de que amaba a Malin, pero la ficción de ese afecto fue la consecuencia deshonesta de no querer estar solo ni un día más. La soledad ya le había agusanado los ojos, carcomido el corazón y oxidado las tripas. Una vez que descubrió el algodón limpio de las sábanas de Malin, el olor del café fresco en la mañana, los discos de Sibelius y el pan caliente y aromático que ella compraba en las mañanas en la confitería

Ekberg, a dos cuadras de su apartamento en la avenida Bulevardi, Aleksandr ya no pudo convencerse de que el sillón viejo donde dormía en el otro extremo de la ciudad era aceptable. Se metió a la cama y al cuerpo de Malin con la desesperación del huérfano que era: la desesperación del inmigrante sin hogar. Malin amó a Aleksandr porque su desamparo de poeta joven la llenó de sentimientos de compasión y responsabilidad. Su cuerpo joven le dio asilo porque supuso que el poeta, obedeciendo una orden del destino, había dejado todo en San Petersburgo para llegar a ella. Le entregó lo poco que tenía sin darse cuenta de que le entregaba demasiado.

La cama y la mesa de Malin convencieron a Aleksandr de que Francia podía esperar. El joven poeta no entendió que la decisión de posponer París evidenciaba una falta de compromiso con su deseo de grandeza literaria. Cuando lo entendió, años después, era demasiado tarde. Malin no gozaba del lujo del ocio creativo que gozan los poetas y se despertaba todos los días a las cinco de la mañana a estudiar. Se iba a la universidad a las nueve, y al salir de clases volvía al apartamento a comer alguna cosa ligera con Aleksandr antes de irse a trabajar a la librería. Aleksandr comenzó a resentir las horas en soledad. A las pocas semanas de haberse instalado en el apartamento de Malin, su paisano ruso lo llamó por teléfono para decirle que le había conseguido un trabajo ayudando con la descarga de camiones en el mercado central de Helsinki, donde él trabajaba. Aleksandr aceptó. Su nueva rutina lo ocupaba de las cuatro a las diez de la mañana. Hubiese preferido otro tipo de trabajo porque sus compañeros en la bodega eran en su mayoría campesinos estonios y rusos, hombres ignorantes y rudos que hablaban de futbol y de mujeres. La posibilidad de encontrar otro trabajo era casi nula porque el poeta no se había molestado en aprender finés. Hablaba en ruso con Malin, cosa que ella agradeció porque la ignorancia de Aleksandr le permitía practicar el idioma de su objeto de estudio.

Aleksandr ganaba muy poco en el mercado central y le humillaba tener que aceptar que hacia el fin de cada quincena Malin le dejara unos *markkaa* para que él pudiera ir a comprar comida para los dos y cigarrillos. Sin embargo, se las arreglaba para estirar lo poco que llevaba para las compras y cada tres o cuatro días volvía del supermercado con una botella de vodka. Comenzó a beber por la tarde, antes de que Malin volviera del trabajo. Un día ella se dio cuenta de que Aleksandr cada vez comenzaba a beber más y más temprano. Cuando llegaba de cargar y descargar camiones en el mercado central, se sentaba junto a la ventana a fumar sus Belomorkanal y a tomar sorbitos de vodka mientras veía pasar los tranvías sobre los rieles de la hermosa Bulevardi y a los citadinos que caminaban rumbo al parque Sinebrychoffin. Se aburría, ya que Malin no tenía un televisor puesto que no tenía tiempo ni interés en los programas finlandeses.

Para matar las horas del día, Aleksandr comenzó a leer novelas policiacas que otro ruso que conoció en el trabajo le prestaba. No era fácil conseguir libros rusos en Helsinki. A dos cuadras del departamento, sobre la misma avenida Bulevardi, estaba Ruslania, una tienda que además de libros y revistas vendía toda clase de chucherías importadas de Rusia, pero los libros eran demasiado caros. A veces entraba para platicar con la dueña, una señora moscovita de gesto huraño que parecía odiar todo aquello que se ponía frente a sus ojos, cosa que tal vez explicaba por qué había tan poca gente en el negocio. En los estantes había tantos libros que Aleksandr hubiese querido leer, pero Ruslania no era una opción para alguien pobre como él. Por fortuna, su paisano se gastaba todo su dinero extra en libros y en alguna ocasión le pidió a Aleksandr que pasara por Ruslania para recoger unas novelas que había encargado.

Una mañana de agosto de 1990, Malin se despertó, vio el cuerpo dormido de su amante y se dio cuenta de que Aleksandr ya no escribía ni leía poesía. Sus ojos recorrieron el pequeño apartamento; estaba sucio, impregnado con el olor de los cigarros rusos, una botella de vodka sobre la mesa, una novela de Maj Sjöwall y Per Wahlöö al lado de un cenicero repleto de colillas. Dos horas más tarde Malin, sentada en el tranvía de la ruta 6, que iba al distrito industrial de Arabia, entendió que Aleksandr jamás se convertiría en el gran poeta que quería ser y que jamás llegaría a Francia. Supo también que la poesía que ella creía era parte de su vida ahora estaba muerta y la tristeza que le produjo esa revelación, sumada al embarazo de cuatro meses que ahora se manifestaba en su cuerpo, la hicieron bajarse del transporte para vomitar en plena avenida Mannerheimintie ante la mirada horrorizada de dos chicas adolescentes que huyeron del lugar donde Malin devolvía el estómago con gestos y sonidos grotescos como si estuvieran escapando de un ataque terrorista.

8

Ciudad de México, 2016

«Ni uno más» era una frase vaga en una era ambigua. Arriba de las tres palabras impresas en la camiseta negra estaba dibujada la silueta de un ser humano cuyas formas eran también ambiguas: no era hombre ni mujer, parecía un feto. Violeta decidió emplear el género masculino en su frase y no el femenino, porque una búsqueda en la red le reveló que la frase «Ni una más» ya estaba siendo utilizada por las mujeres argentinas, españolas y colombianas para protestar en contra del feminicidio y el abuso masculino. No quiso escribir «Ni une más» o «Ni unx más» porque no tenía una posición firme respecto al lenguaje inclusivo, que le parecía importante pero feo. Lo que de verdad le importaba era que en los tiempos del hartazgo y la rebelión en contra de la brutalidad, la arrogancia y la estupidez humana, su voz se sumara al coro de indignación que ya era de proporciones mundiales: basta de nacimientos, ni un ser humano más.

—Ya no me convence tanto mi pinche eslogan, Sebas. Nada más falta que algún baboso piense que estoy protestando en contra del acoso femenino hacia los hombres —le dijo Violeta a Sebastián después de que él mirase la camiseta con gesto interrogante.

—Órale, che. ¿Compraste así la remera o la mandaste hacer?

De los dos hermanos, Sebastián era el que hablaba como argentino, el que había asumido una identidad mexicana con énfasis en su herencia lingüística rioplatense, aunque en ocasiones la mezcla de dialectos resultara en combinaciones poco usuales e incomprensibles para los no iniciados y sin acceso a las sutilezas de la cultura argenmex.

—Ahora te imprimen cualquier cosa en una camiseta o en una cachucha por doscientos pesos o menos, dependiendo de a dónde vayas —explicó Violeta.

—No digas cachucha, Vio. Bueno, igual, no entiendo la frase, bolú —dijo Sebastián, acostumbrado a no entender la mitad de todo aquello relacionado con su hermana.

—Es muy simple, güey: «Ni uno más» quiere decir ningún humano más. Tendría que haber puesto eso. Qué tarada. O tendría que hacer otra camiseta con una de mis citas favoritas, la mejor de todas. Deja y te la leo, la tengo en mi libreta.

Violeta sacó de su mochila el cuaderno donde apuntaba las cosas que no quería olvidar.

Sebastián sacó su teléfono para ver quién le acababa de enviar un texto mientras su hermana encontraba la cita que quería leerle.

—Aquí está: «Una moneda es examinada con cuidado antes de dársela a un mendigo; un niño, en cambio, es arrojado sin contemplaciones a la brutalidad del cosmos». Escrito por alguien muy chingón que tampoco quería más humanos.

—Ningún humano más… ¿pero por qué? Sigo sin entender.

Violeta miró a su hermano con cariño. La relación con él había sobrevivido los años de la adolescencia porque Sebas, como ella le decía desde que eran muy pequeños, era un hombre de naturaleza tan apacible y generosa que era casi imposible enfadarse con él. Cuando unos años atrás le dijo que era gay, Violeta lo abrazó y le dijo que ella siempre lo había sospechado y lo felicitó por aceptarlo a los quince años y además en un país como México, donde ser gay todavía podía ser una cuestión de vida o muerte. Cuando Sebastián le dijo que ya no quería tener ninguna relación con Eduardo, por mucho que él hubiese intentado convertirse en el padre ideal de un hijo gay, Violeta no intentó convencerlo de que cambiara su decisión. Los hermanos sabían que había demasiada historia familiar que no podía guardarse en un cajón para siempre.

—Lo que intento, Sebas, lo que quiero que la gente entienda, es que ya nadie tiene ninguna justificación para traer más niños al mundo. Ni aquí, ni en África, ni en los países del primer mundo. Los humanos somos la plaga más nefasta que habita el planeta, el virus más destructor, y ya no hay absolutamente ninguna excusa para seguirnos reproduciendo. Llegó la hora de entender que estamos a punto de acabar con los recursos naturales que son necesarios para que la especie subsista.

—Uf. ¿En serio, Viole? ¿Y eso lo querés proponer en México? 'Uta, pues buena suerte. Aquí no nos ponemos de acuerdo ni siquiera en lo más básico. Quiero verte tratando de convencer a tres machos para que se pongan un condón, o a sus esposas para que tomen anticonceptivos o se amarren las trompas de Falopio. Es más fácil que la selección gane el Mundial, que Peña Nieto se despeine o que Juanga resucite —dijo Sebastián.

—Pues muchas gracias por el apoyo y la solidaridad con la causa, compañero Malagón.

—Perdoname, petisa. —Ninguno de los dos hermanos era alto, pero Sebastián le venía diciendo «petisa» a Violeta desde que eran chicos porque por un periodo que duró apenas unos meses él llegó a tener un par de centímetros más de estatura. Ahora él era el más chaparro de los dos, pero el sobrenombre no había cambiado—. Te estoy haciendo lo que más nos molesta: descalificar tus ideas antes de escucharte. *Very Mexican of me. Sorry.*

Violeta sacó su teléfono y le envió a su hermano el enlace a un documento que ella había escrito para comenzar a explicarse a sí misma las razones de su empresa quijotesca.

—Luego me dices lo que piensas, ¿sale?

—Dale, Vio. Ahora te dejo porque me tengo que ir al centro.

Sebastián se fue antes de que se apareciera Eduardo. Había ido a la casa paterna a ver a su hermana y esa era la única razón por la que todavía iba al barrio de su infancia. Violeta se dirigió a su cuarto, se tiró sobre la cama y sacó su libreta para revisar la lista de todas las cosas que tenía que hacer antes de irse. Eran muchas y no quería que se le olvidara nada. Poco a poco se había venido despidiendo de amigos y familiares. Le faltaba ver a Alberto, su exnovio que nunca había sido un novio novio, sino una cosa indefinible; le faltaba despedirse de unas tías y tendría que ir a comer con el pinche tío del Opus Dei o si no su padre le iba a armar un pancho. De Claudia no se despediría porque, desde los aburridos y lejanos días de la primaria, ellas siempre estaban juntas. Ella sería la única amiga que la acompañaría al aeropuerto, además de Eduardo y Sebastián. Claudia prometió que iría a visitarla a San Francisco a fines de octubre, ya que siempre quiso pasar un verdadero Halloween en los Estados Unidos.

La inminencia de una nueva vida en el extranjero la asustaba un poco. No temía el encuentro con las nefastas autoridades migratorias norteamericanas porque iba a llegar al aeropuerto de San Francisco con el estatus privilegiado de estudiante extranjera, pero llevaba meses siguiendo con mucha atención (e indignación) lo que estaba sucediendo en las fronteras de Estados Unidos y Europa con los inmigrantes y los refugiados. Violeta se sentía culpable porque cientos de ellos, la mayoría sirios, morían en el mar Mediterráneo tratando de llegar a Europa. Como ellos, iba a dejar su país. A diferencia de ellos, no iba a morir en el intento. Violeta lloró de rabia, indignación e impotencia, como la mayoría de las personas del mundo que vieron la fotografía de Alan Kurdi, el niño de tres años cuyo diminuto cuerpo apareció tirado boca abajo en una playa turca en septiembre del 2015, los zapatitos puestos, la playerita roja, el pelo corto, vestido como si acabara de llegar de la guardería, pero muerto; su cuerpo era una acusación, una evidencia vergonzosa de todo lo podrido en el mundo. La imagen de Alan Kurdi provocó la culpa y el desasosiego de «millones de personas como yo, que no hicimos nada en absoluto para evitar su huida de Siria y su muerte», escribió

Violeta en algún lado. «Tengo miedo», escribió, «de ser extranjera en un momento en la historia del mundo en que, gracias al veneno instantáneo de Facebook y Twitter, los nativos más reaccionarios del mundo odian más que nunca a los inmigrantes y a los extranjeros». Unos días atrás, su propio padre había dicho algo muy feo sobre los hondureños que pasaban por la ciudad rumbo a los Estados Unidos y que se habían convertido en los chivos expiatorios y humanos incómodos en un país que, convertido en paso obligatorio de migrantes desesperados rumbo al norte, convenientemente había olvidado a los cinco millones de mexicanos que viven indocumentados en los Estados Unidos. Violeta sabía que los centroamericanos, los africanos y los chinos que cruzaban el territorio nacional rumbo a la frontera norte sufrían a manos de los mexicanos abusos peores que aquellos que los mexicanos indocumentados sufrían a manos de los gringos: secuestros, violaciones, esclavitud perpetrada por los cárteles de la droga y asesinatos. Los mexicanos lamentaban los malos tratos que sufrían sus paisanos en el país del norte, pero por alguna razón misteriosa nadie hablaba de la viga en el ojo propio. Los centroamericanos y los otros desdichados eran invisibles; el abuso y su sufrimiento, invisibles: los diarios mexicanos estaban más ocupados con aquello que habían bautizado como la «crisis de los refugiados en Europa», cuando lo que realmente estaba en crisis era la consciencia y la humanidad de los países europeos, y la de México, pensó Violeta.

Estaba consciente de la gran diferencia entre llegar con visa de estudiante a los Estados Unidos y cruzar la frontera ilegalmente, pero sospechaba que en las calles de San Francisco ella sería tan extranjera y tan mexicana como cualquier inmigrante indocumentado. En los últimos años la administración de Obama les había declarado la guerra a los mexicanos y a los afroamericanos, entre los cuales la muerte y el abuso a manos de la policía eran prácticamente cosa de todos los días. «Los Estados Unidos de Obama, el súper deportador en jefe, no quieren dejar de ser un país blanco y están dando patadas de ahogado porque ya no lo son», escribió Violeta. «Además, yo no soy blanca. Soy morena y parezco más colombiana o caribeña que argentina o chilanga criolla *whitexican*». Su estado de ánimo empeoró cuando sucedió lo impensable: el 19 de julio del 2016 Donald Trump, la esperanza blanca del Ku Klux Klan, se convirtió en el candidato oficial del Partido Republicano a la presidencia de los Estados Unidos.

—No sé por qué te enojas tanto —dijo Eduardo—. El señor no tiene ninguna oportunidad de ganar la elección. Las encuestas de diarios importantes como el *New York Times* y el *Washington Post* ponen a Hillary Clinton con una ventaja enorme, algo así como el 90 % de preferencia del voto. Los gringos están locos, pero no son idiotas. ¿Quién se puede tomar en serio a este payaso después de las barbaridades que dijo sobre los mexicanos?

Pero Violeta era pesimista. Tan pesimista que su padre contrató un psicólogo desde que ella era una niña para evitar a toda costa que su hija fuera a convertirse en filósofa existencialista o rockera punk drogadicta. Poco después de cumplir diez años, Violeta inició sus sesiones de terapia con el doctor Giovanetti, un psicólogo argentino que había llegado a México en 1976, huyendo de la persecución de la dictadura militar, como la familia de su madre, pero que decidió quedarse para siempre en el D. F. porque sus hijos nacieron allí y porque México le ofreció oportunidades que a veces ni siquiera les ofrecía a los propios mexicanos. Eduardo, instado por su madre, que había observado con angustia e impotencia la catástrofe emocional que provocó el abandono de Marcela, buscó el consejo de amigos que tuviesen experiencia con psicólogos y así dio con el doctor Giovanetti. A Violeta le vino bien seguir teniendo contacto con su identidad argentina a través del psicólogo, que tenía más o menos la edad de Marcela e hijos argenmex como ella. Al paso de los años, la relación con Giovanetti era casi familiar o, para ser precisos, era mejor que una relación familiar, porque con nadie de su familia podía sincerarse y hablar con la libertad con que lo hacía en el consultorio de la colonia Narvarte a donde iba una vez por semana a hablar de sus cosas más íntimas e importantes.

Violeta recordó lo que dijo Giovanetti sobre su miedo a ser mexicana en los Estados Unidos en la última sesión que tuvieron la semana anterior.

—Hay un poeta griego que se llama Cavafis, Vio, ¿lo conocés? Bueno, él escribió una poesía que dice que si uno ha arruinado su vida en una ciudad, la va a arruinar a donde vaya. Pero pensá en eso como una verdad poética, no como una condena. Yo encontré una nueva vida en el exilio, mis hijos son posibles gracias a ese exilio. Y vas a tener miedo en el extranjero, el miedo que nos produce lo que no conocemos. Pero yo te conozco y sé que necesitás el miedo porque a vos el miedo siempre te ha movilizado; es parte de tu esquema personal, es tu nafta, Vio. Es tu energía creadora como escritora y como intelectual.

Giovanetti casi nunca mencionaba a sus hijos y Violeta tuvo curiosidad por saber más de ellos. Le hubiera gustado enterarse cómo era su relación con el país de sus padres, pero desde que Marcela se fue le costaba hablar de ese cincuenta por ciento de su sangre. Violeta no respondía. Giovanetti cambió de tema.

—Me gusta tu remera.

El psicólogo sabía que la camiseta con el famoso «Ni uno más» era un llamado a mitigar la locura reproductiva que estaba destruyendo el mundo. Habían tenido muchas horas de conversación sobre el movimiento antinatalista.

—Es una pérdida de tiempo, doctor Giova. Pero estoy tan paralizada que me obligo a hacer cosas pequeñas como esta para sentir que estoy haciendo algo al respecto. Me desespera no poder hacer más y no quiero ser uno de esos idiotas que enfrentan el apocalipsis con tuits y publicaciones idiotas en Facebook. Quiero hacer algo que vaya más allá de escribir manifiestos y ponerme remeras como esta.

—Te estás yendo. Ese es un paso importante.

—No sé si me estoy yendo o si estoy hu-yendo.

—Irte te va a permitir saber qué tan fuerte sos, ¿sabés? Te conozco desde que eras una nena de diez años y te puedo decir que sos una de las chicas con más polenta que he conocido en mi vida. Confiá en tu instinto, pero no te olvidés de tu inteligencia pragmática. Cuando vuelvas a México, venís y me contás, ¿dale?

Violeta lloró un poquito cuando se despidió del doctor Giovanetti porque iba a echar de menos sus conversaciones semanales y porque supo que nunca más lo volvería a ver; esa certeza la llenó de pensamientos oscuros.

Estaba a punto de subirse a su bicicleta cuando la notificación del celular la interrumpió. Era un mensaje de texto de Alberto: «¿Péndulo a las 7?». Violeta resopló y dijo en voz alta: «Qué pinche hueva» y tecleó: «OK. Allá ns vems».

9

—Entonces, ¿piensas que los niños no sirven para nada?

Violeta respiró hondo. Nunca debió haberle enviado por correo electrónico su ensayo antinatalista al menso de Alberto. Supo que cada minuto que pasara entre lo que iba a responder a continuación y el momento en que el mesero trajera la cuenta iba a durar una eternidad. «Todo esto», se dijo, «es mi pinche culpa».

—No. No escribí eso, Beto, no manches. No tuerzas lo que digo o lo que escribo. Simplemente sostengo que tener hijos ahora, sabiendo todo lo que sabemos sobre el calentamiento global y sus efectos, es el acto más irresponsable, egoísta e injustificable que alguien puede cometer, al menos en el mundo occidental y en todos aquellos lugares donde el acceso a esta información es posible.

—¿Y qué va a pasar el día en que decidas tener hijos, Vio? ¿Vas a cambiar de opinión? ¿Te vas a olvidar de todas tus lecturas oscuras? ¿De tus filósofos y tus poetas malditos?

Alberto había sido el novio de Violeta hasta el 14 de febrero del 2014 y nunca le iba a perdonar que ella terminara la relación el mismo día de San Valentín, cuando según él los dos eran más felices, de acuerdo con uno de los muchos mensajes de texto que le envió a Violeta pidiéndole que no lo dejara. Ella se refería a esa etapa de su vida como «los años guadalupanos». La etapa comprendía el periodo que iba desde su nacimiento hasta el momento en que decidió que estaba harta de ser una niña mexicana buena, que actuaba con decoro, iba con el novio al cine, con su papá a las fiestas familiares, no cogía o cogía poco, y sacaba buenas calificaciones en la escuela. A los veintitrés años, cuando estudiaba su último semestre de la carrera de letras en la UNAM, sufrió un ataque brutal que cambió todo: una tarde que caminaba en la colonia Roma, un muchacho, al que Violeta se negó a describir cuando llegó la policía a tomar el reporte, la atacó en la calle y le rompió la nariz de un puñetazo.

Una semana después del ataque, Violeta vio su rostro amoratado en el espejo del baño y pensó con un estremecimiento que el golpe bien pudo haber sido una puñalada. No estaba muerta porque alguien había decidido no matarla. La certeza de saber que no era dueña de su vida en su propia ciudad la hizo desear irse para siempre de ella; cambió su relación con el D. F. para siempre y contribuyó a su decisión de no hacer nada que no quisiera hacer. Terminar con su novio fue una consecuencia natural de esa crisis. Alberto lloró, envió mil textos y un día la fue a buscar a su casa, borracho, cosa que a Violeta le molestó al grado de amenazarlo con bloquear su número de teléfono. Seis meses después, él entendió que la única manera de estar presente en la vida de Violeta era no pedirle nada y aceptar la distancia que ella impuso. Eligió ser su amigo y esa era la segunda vez que se reunían a tomar un café. Alberto no sabía que sería la última.

—Beto, antes de tener un hijo las mujeres tenemos que encontrar a un hombre que no sea un neandertal manifiesto o camuflado. El problema hoy en día es que hay un montón de tipos que se han aprendido a medias el lenguaje de los hombres progres. Hay muchos güeyes que entendieron que las mujeres ya cambiamos las reglas de cómo nos queremos relacionar con ellos y con el mundo, que han aprendido a recitar lo que una quiere escuchar y hasta aparentan que usan su cerebro, aunque todavía viven en una pinche caverna. Saben qué decir para que una no corra un minuto después del encuentro inicial, pero a la semana la mayoría comienza a enseñar el cobre.

La cafetería olía a chorizo frito, a pan fresco, a café recién filtrado. En una mesa vecina estaba un actor gringo famoso que

Violeta no acertaba a identificar por completo. Había visto su cara en un par de películas, pero no podía recordar su nombre. En otra mesa había dos señoras mayores que le recordaron a su abuela Olga. En la mesa de al lado, un chico muy joven leía un libro que se llamaba *Tijuanenses*.

—Hubo un tiempo en que no pensabas así. —Alberto no pudo evitar aludir a la Violeta precrisis, como si invocara la presencia de un fantasma.

—Me tomo muy en serio lo que pienso y lo que leo. —Violeta detectó un tono de voz que no le gustó.

—Eso siempre lo has hecho, Vio. Eres la mejor lectora que conozco. —Alberto se dio cuenta de que estaba a punto de arruinar todo y metió los frenos.

—Aprendí a leer, Beto, eso me cambió la vida. Antes me metía a la Gandhi o a cualquier otra librería a buscar libros que se me antojaban o que alguien me había recomendado. El taller de Vidal me enseñó a leer al autor, no al libro; a conocer la obra de un escritor como uno conoce una casa, como uno aprende a conocer a otra persona. En el de este año leímos cinco libros de Kundera, dos novelas, un libro de cuentos y dos de ensayos. Yo no tenía idea de que Kundera escribiera ensayos.

—Yo tampoco —dijo Alberto, sin la certeza de saber quién era ese tal Kundera.

—Creo que cuando comienzas a leer autores y no libros, pasas de leer lo que te gusta a leer lo que necesitas.

—Uf, no sé si entiendo bien la diferencia.

—No te preocupes, no importa. —Violeta se sintió mal porque pensó que estaba siendo demasiado pretenciosa. Con frecuencia tenía ese sentimiento.

—¿Qué estás leyendo ahora? —El interés de Alberto era tan real como su incapacidad de aceptar que Violeta hizo lo correcto cuando lo dejó. Escucharla hablar era la confirmación final de que ella ya era otra persona, de que algo sucedió en algún momento que la transportó a una dimensión a la que él no tenía acceso.

—¿La neta te interesa?

—Sí, Viole. Claro que me interesa.

Violeta sacó de su mochila un ejemplar de un libro en inglés: *The Conspiracy Against the Human Race: A Contrivance of Horror*.

—¿Es una novela?

—No, creo que es más un manifiesto oscuro, una profecía.

Él no quiso saber más del libro y cambió de tema para hablar de su trabajo en un hospital privado en Santa Fe. Alberto era médico, estaba haciendo su internado y quería ser cardiólogo. Violeta lo escuchó, mostró entusiasmo por sus planes y se alegró sinceramente de que le estuviese yendo bien, pero a los diez minutos se sintió más sola que nunca. Cuando se despidieron, él la miró con ojos tristes e intensos, como alguien que se despide de una persona que está a punto de cometer un error fatal y que por alguna razón incomprensible y absurda se niega a recibir ayuda.

Violeta se subió a su bicicleta y se fue por las calles de su ciudad. Ahora que se iba, sus ojos la encontraban más hermosa que nunca. Para Violeta, la Ciudad de México se convirtió en una amante demente de la que uno está perdidamente enamorado, pero debe abandonar antes de que ella lo mate, como Pablo Neruda tuvo que dejar Birmania y el amor enfermo de Josie Bliss para evitar que ella lo asesinara con un cuchillo. ¿Por qué se marchaba? ¿Porque estaba condenada a emular el abandono de su madre? ¿Porque las mujeres de su familia se iban? ¿Por la violencia de aquel puñetazo y el odio endémico de los hombres? ¿Por la corrupción mexicana con su olor a sangre y heces? ¿Porque la ciudad, porque sus futuros libros o por qué diablos se iba? Un tipo que parecía licenciado pasó a su lado y le dijo una cochinada que ella intentó olvidar, pero no pudo.

Entendió que los hombres, la mayoría de los hombres que ella conocía, excepto Sebastián, eran incapaces de entender todo lo que en ese momento le ocupaba la cabeza. Sospechaba que, si intentaba explicarles su miedo simultáneo de quedarse y de irse, de partir de su ciudad y llegar a California justo en ese momento, ellos le dirían: «No tienes nada de qué preocuparte porque tú no eres como los mexicanos que están en el gabacho», «¿Para qué te angustias por cosas que no puedes controlar?», «Los mexicanos no somos los únicos machistas y misóginos del mundo, ahora que conozcas a los gringos vas a ver que ellos también son así», y la que ya venía escuchando cada vez que predicaba el antinatalismo y explicaba el efecto nocivo de los humanos en el planeta: «Algún día te vas a enamorar y vas a querer tener hijos». Y no, carajo. No. No se trataba de eso. Se trataba de la dignidad innegociable de hacer lo importante, lo responsable, lo decente. Eso, lo decente. Se trataba de... Violeta detuvo la bicicleta para sacar su libreta y escribir de qué se trataba todo eso cuando sintió contra su cuerpo la vibración del teléfono y recordó que todavía le faltaba sentarse a hablar con Sebastián de aquel asunto que venían evitando desde que eran niños pero que, ahora que ella se iba, no podían ni querían posponer.

10

Södermalm, 1994-2005

Anders tenía tres años cuando conoció a su padre, cuando este pudo reunir el dinero necesario para viajar a Estocolmo desde San Petersburgo. Un día antes de que Aleksandr llegara a Södermalm Malin le anunció la llegada y trató de explicarle qué significaba esa palabra, «padre», con la plena conciencia de que el pequeño no tenía la mínima idea de qué le estaba hablando. A los tres años es difícil introducir a un niño que nunca ha tenido un papá a la idea de la paternidad y a la realidad de un hombre desconocido.

Habían pasado casi cuatro años desde que Malin lo dejó en Helsinki, pero Aleksandr estaba convencido de que ella era uno de esos grandes amores que matizan de tragedia el dolor creativo en las biografías de los grandes artistas. Aleksandr palió el dolor de su abandono con la convicción de que para crear obras maestras un poeta debe de sufrir el infierno en la tierra. Su partida significó la pérdida del apartamento de la avenida Bulevardi, el regreso al sofá de su paisano ruso, el colapso de su salud física y la desesperación moral más profunda que Aleksandr jamás experimentó en su vida. La recompensa por tanto sufrimiento fue el volumen de poemas espléndidos que escribió en Helsinki durante los meses que precedieron su retorno a San Petersburgo. Al mismo Aleksandr le sorprendió que esos poemas, que tenían el brillo perturbador de una herida abierta, surgiesen de su angustia de hombre derrotado, un hombre en bancarrota moral y financiera que ya no tenía el ímpetu necesario para que sus pasos lo condujeran a esos cafés a la orilla del Sena. Cuando termino de escribir el último poema, supo que había llegado el momento de volver a Rusia. El 18 de abril de 1992 no había una persona más triste en el vagón del tren que salió de Helsinki a San Petersburgo a las 10:47 de la mañana.

En 1994, Aleksandr logró convencer a un hermano de su madre de que le prestara dinero para viajar de San Petersburgo a Suecia. Su intención era persuadir a Malin de que criaran juntos a su hijo. No pudo hacerlo. Malin estaba más allá de cualquier promesa de cambio, pero el poeta consiguió que le permitiera ver a Anders cuantas veces quisiera, siempre y cuando estas visitas tuviesen lugar en Estocolmo.

Aleksandr volvió dos años después. Anders no guardaba ningún recuerdo de estas dos visitas porque era demasiado chico y, por una gracia de la naturaleza, los niños olvidan con facilidad para poder sobrevivir. La primera memoria que Anders pudo conservar de su padre biológico era de 1998, cuando él ya tenía siete años y Aleksandr se apareció de nuevo en Södermalm con una hermosa bicicleta azul que tenía el asiento de cuero y un timbre rojo. Los niños afortunados del mundo que han tenido la alegría incomparable de recibir como regalo una bicicleta no saben que ese momento perfecto de dicha absoluta nunca se olvida, por eso el recuerdo luminoso de ese día siempre venía acompañado por la sonrisa transparente y los ojos tristes del forastero rubio.

Anders nació en febrero de 1991 en Södermalm y vino al mundo sin llorar, cosa que le produjo a una de las enfermeras que se encargó de limpiarlo un estremecimiento que no supo explicarse y el deseo urgente de volver a su casa cuanto antes a besar y abrazar a sus dos hijos. Al segundo día de nacido, Malin se lo llevó del hospital Södersjukhuset a su apartamento de la Rutger Fuchsgatan, la callecita del barrio Nørrebro donde, a su regreso de Finlandia, encontró vivienda a un precio razonable. Como sucede en la gran mayoría de las ciudades del mundo, la Rutger Fuchsgatan ostentaba el nombre de un militar cuya memoria fue honrada por el gobierno de su ciudad. Un día en que disponía de unos minutos extras en la biblioteca de la Universidad de Estocolmo, Malin no pudo resistir la curiosidad y averiguó en un libro de historia militar sueca que el tal Rutger Fuchs había sido un castrense de rango medio nacido en Malmö, en el sur de Suecia, y que allá a principios del siglo XVIII fue nombrado miembro de la Real Orden de los Serafines, distinción que seguramente recibió de las mismas manos del rey de Suecia, en las estancias del Palacio Real de Gamla Stan, la isla que quedaba a una distancia corta de su departamento y unía a Södermalm con el resto de Estocolmo. Esa misma tarde, mientras pedaleaba su bicicleta de vuelta a casa, Malin recordó la novela de un escritor argentino que leyó cuando era estudiante en la universidad y tomó un curso de novela latinoamericana dictado por un profesor peruano. La novela se llamaba *Sobre héroes y tumbas* y en ella el autor hablaba de una guerra que tuvo lugar en el siglo XIX, pero que de alguna manera insidiosa seguía presente en las vidas trágicas de los personajes de su libro. A Malin le impresionó el efecto de una guerra añeja en los protagonistas de esa familia decadente que vivía en una Buenos Aires enigmática y oscura, cuyas plazas, pobladas de monumentos dedicados a héroes de batallas arcaicas, eran recorridas por ciegos misteriosos. Pensó que las calles, las plazas y los parques de Estocolmo también estaban, como los de esa Buenos Aires imaginada y lejana, llenos de placas y monumentos absurdos dedicados a honrar la memoria de fantasmas que pelearon guerras olvidadas.

No fue fácil criar a Anders. Los padres de Malin eran muy viejos y, aunque nunca se lo reprocharon verbalmente, ella sabía que no le perdonaron el haber vuelto embarazada de Helsinki sin un marido finlandés. Malin no quiso compartir con ellos los detalles de los últimos meses de su vida en Helsinki porque no tenía ningún deseo de recordar lo mal que la pasó. Fueron meses en que la depresión de Aleksandr y su angustia de poeta solitario le impidieron ver y apreciar todos los esfuerzos que ella hacía para cumplir de manera simultánea con su proyecto académico en la universidad y las largas horas de trabajo en la librería. A partir del momento en que Aleksandr se fue a vivir con ella, Malin trabajó más horas para poder pagar el alquiler del departamento y la comida de los dos; ese esfuerzo pasó desapercibido para él. Como muchos poetas y artistas del mundo, Aleksandr estaba incapacitado para apreciar los detalles menores pero significativos que forman parte de una realidad establecida y funcional donde el trabajo, la eficiencia y la disciplina son la norma; una realidad que allá en Helsinki no se iba a detener por un joven inmigrante que no encontraba su lugar en el mundo. Su frustración con su propio analfabetismo vital, su incapacidad de leer las señales en el camino, su miopía cultural y su credo personal de humano pobre, precipitaron su caída en un pozo que se fue llenando de alcohol y enojo con la vida. Malin estaba tan ocupada con la universidad y el trabajo que, cuando tenía oportunidad de descansar, elegía quedarse en su departamento a leer un libro y a poner un poco de orden porque Aleksandr tampoco se daba cuenta de que había que recoger los platos después de comer, lavar la ropa, secarla y guardarla en el pequeño clóset. Lo que más le molestaba a Malin no era el desorden, sino el olor a cigarrillo y la suciedad que se acumulaba poco a poco tan pronto ella terminaba de limpiar la casa. Nada la irritaba más que la cochambre, hija bastarda de la negligencia. Aleksandr fumaba todo el día sentado a un lado de la ventana para poder echar el humo fuera del apartamento, aunque la mitad del humo se quedaba en el interior. Cuando Malin volvía, él trataba de convencerla de salir, de ir al cine, de ir a caminar por el barrio y sentarse en un café a hablar de libros y de poesía, pero ella llegaba exhausta y nada más quería bañarse, comer algo ligero, leer y dormir. Se comenzaron a resentir mutuamente. Para él, Malin era egoísta. Para ella, él era irresponsable. Para Aleksandr, el trabajo era el enemigo de la poesía. Para Malin, la dejadez el enemigo del verdadero amor. Malin no podía darse cuenta, ni tenía por qué hacerlo, de que Aleksandr no era irresponsable; simplemente estaba paralizado por el trauma doble de la extranjería y la pobreza. Su respuesta para justificar la inmovilidad y la aparente desidia era simple y sincera: «El mundo odia a los poetas porque no nos entiende».

Cuando le asaltaba el pasado, Anders recordaba que el día que llegó a su vida la bicicleta azul con asiento de cuero y timbre rojo, el hombre extranjero que, según su madre, era su *pappa* lo llevó al parque. No al Lilla Blecktornsparken, que era donde estaba el centro comunitario al que iba con más frecuencia porque a su madre le gustaba ir a tomarse un café junto a la alberca pública, sino al Stora Blecktornsparken, a donde iban los niños más grandes del barrio. Ahora que tenía una hermosa bicicleta, enorme como las de ellos, él también podía ir a recorrer las veredas de ese parque a toda velocidad. Tuvo que esperar dos años más para irse a pedalear sin el permiso de Malin por Götgatan hasta Gamla Stan. Él y Kurt, su mejor amigo, con quien tenía pactado viajar cuando fueran grandes al cañón del Colorado y a la Gran Muralla China, le daban la vuelta en sus bicicletas a la isla entera para después cruzar el pequeño puente Norrbro, pasar por las puertas del Palacio Real, pedalear hasta la plaza Stortorget para comprarse un helado, que Kurt siempre pagaba, y volver a Södermalm antes de que sus madres se diesen cuenta de su desaparición. Cuando pudo hacer eso, Anders ya casi no se acordaba de aquel hombre flaco y rubio que usaba ropa demasiado grande, hablaba sueco con un acento muy fuerte y cometiendo muchos errores y que su madre le dijo que era su padre. Anders sólo recordaba que hacía mucho tiempo ese señor le trajo la bicicleta.

Estaba a punto de cumplir trece años cuando una noche después de la cena su madre le pidió que no se fuera a su cuarto. Tenía la costumbre de desaparecer todas las noches para leer o jugar en su viejo Game Boy.

—Te tengo que dar una mala noticia, Anders. Tu padre murió hace dos semanas en San Petersburgo. Hace dos días me llegó una carta de una de sus hermanas. No te lo dije antes porque no había encontrado un buen momento para hacerlo, aunque nunca hay un momento ideal para dar este tipo de noticias.

Anders permaneció en silencio durante unos segundos viendo a su madre como si ella le hubiera entregado esa información en un idioma desconocido. Es posible que esta sea la expresión más adecuada para describir la expresión de su rostro porque Anders todavía no hablaba el idioma de la muerte humana y no supo qué decir cuando esta llegó a su vida por primera vez.

—¿Tienes alguna pregunta?

Movió la cabeza para indicar que no quería preguntar nada. Al cabo de un instante que a Malin le pareció eterno, Anders preguntó si podía retirarse a su cuarto.

—Anders.

—¿Sí, *mamma*?

—Perdóname por no haberte dado un padre.

Malin intentó acercarse a su hijo, pero antes de que sus brazos pudieran alcanzarlo, este se dio la media vuelta y se fue cabizbajo a su habitación. Unos minutos después Malin escuchó algo que semejaba un llanto quieto, pero decidió que su hijo ya tenía la edad suficiente para aprender a sufrir solo.

Ella ya no era la chica frágil e insegura de Helsinki. Hasta ese momento la vida le había dado dos parejas que le destrozaron el corazón y el deseo de disfrutar de un futuro sereno en compañía de un hombre del tipo que la gente caracteriza, porque es la manera más simple de hacerlo, como «bueno». Hay quien dice que el hombre bueno es un individuo que sale a trabajar todos los días y vuelve a una hora razonable, no bebe alcohol o bebe poco, ayuda con los preparativos de la cena, se preocupa por la tarea escolar de los hijos, ve las noticias en la tele o las escucha en la radio, se baña y se va a dormir temprano para poder repetir ese ritual monótono todos los días, menos los fines de semana, cuando el hombre bueno va al gimnasio, a la iglesia si es religioso, ayuda con los quehaceres domésticos y con las compras, va al cine con la esposa o con toda la familia y al caer la noche hace el amor con su mujer pero sin producir ningún sonido extravagante que pueda despertar a los niños. El problema de Malin era que ese hombre bueno no existe, como tampoco existen la esposa buena, el padre perfecto o la madre ideal. La búsqueda del hombre bueno o de la mujer buena nunca termina bien porque está condenada de antemano al fracaso.

El segundo hombre en la vida de Malin fue un profesor chileno al que conoció en la prestigiosa Universidad de Estocolmo, donde consiguió una plaza de profesora adjunta en el Departamento de Estudios Bálticos cuando terminó su doctorado. Miguel Larrea, un académico divorciado que enseñaba literatura latinoamericana en el Departamento de Lenguas Romances, era lo opuesto de Aleksandr. Era un cuarentón moreno, fuerte, extrovertido y alegre que hablaba sueco e inglés con un fuerte acento. Larrea vivía bastante lejos de Södermalm, cosa que le daba mucha independencia a Malin, quien desde su amarga experiencia de Helsinki no permitía que nadie invadiera su espacio personal; se había vuelto celosa de su privacidad y su independencia. La relación con Miguel duró casi dos años, hasta que Malin no pudo más con la presión que él le ponía para que oscurecieran sus juegos sexuales de una manera que a ella le parecía enferma. Miguel fue sutil al principio. Le regaló lencería provocativa que ella se puso un par de veces para complacerlo, aunque nunca pudo relajarse lo suficiente para disfrutar la fantasía que su amante pretendía crear los fines de semana entre copas de tinto y cigarrillos que ella detestaba. A sus cuarenta y siete años, Miguel tenía el deseo urgente de hacer todas las cosas que veía en las películas de Tinto Brass, su director favorito, o aquellas que leía en sus novelas eróticas. Su matrimonio con una chilena ultracatólica había limitado su repertorio de placer sexual a una o dos opciones tediosas. Decepcionado, Larrea buscó en la ficción aquello que la realidad le negaba: leyó a Henry Miller, a Bataille y a Anaïs Nin, y se convenció de que el paraíso de la aventura sexual estaba en la tierra. Cuando Miguel aceptó el trabajo en Suecia, Irene, su ex-mujer, montó en cólera.

—Estarás muy contento ahora que te vas a la capital mundial del libertinaje. Seguramente las suecas andan como las vacas, con las tetas al aire por la calle.

Irene le exigió que firmara el divorcio antes de irse, cosa que a él le extrañó porque esa demanda parecía indicar que su religiosidad no le impedía pensar en su futura libertad. A Miguel le vinieron a contar el chisme insidioso de que Irene tenía un amante más joven que ella al que conoció en el gimnasio poco antes de que él saliera de Santiago rumbo a Suecia. Le gustaba imaginar que su conservadora Irene disfrutaba con un veinteañero del sexo perverso que a él le negó. Nunca imaginó que una sueca también le negaría la materialización carnal de sus fantasías sexuales.

—Lo que quiero no es anormal ni enfermo, Malin. Es simplemente parte de una sexualidad más abierta a la experimentación. Te pido que seas un poco más flexible, nada más.

Pero la cama es como la mesa: uno identifica de inmediato, apenas lo huele o lo prueba, aquello que le gusta o le disgusta. Uno tiene el apetito que las glándulas, la imaginación y la curiosidad le permiten tener. El menú sexual que la vida nos presenta puede consistir apenas de dos o tres platillos básicos o puede tener opciones tan diversas como la imaginación de la chef y el cocinero lo permitan. Malin era avena y pan de centeno, arroz integral sin sal ni aceite de oliva, ensalada de verduras hervidas y, para los días de fiesta, un plato de las mundialmente famosas albóndigas suecas. Miguel era comidas asiáticas picantes, ceviches peruanos, empanadas de pino, tequila y pisco, cigarrillos y Kama Sutra. Como no pudo encontrar en su relación con ella aquello que su apetito le exigía, el profesor chileno se retiró con la mayor dignidad posible; fue así como Rolf y el Círculo Polar Ártico llegaron a la vida de Malin y Anders.

11

Ciudad de México, 2016

De un día para el otro, como si la vida de Violeta necesitara más inestabilidad, su mentor literario cambió de opinión y se dio a la tarea de boicotear sus planes de viaje. La teoría de Claudia era que Vidal estaba menopáusico y ahora no quería dejarla ir porque Violeta era la única que le hacía caso. Según Sebastián, el novelista era una especie de vampiro literario que vivía de chuparle la energía creativa a sus discípulos más brillantes para alimentar su talento en decadencia; además de plantear esta teoría, que a Violeta le pareció plausible, Sebastián le preguntó:

—¿De dónde va a sacar Vidal a otra aprendiz tan neurótica como vos? Hay gente que necesita estar rodeada de locos. Ignoralo.

Ahora la misión de última hora de Vidal era convencer a Violeta para que no se fuera del país y mucho menos se le ocurriera pagar una fortuna por un título que no le iba a servir para un carajo. Durante las dos semanas que faltaban para que su pupila favorita se subiera al avión, Vidal intentó convencerla de que su futuro de escritora no estaba en una escuela gringa sino en las calles y los cafés de su ciudad. Cada una de las razones que esgrimió para ejecutar su labor de convencimiento surgió de un Vidal que no escondía su escepticismo ante los dogmas de la academia, un iconoclasta que a lo largo de muchos años de trabajo y vida se había inventado un personaje de carne y hueso que salía a la calle vistiendo un saco de lino blanco, una impecable camisa negra y, para retocar el estilo cosmopolita de escritor dueño del mundo, un Stetson Imperial que coronaba con dignidad su cabeza canosa.

—Los verdaderos novelistas no van a la escuela ni pierden el tiempo en talleres literarios donde otros aspirantes a genio inmortal se dedican a descuartizar las páginas de sus cuentos y poemas bajo la mirada estalinista de un escritor mediocre que tiene que enseñar creación literaria para pagar la renta del departamento y alimentar a sus escuincles. Acuérdate de lo que dicen los gringos: «*Those who can, do, those who can't, teach*», o algo por el estilo.

Y:

—Los verdaderos artistas y escritores dialogan en las cantinas, en los cafés, en las bancas de los parques y mientras caminan por las ciudades del mundo esquivando mierda de perro. Lee *Los detectives salvajes* para que veas cómo vivíamos en los años setenta los poetas y los escritores que nos reventábamos con Bolaño, Mario Santiago, José Vicente Anaya y otros más que no alcanzamos la fama de Roberto. Nuestra intención no era embrutecernos con alcohol o drogas, sino embriagar el espíritu para hablar hasta la madrugada de François Villon y Quevedo, no de nalgas y de futbol. Ese es el verdadero MFA de la vida que no se paga con dólares sino con sangre.

Y por último:

—No mames, Violetita, San Francisco valía la pena cuando los poetas *beat* se empedaban en los bares de North Beach. Ahora nada más hay chamacos millonarios inventando *apps* y comiendo burritos en *taco trucks*.

«Lo mejor», pensó Violeta, «es no hacerle caso». Vidal era una *prima donna*. Necesitaba la atención constante de sus alumnos y sus seguidores. Violeta no negaba todo lo que su maestro trabajó para conseguir un lugar importante en las letras de su país, pero a veces le parecía que Vidal se había hecho escritor por pura vanidad. Apenas pensó esto, se dijo que, si eso era cierto, ¿cuál era el problema? Si lo que importaba era la obra, ¿qué diablos importaba la razón por la que el poeta o el novelista tomó la decisión de escribir lo que se le dio la gana? Lo que importaba ahora era que Vidal ya no era solamente un consejero o un mentor, era un amigo a quien iba a echar de menos en el extranjero.

Cuando Violeta llegó al taller literario por primera vez, el novelista que despotricaba en contra de los talleres literarios se dio cuenta de que la chica que él supuso era veracruzana era la lectora más sofisticada del grupo de muchachos y chicas aspirantes a escritor. Si él decía García Ponce, Camus, Lispector o Garro, ella era la primera en ofrecer una opinión informada sobre estos escritores. Violeta sintió que Vidal la veía demasiado; sabía que no era la típica chilanga guapa porque no era güera ni tenía un cuerpazo de edecán. Era bastante morena, medía apenas un metro y sesenta y cinco centímetros, y con frecuencia se vestía como para ocultar su cuerpo. Pero también sabía que, aunque ella hiciera todo lo posible por pasar desapercibida, por refugiarse en la ilusión de la invisibilidad, cierto tipo de hombre la encontraba guapa. Vidal era uno de estos. Supo que estaba interesado en ella cuando, al final de la tercera sesión del taller, el novelista le pidió que se quedase porque le quería hacer una pregunta. «Cómo puede ser tan *fucking* obvio», pensó al sentir la mirada llena de sorna de uno de sus compañeros del taller que adoraba a Juan Vidal, el famoso autor de *Hombres y cicatrices*, ganadora del Premio Nacional de Novela del 2006, y de *Mi mascota favorita*, una novela sadomasoquista de culto ambientada en el Reclusorio Oriente. Conocía esa mirada burlona porque muchos hombres piensan que las mujeres son unas oportunistas que se valen del sexo para obtener todo lo que quieren. Violeta consideraba a ese tipo de hombre tan despreciable como aquel que espera que las mujeres les ofrezcan precisamente eso.

—En vez de quedarnos aquí mejor nos vamos a tomar algo, ¿te parece? —dijo Vidal cuando se quedaron solos.

Vidal era un aficionado de la indefinición. Todos sabían que pasaba de los cincuenta, pero nadie conocía su edad exacta. Tenía reputación de escritor duro porque sus seis novelas y sus dos colecciones de cuentos estaban ambientadas en el mundo sórdido del crimen de barriada, del narcotráfico rascuache, la prostitución barata y la corrupción policiaca que él conocía muy bien porque la vivió en carne propia en su juventud, allá por los rumbos de Iztapalapa, antes de descubrir que era más seguro escribir sobre la violencia que vivirla todos los días de su vida. Vidal nunca había cometido un delito, no debía ninguna vida, nunca participó en un secuestro, pero le gustaba crear la impresión entre sus lectores y conocidos de que su pasado era negro, que se codeaba con los jefes de las mafias del bajo mundo y que había hecho cosas inconfesables, de tal manera que su público más fiel, los fans de su personaje principal, Juan Villa, el Buldog (así, con una ele), suponían que Vidal era, o había sido en su juventud, el Buldog legendario de sus libros, confundidos quizá como muchos lectores por el uso de la primera persona narrativa o por la imagen de galán gandalla y siniestro que él proyectaba en la vida de todos los días.

—Violetita, la primera persona es poderosa, es muy chingona, pero tiene sus riesgos. Si vas a usarla, tienes que acostumbrarte a que la mitad de los lectores y los periodistas van a asumir que están leyendo una autobiografía.

Vidal la llevó en un taxi a una de sus cantinas favoritas de la Roma Norte, el Salón Covadonga. Si su intención era estar a solas con Violeta, eligió el lugar equivocado. A los pocos minutos de haber ocupado una mesa se les sumaron dos periodistas culturales, un poeta zapatista, dos jovencitas estudiantes de la UNAM que habían tomado su taller y un escritor cubano que vivía en México desde el siglo pasado. Violeta escuchó los elogios y las zalamerías que sus admiradores le prodigaban al maestro y entendió que Vidal la había llevado a ese lugar para que presenciara una demostración en vivo de su fama. Quería impresionarla. El Covadonga era un bar enorme que había visto mejores décadas y cuyas mesas estaban ocupadas por una clientela variada y ruidosa. Criollos de la zona que hablaban de negocios a gritos con la seguridad que les daba ser dueños de esa parte de la ciudad. *Hipsters* con barbas de talibán y artistas performeras cubiertas de elaborados tatuajes. Empleados y oficinistas del género «Godínez», como uno de los periodistas les llamó burlándose de sus corbatas y sus trajes baratos. Como otros lugares parecidos de la ciudad, el Covadonga había sufrido un declive gradual y gentil, no un derrumbe estrepitoso. Esa caída favoreció a la clientela presente. Los burgueses, los políticos de alto rango, los empresarios y los miembros de las familias ilustres que alguna vez ocuparon sus salones encontraron bebederos y comederos más dignos de su alcurnia en Polanco, Santa Fe o en el sur de la ciudad, cediendo a sus empleados, a los poetas y artistas con restricciones presupuestarias el lujo gastado, pero modestamente espléndido de las Covadongas de la capital.

En la mesa de Vidal, donde él oficiaba de sacerdote supremo, había mezcal y cerveza, palmadas en el hombro, una torta de huevo con chorizo que el maestro ordenó pero que aún no había tocado, dos cazuelitas con chiles jalapeños y trocitos de col en escabeche, comentarios agudos y venenosos, chistes machistas y homófobos, *selfies*, tuits y muchas carcajadas. Violeta entendió de inmediato que esa no podía ser su vida de escritora. Se la estaba pasando bien, pero sospechó que sus compañeros de mesa se iban a quedar bebiendo por horas hasta estar tan borrachos que apenas podrían caminar. Sospechó que eventualmente alguien sacaría un papelito con cocaína y un par de ellos se irían al baño a darse unos pericazos. Supuso que ese ritual (cerveza, mezcal, torta de huevo con chorizo y cocaína) se repetía cada semana un par de veces y que, si no era Vidal, otro sería el genio de las letras o el arte mexicano el que reuniese en torno suyo al talento local. Violeta se tomó dos Centenario sin sangrita, dijo que tenía sueño y se despidió no sin sufrir por un par de minutos el coro de voces que le reprochaban que se fuera. Vidal salió con ella para hacerle compañía mientras llegaba su Uber. En algún momento trató de besarla en la boca.

—No puedo. Tengo novia.

—¿Novia? ¿Te cae?

—¿Y por qué tendría que ser un chiste o una mentira?

—No, chaparrita. Perdón, no quise decir eso. Pensé que... No sé qué pensé. Perdóname, estoy pedo.

Violeta no era lesbiana, pero le pareció que Vidal necesitaba una dosis fuerte de antitestosterona para contrarrestar el embate de su virilidad ostentosa. Todo en él era masculinidad en un estado de exaltación permanente y a Violeta eso le irritaba porque le parecía terriblemente cursi, innecesario y patético. Era como si nadie lo fuera a tomar en serio si no salía a la calle con su sombrero de detective, su jeta de macho matón y su pistolota de escritor desenfundada. «Cosas de intelectuales mexicanos», pensó Violeta al despedirse y subirse al Uber, que por fortuna llegó antes de que las cosas se pusieran más raras.

—Parece el Jorge Negrete de Iztapalapa —le dijo a Claudia al día siguiente cuando fue a su casa y le contó los eventos de la noche anterior.

—O Abel Salazar, pero no tan guapo.

—Fernando Soler, pero no tan bigotón.

—Charles Bukowski, pero no tan chingón.

—Dashiell Hammett, pero no tan cabrón.

—Puta, qué pinche hueva —dijo Claudia.

—Hueva es todo lo que tengo que hacer antes de irme. Y mi papá está insoportable.

—No le hagas caso. Mientras más caso le hagas, peor se va a poner. ¿Qué quiere ahora?

—Lo de siempre. Está chingue y chingue con que me tengo que despedir de mis tíos que no aguanto, que mi seguridad, que no va a poder dormir, que no me olvide de llamarlo o enviarle textos, que Estados Unidos es muy peligroso, que no se me ocurra tomar cosas que me invite gente que no conozco.

¡Tengo veinticinco años, carajo! ¡Me trata como si tuviera quince o dieciséis!

—Parece guardia de una cárcel de mujeres — dijo Claudia.

—O prefecto de secundaria federal.

—O nana de rancho.

—Sargento nazi.

—Abogado católico provida.

—Abuelo porfirista.

—¿Viste a Alberto? No me contaste.

—Pff. Lo vi con la alegría de un niño que va al hospital a ponerse la vacuna contra la tuberculosis o la viruela. Ya ni sé de qué se vacuna una hoy en día.

—¿Cómo no inventan una vacuna contra los ojetes?

—Contra los acosadores sexuales.

—Contra los priistas.

—Contra los panistas.

—Contra los perredistas.

—Contra el mal aliento.

—Contra los pedos.

—Contra la cruda.

—Contra los cólicos menstruales.

—Contra el embarazo.

—Esa ya la hay, se llaman nopalitos.

—Ya, en serio, lo vi y ya estuvo. No vuelvo a sentarme con el Beto ni a esperar el metro.

—¿De plano?

—Dicen que cada persona que conocemos tiene una misión específica en nuestras vidas, que cada una de ellas juega un papel importante y que nos enseña una lección.

—¿Y qué te enseñó la relación con el Albert?

—Que eso que dicen es una gran mamada. Ya no creo en nada y mira que tú sabes que yo era de las que se creían todo. Ahora a mi edad avanzada ya de plano no creo ni en el espejo, ni en la poesía, ni en la filosofía, ni en nada. Nada más creo en la amistad y en la inminencia del apocalipsis, pero sin zombis.

—Ay, no quiero que te vayas, Vio. Te voy a extrañar muchísimo.

—No sé cómo le hacía la gente para irse a otro país antes del Face y el Whats. Supongo que el no poder verte y escucharte con tus amigos o tu familia te obligaba a compensar con otras estrategias. La correspondencia entre esposos y colegas no habría sobrevivido de haber existido el iPhone. Cómo me hubiera gustado haber vivido en un mundo sin textos y sin videochats. Un mundo donde uno se pudiera sentar en silencio a escribir una carta. A ver, pregúntale a Cirila cuáles han sido las relaciones epistolares más famosas en la historia de la humanidad.

Claudia se dirigió a su teléfono con voz solemne:

—Siri, ¿cuáles son las relaciones epistolares más famosas? A ver: según esta señora son, número uno, Sartre y Simone de Beauvoir, o sea, Sastre y la Simona que ve a su galán.

—Si anda viendo al galán tendrían que decirle Simona la Coqueta.

—El sastrecillo filósofo y Simona la Coqueta. Luego tenemos a Catalina la Grande y Voltaire, después Nabokov y Edward Wilson.

—A Wilson.

—Brahms y Clara Schumann.

—¿Pariente de?

—Déjame checo. Sí, Clarita era la esposa de Robert Schumann, según Wikipedos. Dice aquí que mientras el Robert estaba en el manicomio con las cuerdas del piano mental desconchinfladas, a Clara la consolaba con claridad sexual precoz el discípulo de su marido, Johannes Brahms, que tenía veintiún años de tierna edad.

—¿Y ella?

—Treinta y cinco.

—Perfecto. Una de cal por las millones de arena. ¿Quién más?

—Qué chingona la que sigue: Anaïs Nin y Henry Miller.

—Ese cabrón no se la merecía. ¿Lo has leído?

—Mi ex lo amaba, así que nunca me dieron ganas. Las últimas parejas son Edith Wharton y Henry James, y Elizabeth Bishop y Robert Lowell.

—Pues no sé quiénes sean los dos últimos, pero me imagino que si hubieran tenido Whats no se habrían hecho famosos por su correspondencia. —Violeta estaba tirada sobre el sofá de la casa de su amiga.

—Imagínate a Sartre enviándole un texto por WhatsApp a Simona la Coqueta:

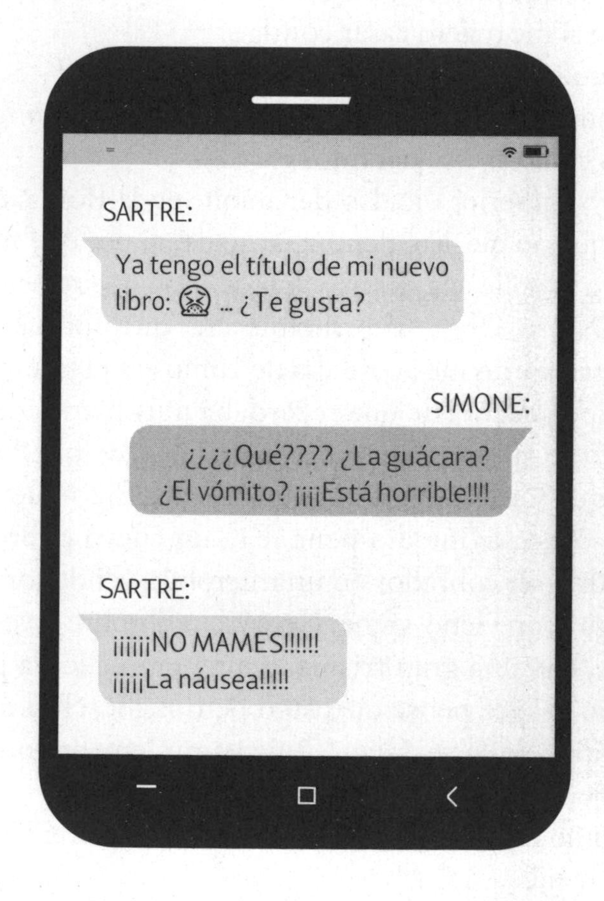

—No se te olvide que me prometiste que me vas a llevar al aeropuerto.

—Cómo crees que se me va a olvidar. Si pudiera me iba contigo.

—Ya lo sé. Si pudiera te metía en mi mochila como si fueras mi muñeco de peluche.

—No me digas tan feo. Vio, en serio: estoy feliz de que te vas y de que vas a escribir muchos libros.

—Qué pinche oso armar todo este quilombo y no escribir nada.

—Vas a volver con el Nobel.

—Si es que vuelvo, Clau. Si es que vuelvo.

—Si no vuelves voy y te traigo arrastrándote de las trenzas. Vio, te tengo que preguntar algo.

—¿Que si me quiero casar contigo?

—¿Te quieres casar conmigo?

—Tenemos tanto tiempo juntas, como amigas, como hermanas, que es como si estuviéramos casadas.

—No, ya en serio, Vio. Lo del ataque en la Roma: nunca entendí por qué no quisiste denunciar nada, ni por qué nunca quisiste darle a la policía la descripción del tipo que te pegó.

—Pff. No sé, Clau. Al principio creí que porque estaba en estado de *shock* y no me acordaba de cómo era el sujeto ese. Pero después me di cuenta de que recordaba muy bien cada rasgo de su cara. No sé si tuve miedo de describirlo, de que lo fueran a agarrar y que luego él viniera a buscarme. Creo que lo que en verdad pasó es que me dio pena. Era un chavo pobre, un chavo que podría ser cobrador en un microbús, vendedor de fayuca en el tianguis, un viene-viene. No sé. Un hombre joven y pobre, impotente, con una gran tristeza y una gran cuenta pendiente con la vida. Tal vez pensé que, si lo perdonaba, él ya no le haría daño a nadie. No lo sé, Clau. Quizá simplemente quería dejar todo atrás e irme a refugiar a mi cama.

Violeta no dijo nada más. Claudia se acercó a ella y le dio un beso en la mejilla.

—Te quiero pedir algo, pero me da pena, Clau.

—Lo que sea, Vio, lo que sea.

—La Petronila. No quiero que se quede con mi papá y el Sebas es un irresponsable.

—Vio, yo la cuido hasta que vuelvas, ¿vale? No te hagas más rollos.

—Te debo la vida, Clau. Te quiero mucho.

—Y yo a ti.

—Ya me estoy arrepintiendo. Me da un poco de miedo.

—Ni madres. Es hora de que te vayas y de que mandes todo a la chingada. Vete por ti, vete por mí, aunque yo te quiera y me desgarre el perderte. Vete ahora porque el después no existe; porque el que se quiere ir y puede hacerlo no tiene perdón ni excusa si no se va en el momento exacto en que debe irse.

12

Södermalm, 2005

A diferencia de Miguel Larrea, Rolf Bjørnson, el ingeniero noruego que comenzó a visitar a Malin los fines de semana, era un hombre apacible y callado que se sentaba a jugar ajedrez con Anders y disfrutaba de salir a pasear con él en bicicleta para explorar juntos todos los rincones de la isla de Södermalm. Los niños tienen un instinto natural que les permite detectar la falsedad de los adultos. Con Miguel, Anders experimentó al minuto de haberlo conocido un rechazo profundo. Malin le reprochó que no fuera más abierto, pero su hijo respondió:

—Yo soy más abierto que el Atlántico, pero mi detector de mierda me avisa de inmediato cuando algo huele mal.

El detector de Anders no emitió ninguna alarma cuando, unos meses después de la desaparición de Miguel, llegó Rolf. Sin alardes, sin grandes proyectos ni discursos, Rolf vino para quedarse. Era un hombre del norte de Noruega que trataba a Malin con mucho afecto. El primer año de su relación fue armonioso; esto le permitió a Anders aceptar que en la intimidad de la vida que él tenía con su madre había un espacio disponible para que lo ocupara un hombre adulto. Rolf comenzó a llevarlo al cine y muy pronto esa se convirtió en su actividad favorita. En el cine, el noruego le compraba dulces y le dejaba tomar Coca-Cola, el veneno que Malin le tenía prohibido desde su infancia temprana. A veces, a mitad de la película Anders se quedaba dormido con la cabeza recostada en el brazo de Rolf. A veces, era Rolf el que se quedaba dormido con la boca abierta, desparramado en el sillón, y Anders tenía que despertarlo porque roncaba como un gigante. Cuando cumplió quince años, Rolf le regaló para su cumpleaños un hermoso ejemplar de la edición británica de *Luces del norte* y le habló del Círculo Ártico con la familiaridad de quien viene de ese lugar: él era originario de Sommarøy, una pequeña aldea pesquera que estaba ubicada en una isla diminuta en el norte más distante de la península escandinava. Anders leyó *Luces del norte* con verdadera pasión, imaginando a Rolf como uno de los personajes de la novela. A partir de entonces, Anders comenzó a soñar con osos polares que deambulaban por las praderas heladas de Svalbard, con brújulas mágicas, montañas blancas y paisajes de hielo más grandes que todas las islas de Estocolmo juntas. Los libros de Philip Pullman eran diferentes a los de J. K. Rowling, que llenaron de magia y misterio sus sueños infantiles. La oscuridad sin límites del blanco Ártico escandinavo era diferente a la oscuridad gótica de Gran Bretaña. Era más familiar y más cercana.

Con Rolf, Malin comenzó a imaginar un futuro que nunca se había podido imaginar antes. Le gustaba que él no la presionaba para que hiciera absolutamente nada que ella no quisiera hacer, que respetaba su trabajo como académica y que hacía esfuerzos para crear una relación sana con su hijo, a quien a esas alturas ella ya había dado por perdido. Rolf se dio cuenta de la distancia que Anders había interpuesto entre él y su madre e hizo lo posible para que Malin pudiera recuperarlo. A ella le gustaba verlos juntos, hablando de libros y películas o pateando un balón de futbol en el parque, cuando cada uno de ellos representaba con entusiasmo patriótico a su país en la modesta versión de la final del Mundial de futbol, Suecia versus Noruega.

Un día, Rolf se apareció con tres boletos de avión y se los llevó al norte más remoto de Noruega a conocer a sus padres a la diminuta isla de Sommarøy. Primero tuvieron que volar a Oslo, donde tomaron otro vuelo que los llevó a Tromsø, la ciudad más importante del norte de Noruega y la más grande de todos los poblados que existen en el Círculo Polar Ártico. Tromsø estaba, según constató Anders en un mapa, en el extremo más occidental de la península escandinava. Anders se vio recorriendo esas islas lejanas en un barco enorme, esquivando glaciares y ballenas. Rolf le dijo que la isla de Store Sommarøya, en donde vivían sus padres, se conectaba a la de Tromsøya por un puente, así que no había necesidad de subirse a un barco para llegar a ella, cosa que decepcionó un poco a Anders.

—Tromsø no es el poblado más al norte de Europa —le explicó a Anders mientras iban en el tren al aeropuerto de Arlanda a tomar el avión de Norwegian Airlines que los llevaría a Oslo para de allí volar a Tromsø—, pero sí es la ciudad más importante de todas las que están en el Círculo Polar Ártico.

—¿Veremos osos polares? —Anders jamás había salido de Suecia, jamás se había subido a un avión y apenas si podía controlar su entusiasmo.

—No hay osos polares cerca de la ciudad. Para verlos tendríamos que ir un poco más lejos, pero te va a gustar Tromsø porque de allí salió Roald Amundsen a su expedición al Polo Norte. Te voy a llevar al Museo Polar para que veas las botas y los esquís de Amundsen. En el museo tienen hasta unos de los perros que él llevó a una de sus expediciones, están disecados, por supuesto.

Anders recordaría momentos de ese viaje como unos de los pocos de felicidad absoluta en su vida, tal vez porque Rolf se convirtió, apenas él se concedió la libertad de sentir esa clase de afecto, en la figura paterna que nunca tuvo. Su abuelo era un hombre amargo y lleno de resentimientos que jamás le perdonó a Malin haberse enamorado de un ruso, y mucho menos de ese ruso en particular. Solamente a la tonta de su hija se le había ocurrido enamorarse de un poeta. Para su abuelo, Anders fue un accidente irreparable. Cuando murió de un aneurisma fulminante, su nieto lloró más porque se dio cuenta de que nunca lo quiso que por la ausencia, ahora definitiva, de ese hombre seco.

Anders nunca se había subido a un avión y apenas podía dar crédito al paisaje que se iba revelando ante sus ojos a medida que se acercaba a su destino. En la superficie del océano helado había cientos de islas, cientos de montañas nevadas. «¿Quién vive en esas islas lejanas?» Su pregunta se quedó sin respuesta porque Rolf roncaba al lado de su madre. Cuando faltaba media hora para que aterrizaran en Tromsø, Rolf despertó, se asomó a la ventanilla y le dijo que en ese momento ya estaban en el interior del Círculo Polar Ártico.

¡Qué lejos estaba de Estocolmo, de Södermalm, de su vida cotidiana! ¡Todo lo que le iba a contar a Kurt! Era la primera vez en su vida que iba a hacer algo que Kurt nunca había hecho, porque él jamás había ido al norte de Noruega. Su amigo, que viajaba con frecuencia a París, a Londres y a América, y había visitado con sus padres ciudades maravillosas como Nueva York y Los Ángeles, que había recorrido los Estudios Universal y Disneylandia, jamás había estado en el Círculo Ártico. Ninguno de sus amigos del colegio ni del equipo de futbol habían estado jamás en las islas más remotas de Europa. Cuando por fin recorrieron los cincuenta y ocho kilómetros que separan a Tromsø de Sommarøy en el auto que Rolf alquiló en el aeropuerto, Anders no podía creer la belleza del paisaje, la limpidez del aire, la transparencia de las aguas frías, la visión de los riscos nevados y el silencio misterioso de los fiordos.

—Tal vez veamos águilas —dijo Rolf—, y mañana nos subiremos al barco de mi padre para llevarte a ver ballenas.

—¿Puedo manejar el barco? —preguntó un ansioso y feliz Anders mientras cruzaban el delgado puente de un solo carril que separaba Sommarøya de Tromsøya.

—El barco se conduce o se pilota, Anders. Y claro que sí. Podrás hacer todo lo que quieras siempre que tu madre te lo permita.

Sommarøy era una aldea diminuta de menos de cuatrocientos habitantes dedicados en su mayoría a la pesca comercial. Era el mes de junio y Anders no podía creer que el sol no se pusiera.

Sabía que al norte del continente era así durante una temporada del año y que en otra el sol no salía, pero ahora vivía la experiencia desconcertante de un día de veinticuatro horas. Rolf le dijo que en Tromsø no se podía ver el sol de medianoche porque las montañas que rodean la ciudad lo ocultaban, debido al ángulo que el sol guardaba en relación con la ciudad, pero en Sommarøy Anders y Malin pudieron maravillarse ante la visión desquiciante del sol fijo en el cielo las veinticuatro horas del día. Ese primer día Malin le permitió quedarse despierto para verlo a la medianoche, y él se propuso quedarse despierto todos los días hasta las doce de la inexistente noche, pero su cuerpo solamente resistió la primera jornada de desvelo.

Por las mañanas, después de desayunar, Anders salía al patio inmenso de la propiedad a jugar con los dos perros de Kristian, el padre de Rolf, quien luego lo llevaba a recorrer la isla. Malin no tuvo ningún problema quedándose en la casa leyendo y conversando con Eli, la madre de Rolf. Hablaban idiomas diferentes, pero se podían entender puesto que estos idiomas eran muy parecidos; lo que no entendían se lo comunicaban en inglés. En dos ocasiones Anders y Rolf acompañaron al viejo gigante y mal encarado que parecía la versión septuagenaria de su hijo, a pescar en las aguas heladas del mar de Noruega, que en esa zona del planeta se mezclan con las del mar de Barents. Las redes subían a la cubierta del pequeño barco repletas de salmón, bacalao y otros peces pequeños que Egil, el ayudante del viejo Kristian, devolvía a las aguas del mar. El segundo día vieron dos ballenas a menos de cien metros de distancia. En el aeropuerto de Oslo, Rolf le compró una cámara Kodak desechable que Anders utilizó para tomar fotos de las cosas que más le maravillaron. En algún cajón de un mueble del departamento de Malin en Estocolmo, hay una foto, que seguramente tomó el viejo Kristian, donde están él y Rolf abrazados con el azul infinito a sus espaldas. Los dos sonríen como si la dicha fuese eterna en las islas frías al norte del mundo, como si en el infinito azul del Círculo Polar hubiese una puerta mágica por donde se puede acceder a la felicidad absoluta y ellos estuviesen a punto de abrirla. A Malin le duele ver esa fotografía, pero de vez en cuando la busca para recordar la felicidad que experimentó en aquellos días.

Un día antes de volver a Tromsø, donde se quedarían unos días antes de volver a Estocolmo, Malin aceptó la propuesta de matrimonio de Rolf. Por fin, su ficción del hombre bueno se volvía realidad. Rolf no era perfecto. Era mucho menos atractivo que Miguel y Aleksandr, no tenía la gracia social del primero ni la sensibilidad del segundo, pero Malin no necesitaba rumba ni poesía; necesitaba la compañía de un hombre maduro y responsable; necesitaba afecto y apoyo logístico en su vida de madre y profesora. Se casarían en Estocolmo, en una ceremonia sencilla. Antes de partir, Rolf habló con sus padres y les pidió que comenzaran a hacer planes para ir a su boda en Suecia en cuanto él y Malin se pusieran de acuerdo con la fecha.

Volvieron en el auto a Tromsø. Si él pudiera elegir, Anders se habría quedado a vivir en Sommarøy con Kristian y Eli, los abuelos perfectos. El hotel que Rolf eligió estaba frente a los muelles pesqueros, en el centro de la pequeña ciudad. Al otro lado del estrecho de Tromsøysundet que separa la ciudad de Tromsdalen estaba la gran montaña que dominaba el paisaje nevado. Una mañana Rolf se llevó a Anders a escalarla porque no podían volver a Suecia sin que el chico viviera por primera vez esa experiencia. Manejaron hasta el otro lado del puente de Tromsø a las siete de la mañana. Anders estaba feliz de que pasaría todo el día con Rolf: subir y bajar de la montaña Tromsdalstinden les tomaría horas. Anders sintió que ese día estuvo más cerca que nunca de la experiencia de tener un padre.

La tarde previa a su regreso a Estocolmo los tres caminaban por Storgaten, la avenida principal de Tromsø, rumbo a un café a tomar algo antes de la cena. Venían de la Bokhuset Libris, donde Malin eligió una novela de Stephen King y Rolf le compró a Anders una hermosa libreta negra, lo bastante pequeña como para que siempre la llevara en su bolsillo. Además de la libreta, Rolf le regaló un atlas. No era el más grande y pesado de los que vendían en la librería, sino una edición portátil para que «marques con un lápiz todos los lugares que vas a visitar cuando seas grande», le dijo después de pagar por todo y entregarle la bolsa de papel que contenía los obsequios. Salieron a la calle para continuar con su paseo. Cualquier persona que esa tarde fría y luminosa en esa región remota del mundo vio a los dos adultos precedidos por un adolescente flaco y alto que llevaba en la mano una bolsa de papel tal vez asumió que se trataba de una familia que disfrutaba de una caminata por el pueblo antes de ir a cenar. Malin iba colgada del brazo de Rolf y Anders iba unos pasos adelante de ellos, quizá pensando que sería mucho más fácil realizar ese recorrido en su bicicleta que a pie. De pronto, Anders escuchó un golpe y un grito. El grito había salido de los labios de su madre. Cuando se dio la vuelta vio que Rolf se había desplomado sobre la banqueta de una manera brutal y aparatosa, dados su peso y su estatura.

En ocasiones Malin bromeaba y le decía a Rolf: «Eres mi guerrero noruego, mi gigante del norte». Ahora su gigante estaba tirado en la superficie de concreto. Algunas personas se apresuraron a asistirlos, pero el gran tamaño del hombre hizo que fuera muy difícil ayudarle a incorporarse una vez que recuperó el conocimiento. Se lastimó la frente al caer y sangraba profusamente, cosa que asustó mucho a Anders. Rolf no quiso ir al hospital. Volvieron al hotel después de comprar en una farmacia lo necesario para que Malin le curara la herida. Al día siguiente volvieron a Oslo y de allí partieron de inmediato a Estocolmo. Tres días después, una ecografía reveló que Rolf tenía un tumor cerebral. Los resultados del laboratorio confirmaron que se trataba de un tumor maligno. A los dos meses, el gigante del norte estaba muerto.

Anders culpó a su madre por esa muerte porque sintió la necesidad de hacer responsable a alguien por su enorme pérdida. Nunca le dijo nada, pero en el fondo comenzó a odiarla por su incapacidad de darle un padre o un abuelo normal. Un día antes de desplomarse en las calles de Tromsø, en uno de los descansos que se tomaron mientras ascendían la cuesta de la Tromsdalstinden, Rolf le prometió que lo llevaría a América.

—Estuve en Nueva York cuando era joven y me pareció el lugar más maravilloso del mundo. Si nos organizamos bien con tu *mamma*, podríamos ir los tres el próximo verano. Además del Museo Metropolitano y de Central Park, hay dos cosas que te van a encantar: la pizza y el *cheesecake*. Hay un lugar en Brooklyn que se llama Junior's donde me comí el mejor *cheesecake* de mi vida. Juré que algún día volvería y ahora tú me has dado la mejor excusa para hacerlo.

Después de Tromsø, después de la muerte de Rolf, Anders se convirtió en otra persona. Por poco más de un año vivió la ficción intensa de tener un padre, aunque este fuese un padre sustituto, un padre falso. Rolf era enorme en todos los aspectos de su personalidad: generoso, fuerte, abierto y afectuoso. Si las personas tienen una identidad equivalente en el reino animal, la de Rolf, se decía Anders, tendría que ser el oso polar. Para él, el oso amarillento que vio en el Museo Polar de Tromsø se parecía a Rolf. ¿Cómo no sentirse seguro con él a su lado y atraído por su personalidad, si era un oso indómito y poderoso? Hasta que lo vio tendido en el suelo helado de Tromsø, Anders pensaba que nada ni nadie podría destruirlo. En la pequeña isla donde vivían los padres de Rolf, Anders descubrió que le gustaban los perros. Su madre jamás le permitió tener uno en Estocolmo porque, según ella, el departamento era demasiado pequeño para acomodar una mascota. Pero allí los dos perros, uno blanco y el otro gris, parecidos a los que había visto en el museo atados a un trineo, tenían la isla entera para correr y perseguir pájaros y ladrar sin molestar a nadie. Parecían lobos. La madre de Rolf, Eli, era una mujer sencilla que vivió toda su vida adulta en esa pequeña aldea. Tenía una gran biblioteca personal porque estaba interesada en la literatura y tal vez porque no había mucho que hacer en la isla, más que leer. El día de su partida de vuelta a Tromsø, después de agasajarlo con un plato de *waffles* y un tazón de chocolate caliente, la anciana le dio a Anders un paquete que contenía un libro.

—Lo escribió una mujer que vivió en Tromsø hace muchos años. Era artista y escritora y se llamaba Sara Fabricius, pero su *nom de plume* fue Cora Sandel. Yo la conocí un día que ella volvió de París a visitar familia o amigos, no lo sé, pero vino a nuestra casa, no a esta sino a la de mis padres en el centro de Tromsø, porque ella y mi madre fueron amigas cuando eran chicas. Recuerdo que las dos estuvieron hablando del pueblo de su infancia, un lugar que yo ya no pude conocer. Otro día mi madre me llevó con ella a visitarla a su casa y recuerdo lo mucho que me impresionaron los cuadros, los dibujos que cubrían las paredes y los libreros, sobre todo los libreros, porque a mí siempre me gustó leer y nunca había visto tantos libros en la casa de una persona. Este libro lo escribió hace muchos años, pero te puede dar una idea de cómo era la vida en esta parte del mundo a principios del siglo xx, cuando ella y mi madre eran unas niñas.

Anders lo aceptó con mucha emoción porque no estaba acostumbrado a recibir regalos. El libro se titulaba *Alberta & Jacob*. No lo leyó hasta mucho tiempo después, cuando pudo pensar en Tromsø sin ponerse a llorar. Le llevó mucho tiempo aprender a aceptar la ficción destruida, la ruptura violenta del sueño de vivir para siempre a la sombra de un árbol poderoso como Rolf.

La otra ficción que, a diferencia de la primera, no desapareció de su vida, fue la de irse de Estocolmo y no volver jamás. Una noche abrió el atlas que le regaló Rolf y comenzó a imaginar una vida en otro lado. Buscó los lugares más alejados de Södermalm y anotó en una libreta los nombres que más le llamaron la atención: Patagonia. Sudáfrica. Nueva Zelanda. California. Eran nombres mágicos. Nombres de lugares donde millones de personas vivían otras vidas en pueblos y ciudades donde no hacía frío, donde la vida era tan buena que seguramente nadie soñaba con irse para siempre. La novela de Cora Sandel que le regaló la madre de Rolf contaba la historia de Alberta y Jacob Selmer, dos hermanos adolescentes que vivían atrapados en la vida gris de Tromsø, que a principios del siglo xx era un pueblo pequeño, conservador, de mentalidad provinciana y aislado del mundo. Alberta Selmer, la hermana mayor, estaba cansada del frío y de la soledad, pero más que nada estaba cansada de ser invisible, de soportar la invisibilidad que las mujeres de apariencia gris que no fueron bendecidas con belleza física y gracia social, sufrían en ese lugar, el más lejano de Escandinavia. Jacob odiaba la escuela y el futuro que sus padres le tenían asignado: una vida mediocre de oficinista respetable. Un futuro donde lo único que podía esperar era repetir en compañía de su futura esposa la vida gris de sus padres hasta que llegara la hora de su muerte. Anders se identificó con la angustia y la claustrofobia de Jacob, que quería ser marinero y tuvo que enfrentarse a la rigidez de sus padres hasta que un día decidió que su vida le pertenecía y fue a enlistarse en una compañía naviera para irse a recorrer el mundo. Cuando terminó de leer la novela, Anders se prometió a sí mismo que, como el chico del Círculo Polar Ártico, algún día se marcharía muy lejos de su casa y de Estocolmo. Se prometió que un día desaparecería para siempre en alguno de esos lugares cuyo nombre había anotado en su lista de los lugares más lejanos del mundo.

13

Ciudad de México, 1998-2016

La vecina se llamaba Margarita y vivía en la casa del perro mataperros. Así le decían todos los niños de esa calle a la casa de la familia Velasco porque un día inolvidable para aquellos que fueron testigos del crimen, el Pitufo, un pitbull a quien todos temían por su apariencia hosca y la amenaza de su cuerpo compacto, impaciente y poderoso, mató al perro que todos conocían como el Terminator. El Terminator era un pequeño perro callejero que vivía de la comida que le llevaban los niños de esa calle, quienes por eso le habían puesto ese nombre: si uno de ellos no se quería acabar la comida que se le servía en su casa, si la milanesa de pollo estaba quemada o los huesos de las costillas en chile morita todavía tenían un poco de carne, era muy común que esas sobras acabaran frente al Terminator, que era el encargado de terminarlas. El perro sabía que después de la hora de la comida y de la cena esos manjares lo esperaban sobre una bolsa del súper en la banqueta. El perrito era de todos y no era de nadie. Todos lo querían porque era muy feo pero muy simpático. El consenso entre los niños de la cuadra era que el perro parecía una cruza entre corgi y labrador, aunque eso era muy difícil de explicárselo a quien no estuviese frente al animal. Un sábado al mediodía, Sebastián le ató al cuello un paliacate rojo que compró en el tianguis con sus ahorros porque el perro no tenía collar. «Eres mi perro favorito en todo el universo», le susurró al oído al Termi, como él y Violeta le decían de cariño. Esa noche Sebastián lloró mucho cuando Eduardo le dijo que bajo ninguna circunstancia podía llevárselo a vivir a su casa.

—¡Pero no tiene dónde dormir! ¡No tiene a nadie que lo cuide ni que lo lleve al veterinario si se enferma!

Típico de Sebastián. Eduardo sabía que su hijo tenía un corazón de oro y que siempre fue muy sensible, pero de ninguna manera iba a permitir que un pinche perro pulgoso, que solamente Dios sabía de dónde diablos salió, se fuera a vivir a su casa.

En las calles de la Ciudad de México a todas horas del día y la noche resuenan los ladridos molestos y lastimeros de miles de perros que viven encadenados a sus vidas miserables en las azoteas y los patios de la ciudad. El Pitufo no era la excepción: vivía encerrado en el patio trasero de los Velasco y es seguro que ese cautiverio contribuyera a su neurosis. Ladraba todo el día y buena parte de la noche. El Pitufo salía a la calle únicamente cuando el señor Velasco volvía del trabajo y se acordaba de que había que sacar al perro a pasear de vez en cuando. Enganchaba una correa gruesa al collar con estoperoles y se lo llevaba a dar la vuelta por las calles de la colonia. Quienes los veían caminar en su dirección se alejaban apenas se daban cuenta de los belfos babeantes y mirada psicótica del animal. Lo que sucedió aquel día fue resultado de un incidente menor que debió carecer de cualquier importancia: al señor Velasco se le cayó el Motorola nuevo de la mano y, al realizar un gesto desesperado para recuperarlo, soltó la correa, permitiendo que el Pitufo saliera corriendo a toda velocidad en dirección al grupo de niños, que incluía a Violeta y Sebastián, que jugaban con una pelota de futbol a media cuadra de distancia. El Terminator estaba acostado durmiendo la siesta cuando escuchó el jadeo y los pasos pesados del Pitufo acercándose a toda velocidad hacia donde él estaba; apenas tuvo tiempo de incorporarse para defender a sus amigos. El pitbull llegó hasta ellos, cogió al Terminator por el cuello y ya no lo soltó. Cinco minutos después de haberlo matado, el Pitufo todavía no aflojaba las mandíbulas trabadas para soltar el cuerpo inerte y ensangrentado del pobre perro. Era una escena de horror: el llanto y los lamentos de los niños, que gritaban y le suplicaban al señor Velasco que le sacara de encima al pitbull a su perro, eran desgarradores, pero no lograron que el señor Velasco pudiera ingeniárselas para que su bestia soltara al pobre Terminator, que, como miles de perros callejeros de la ciudad, sufrió una muerte triste y violenta.

Esa noche Violeta y Sebastián lloraron hasta quedarse dormidos. Marcela ya no estaba en México; seguía en Buenos Aires arreglando los asuntos de la abuela Isabel, que se había muerto de manera repentina, y Eduardo todavía los llevaba a sus respectivas camas todas las noches asegurándoles que su madre volvería en cualquier momento. Por primera vez, Sebastián y Violeta se quedaron dormidos sin pensar en Marcela porque el horror de la muerte del Terminator era demasiado fresco y demasiado sangriento. Después de ese día Sebastián les tuvo un horror inconfesable a los pañuelos rojos, porque le parecía que habían sido teñidos con sangre.

Fue unos meses después cuando Margarita, la hija mayor del señor Velasco, que nunca pidió perdón por la muerte del perro, vino y les dijo a Violeta y a Sebastián, enfrente de todos los niños de la cuadra, que Marcela jamás iba a volver porque su mamá, la señora Velasco, había dicho que Eduardo había hecho algo terrible que ellos jamás tuvieron el coraje de repetir en voz alta. Eso que dijo Margarita, eso asqueroso, sucio e innombrable, les hizo que se recluyeran en su casa, les hizo que vivieran el resto de su infancia con miedo y con vergüenza, les hizo que por años vieran a su padre con los ojos con que un niño y una niña jamás deberían de ver a su padre; por eso Violeta, ahora que se iba al extranjero y no sabía cuándo iba a volver, tenía que hablar con Sebastián de aquello que durante tantos años los dos se habían negado a nombrar y repetir.

Sebastián le dijo a su hermana que se tomaría el día libre en el trabajo, así que le propuso a Violeta que viniera a su casa porque

Antonio, su pareja, estaba en Monterrey y él estaba solo. Podrían hablar sin que nadie los molestara.

El departamento de Antonio y Sebastián estaba en el sur, muy cerca del centro de Coyoacán. Violeta quería mucho a Antonio y agradecía profundamente su presencia en la vida de su hermano. Toño y Sebastián se adoraban, pero si ella hubiese tenido que definir su relación, lo primero que diría es que se respetaban y se apoyaban mutuamente. Tal vez, pensaba Violeta, ese es el secreto de la felicidad de la vida en pareja: no el amor, no la pasión, sino el respeto, la admiración mutua, la solidaridad. Antonio era un burgués incorregible: el departamento estaba decorado con cuadros y litografías de importantes artistas mexicanos: Rojo, Felguérez, Corzas y el favorito de Violeta: un cuadro enorme de Lilia Carrillo colgado en una de las paredes principales de la sala. Sebastián se estaba cebando un mate cuando Violeta hizo la pregunta.

—¿De qué te acuerdas?

—No me hagas hablar del Terminator, que me voy a poner a llorar.

—Bueno, esa combinación de eventos fue lo peor que nos pudo haber pasado a esa edad: que la hija de puta de Margarita nos haya hecho mierda así después de lo que hizo su puto perro.

—¿Te conté que la vi hace como un año? Estaba sentada en una de las mesas de Helados Siberia comiéndose una nieve con un niño, supongo que era su hijo. Yo iba con Antonio y ella me vio. Me debió reconocer porque hizo un gesto de asco.

—¿De asco? ¿Cómo de asco?

—Sí, un gesto de burla y superioridad. Como si supiera algo que le diera control de mi vida. No sé cómo explicarlo.

—Bueno, Sebas, dime qué vamos a hacer. Dime de qué te acuerdas.

—De lo que nos dijo la tipa esa, nada más.

—¿Que papá mató a Brenda porque estaba embarazada con un hijo suyo?

—¡Dios mío, Vio! No lo digas así. Qué horror escuchar esas palabras.

—Nada más son palabras, Sebas. Las dijo esa tipa estúpida, pero eso no las hace verdaderas.

—Cierto, pero cuando las decís así… Bueno, son demasiado violentas.

—Sí, de acuerdo, pero las palabras no son tan violentas como los actos violentos. Acuérdate de mi nariz.

Era la primera vez que Violeta hacía alusión al ataque que sufrió en la colonia Roma y eso sorprendió mucho a su hermano.

—¿Querés hablar de eso?

—No, Sebas. Otro día. A ver, déjame probar tu mate.

Sebastián le entregó el mate y la miró con cariño.

—¿Crees que algún día vas a perdonar a la ciudad?

—Ya la perdoné, pero no quiero seguir viviendo en ella. Me da miedo. Me está causando pesadillas.

—Es un lugar maravilloso, Vio. Yo no podría dejarla nunca. No sabés cuánto la disfrutamos Toño y yo. Y eso que a veces también nos asusta, porque obviamente no podemos actuar como los heteros.

—Ayuda que los dos tienen los medios para disfrutar lo mejor que puede ofrecerles.

—¿Por qué seguís tan enojada, Vio? ¿Hay algo que yo pueda hacer para que te vayas de acá sin tanta bronca?

Durante un minuto eterno Violeta no dijo nada. Le dio un sorbo a la bombilla del mate y lo depositó sobre la mesa de la cocina a la que estaban sentados.

—¿Por qué no enfrentamos a mi papá, Sebas? ¿Por qué no le preguntamos abiertamente si tuvo algo que ver con la desaparición y la muerte de Brenda? Yo ya no puedo con la incertidumbre.

—Pf. Yo no puedo, petisa. No me imagino cómo podríamos hacerlo. No le tengo miedo, pero es un hombre tan débil que se va a derrumbar para siempre. Si él no tuvo nada que ver, lo vamos a romper en mil pedazos.

—¿Y si sí tuvo algo que ver, Sebas?

—Lo va a negar. Dirá que somos unos miserables por acusarlo o por sugerir que él le hizo algo a Brenda.

—Pero ¡no podemos no hacer nada!

—A ver, un momento. Decime, por favor: ¿qué te hace pensar que un chisme, porque eso es lo único que tenemos como supuesta evidencia hasta este momento, un chisme mugroso de vecindad, encierra algún tipo de verdad absoluta sobre la supuesta participación de papá en la muerte de Brenda?

—Dios mío, Sebas. ¿Es que acaso no te acuerdas del señor Velasco? ¿No te acuerdas de que el tipo era un comandante o alguna cosa de la policía judicial?

—Pues no, para nada. ¿Cómo voy a saber en qué trabajaban los vecinos de la calle de nuestra infancia?

—Pues yo sí me acuerdo. Margarita era la que siempre nos amenazaba con ir a su casa a buscar la pistola de su papá para matar al Terminator.

—¿En serio? Pues no recuerdo nada de eso.

—¿No te acuerdas de que un día el tipo ese quiso pegarle a mi papá?

—No. Para nada. ¿En serio?

—Creo que mi papá le pidió que no permitiera que su perro ladrara tanto en las noches. Ya ves cómo es mi papá, seguramente le hizo caravanas y discursos mamones, y algo le debe haber picado al idiota ese que le dijo que le iba a partir la madre si seguía chingando con sus mariconadas. Yo estaba con él cuando eso sucedió.

—Entonces se odiaban. Bueno, si ese era el caso, ¿no te parece que el tipo quería embarrar a papá en alguna cosa sucia como el asesinato de Brenda?

—Es posible.

—Claro que es posible. Pero mirá, vamos a hacer una cosa. Antonio tiene un montón de amigos importantes en el gobierno. Dejame ver si él puede ayudarnos a investigar algo sobre el caso.

—¿Algo como qué, Sebas?

—En algún lugar tienen que estar los documentos de la investigación del crimen.

—¿En México? Tal vez en Inglaterra o en los Estados Unidos, pero ¿archivos policiales en México?

—¿Ves cómo te ponés con todo lo que tiene que ver con el país? Sos una negativa de mierda, hermanita. Vas a ver que cuando estés en California nos vas a extrañar.

—Bueno, Sebas. Que Antonio y el santo Niño de Atocha nos ayuden. Lo que pasa es que yo tenía la fantasía de que algo íbamos a resolver antes de mi partida a San Francisco.

—Violeta, escuchame bien lo que te voy a decir: algo tan serio como esto debe hacerse bien. A mí no me da la cara como para ir a cuestionarlo a papá con una cosa tan fuerte como esta. Acordate de lo que dice la tía Maru, que su hermano era un hombre feliz, despreocupado y pachanguero hasta que mamá se fue de México. ¿Vos lo recordás así?

—No, para nada. Yo recuerdo a un hombre gris y callado. Un hombre que nos crio como si estuviese cumpliendo una obligación social o moral. No tengo el recuerdo de un hombre feliz y pachanguero, todo lo contrario. Mi papá es un hombre que cuando se muera, por mucho que nos duela, nos va a regalar la verdadera libertad que nunca hemos tenido. ¿Por qué me miras así? ¿Te parece cruel lo que digo? Pues lo lamento, Sebas, pero la puta vida no es una película de Disney. Entre todo lo que nos pasó de niños y lo que le va a pasar al mundo muy pronto, no hay lugar en el planeta donde uno pueda esconderse para que no se lo lleve la chingada. Ahora menos que nunca me quiero esconder de mis propias emociones.

Violeta le dio un beso a Sebastián y se fue a la Hostería de Santo Domingo, en donde se iba a reunir con Eduardo y sus tíos a celebrar el cumpleaños de la difunta abuela Olga con unos chiles en nogada. Sebastián dijo que ni en pedo la acompañaba.

14

Södermalm, 2005

Anders no lloró la muerte de Rolf y esa falta de lágrimas fue malinterpretada por su madre, quien pensó que si su hijo no lloraba era porque no lo quería tanto como ella suponía. Un día, seis meses después de que Rolf se desplomara en aquella calle de Tromsø y cuatro después de su muerte, durante uno de sus paseos en bicicleta con Kurt, Anders se detuvo a la mitad de uno de los hermosos puentes de piedra que conectan las islas de Estocolmo y comenzó a llorar de manera inconsolable. Kurt lo miró consternado, pero no supo qué hacer ni qué decirle. El llanto de Anders era tan intenso que una señora que, como ellos, cruzaba el puente en bicicleta se detuvo a preguntarle a Kurt si su amigo necesitaba algo, pero el chico le hizo un gesto hosco para que los dejara solos. Kurt había aprendido de los varones de su familia que los hombres no deben llorar, mucho menos en público, y estaba confundido. No fue hasta que el llanto de su amigo cedió un poco que Kurt le preguntó si lloraba por Rolf y le dio un abrazo torpe. Anders nunca olvidó que Kurt tuvo la perspicacia emocional de saber qué le pasaba en un momento en que a él le resultaba imposible explicarle a nadie el vacío generado por la pérdida descomunal del noruego que iba a ser su padre y lo iba a llevar a América. Debió ser alrededor de aquellas semanas aciagas cuando Anders comenzó a desarrollar el hábito de quedarse despierto hasta altas horas de la noche, leyendo y dibujando en sus cuadernos.

Dicen que algunas de las personas que han sufrido grandes daños morales y emocionales comienzan a buscar experiencias fuertes porque sus sentimientos y sus sentidos están adormecidos, anestesiados por el golpe brutal que su tragedia personal les ha asestado. Anders encontró su dosis de adrenalina en la lectura de cuentos fantásticos y narrativas clásicas de horror. Como la mayoría de los lectores de cuentos oscuros, Anders comenzó con los de Edgar Allan Poe, continuó con Lovecraft y siguió con Stephen King, Dean Koontz y Peter Straub. A medida que se adentraba en el universo perturbador de estas lecturas, su apetito por lo macabro, lo extraño y lo prohibido se exacerbó y buscó complementar este descubrimiento con películas de horror. Como otros adolescentes que entran a estas ficciones con la intención de encontrar respuestas a su angustia existencial, Anders comenzó a pensar que existen realidades ocultas en una o más dimensiones paralelas a la nuestra. Estaba seguro de que había *algo* más allá de lo que sus sentidos le ofrecían como una experiencia palpable, pero no entendía cómo podía funcionar esa otra realidad porque carecía del lenguaje que necesitaba para articular de manera eficaz la existencia de un universo alterno.

Su apetito por más oscuridad literaria y filosófica comenzó a aislarlo de Kurt, quien, fiel a su entendimiento distorsionado de la identidad masculina, nunca tuvo la debilidad de incluir entre sus aficiones la lectura o el cine. Kurt seguía interesado en los deportes y pasaba buena parte de sus fines de semana yendo a jugar partidos de futbol con su equipo, que era uno de los mejores de Estocolmo. Tal vez porque su amigo de la infancia eligió aislarse, Kurt empezó a acompañar a su padre, Erik Fogelström, y a su mejor amigo, Gustav, en sus viajes de cacería los fines de semana del verano. Según el señor Fogelström, esas salidas tenían el propósito de ponerlos en contacto con la naturaleza y obligarlos a hacer ejercicio, pero esto era una excusa para matar a sangre fría liebres, venados y cualquier cosa que se moviera, y luego emborracharse alrededor de una fogata sin tener que preocuparse de manejar ebrios en las calles de Estocolmo. La cacería y el tutelaje de su padre le dieron a Kurt una noción siniestra de la relación de los humanos con la naturaleza: los hombres son seres superiores a los animales y, por lo tanto, son dueños de sus vidas. Los primeros animales que Kurt mató fueron liebres y patos, pero la posibilidad de matar un alce, un jabalí o incluso un oso le excitaba y le producía una ansiedad incontrolable porque la realización de esos crímenes lo convertiría en un hombre hecho y derecho. Erik le había prometido que cuando matara a una de estas bestias lo llevaría a cazar osos a Rusia o tal vez a África, donde podría matar un elefante o un león.

Con frecuencia Kurt le pedía a Anders que viniera con ellos a cazar, pero el chico no se veía con un rifle en el bosque. Ya le había dicho a Kurt que su interés por lo macabro no tenía nada que ver con la violencia de la cacería; nunca le dijo que cazar, la sola idea de matar un ser vivo, le repugnaba, que era un acto anacrónico que le parecía cruel e inmoral como las corridas de toros en España. Tampoco le confesó que consideraba la caza un deporte falso de cobardes y bulis, de machos inseguros y ostentosos, y no se lo dijo porque no quería lastimar el orgullo de su único amigo. En aquellos años, Anders no había consolidado aún su visión pesimista de la humanidad como depredadora de la naturaleza, algo que les debía en parte a todas aquellas conversaciones que solía tener con Rolf cuando los dos se iban a caminar por las calles de Södermalm o recorrían las islas de Estocolmo en bicicleta los fines de semana. Rolf no era pesimista; sabía que uno podía tener conciencia del desastre sin tener que vivir con amargura. Amaba la vida y porque la amaba se preocupaba por el planeta. Era un lector devoto del ecologista noruego Arne Næss, quien venía afirmando desde la década de los setenta que sólo un entendimiento de la naturaleza como un sistema vivo donde absolutamente todos sus componentes eran esenciales podría garantizar la supervivencia del planeta, incluyendo la de los seres humanos. Næss fue el creador de una corriente de pensamiento que se vino a conocer como «ecología profunda» y, gracias a él, Rolf estaba convencido de que al maltratar al planeta los humanos estábamos cometiendo un crimen en contra de nosotros mismos, un suicidio lento. Su convicción ecologista influenció su decisión de dejar de trabajar en una de las firmas de ingeniería más grandes y prósperas de Noruega que construía carreteras, puentes y túneles a lo largo y ancho de Escandinavia y el norte de Europa. Según Rolf, ya no era necesario seguir conectando de manera eficiente todos los rincones de Escandinavia porque era inmoral seguir destruyendo el hogar de los animales y las plantas nórdicas; un hogar robado, porque esta región de Noruega, así como otras de Escandinavia, decía Rolf con frecuencia, en realidad le pertenece a Laponia, el territorio milenario de la nación Sami.

—Hemos construido docenas de puentes para conectar aldeas de diez pobladores sin darnos cuenta de que el costo ecológico es desastroso para el océano y la tierra. Cada vez que hacemos un puente, un túnel, pavimentamos un camino o se nos ocurre «mejorar» nuestras condiciones de vida, sacrificamos el bienestar de alguna especie animal o vegetal nativa de ese lugar. Un día decidí, Anders, que ya no podía ser cómplice de ese crimen y por eso ahora soy profesor universitario. Mis cursos enseñan la importancia de crear estrategias de desarrollo sustentables para que los ingenieros seamos parte de la solución y no factores de destrucción del medio ambiente. Ya viví demasiados años creyéndome la falacia del progreso.

De las muchas conversaciones que tuvieron, Anders recordaba en particular la del día que subieron Tromsdalstinden, una de las montañas más grandes de los alrededores de Tromsø. Cuando la vio por primera vez detrás de la catedral del Ártico, caminaba al lado de Rolf y nunca imaginó que llegaría a su cima y mucho menos con él. Ahora estaba allí, con Rolf.

—Esta montaña la escalaba con frecuencia un filósofo de Tromsø que pocos conocen fuera de Noruega —explicó Rolf—: Peter Wessel Zapffe, que, además de ser filósofo, era montañista, como su gran amigo Arne Næss. Mi madre era amiga de una señora de Tromsø que lo conoció cuando era chica porque su papá y él crecieron juntos y desde muy pequeños comenzaron a escalar esta y otras montañas. La amiga de mamá contaba que Zapffe iba con frecuencia a cenar a su casa y que era un hombre muy alegre y divertido, a pesar de ser uno de los filósofos más pesimistas de Europa. ¿Cómo no serlo? Cuando ves el mundo desde la cima de una montaña, te das cuenta de nuestra insignificancia en el universo y de lo patéticos que somos como especie. Hay quien piensa que escalar una montaña tiene algo de vano y frívolo porque el esfuerzo puede ser interpretado como una manera de probarse a uno mismo que se posee la voluntad y la fortaleza necesarias para ascender hasta los puntos más altos de la tierra; en ese sentido, el alpinismo no es más que una afirmación del «yo», su mérito no trasciende la esfera del egoísmo y la vanidad. Hay quien escala para «conquistar» la cumbre de una gran montaña, pero nadie puede conquistar a la naturaleza: la puedes profanar y ultrajar, pero no conquistar. A Zapffe, que era el pesimista más alegre del mundo, nada de esto le interesaba porque todo le parecía un despropósito, comenzando con nuestra presencia en el planeta. Para mí, subir una montaña tiene un significado especial porque el ascenso es un símbolo poderoso de llegada a un estado superior de consciencia, aunque por lo general se piense en la consciencia como algo que se ubica en lo profundo, no en lo alto. ¿Puede uno ascender a lo profundo, Anders? Es una paradoja que me gusta y me intriga: mientras más subes, más te adentras en ti mismo, en ese pozo o esa cumbre misteriosa del yo.

Anders no sabía en aquel momento que una vez que se aprende a ver el mundo de esa manera es imposible dejar de hacerlo. Qué peligro tan grande no entender nuestra pequeñez y nuestra insignificancia. Rolf decía que solamente aquel que se sabe pequeño puede aspirar a entender el universo. Anders escuchó todo y nunca olvidó una sola palabra. Huérfano y solitario en Estocolmo, un Jacob Selmer más, atrapado en la cárcel de su adolescencia y rodeado de monstruos ficticios y reales, Anders deseaba que llegara el día en que se subiría al barco imposible del futuro para dejar todo atrás e irse, porque, para huir de la asfixia, uno tiene que irse a donde le espera la vida que uno debe de tener, en otro meridiano, en otras calles, y no hay madre amorosa o castrante que pueda impedir que uno busque la ruta de escape revelada en las páginas de una novela y en los trazos nocturnos de un lápiz sobre las hojas de una libreta.

III

IRSE

Es perfectamente cierto, como dicen los filósofos,
que la vida debe ser entendida al revés. Pero olvidan la otra
proposición, que debe ser vivida hacia adelante.

Søren Kierkegaard

Ser alguien es difícil, pero ser nadie es inconcebible.
Debemos ser felices; debemos imaginar a Sísifo feliz,
debemos creer porque es absurdo creer.

Thomas Ligotti

1

San Francisco, 2016

Porque en su ciudad era imposible hacerlo, jamás se le ocurrió que era posible recorrer una ciudad entera en bicicleta, hasta que llegó a San Francisco. Cuando era chica, el consenso entre los habitantes de la Ciudad de México de su niñez era que los policletos, los repartidores y los suicidas eran los únicos con la osadía suficiente o la necesidad imperiosa de subirse a una bicicleta y arriesgar su vida en el tráfico de la ciudad. En aquellos años, andar en bicicleta era concebible en los límites seguros del Bosque de Chapultepec, los de algún parque con veredas amplias o aquellos de la calle donde vivía, siempre y cuando ella y Sebastián obedecieran las reglas estrictas que Eduardo les había puesto. La bici fue el último regalo que los Reyes Magos le trajeron a los doce años. Era una hermosa bicicleta Schwinn que fue la envidia y la admiración de sus amigos y amigas hasta que se la robaron dos años después afuera de una tienda de abarrotes a donde ella y Claudia entraron a comprar un Gansito congelado y una tirita de Burbusoda. Ese día, Violeta lloró por horas hasta que Eduardo se compadeció de su dolor y le prometió que le compraría otra para su cumpleaños.

En los últimos dos años de su vida en la Ciudad de México, Violeta se acostumbró a que, en zonas como Coyoacán, el Centro y las colonias Roma y Condesa, podía alquilar una Ecobici, cosa que hizo en cuanto se registró como socia del novedoso sistema de transporte. Cien veces le lanzaron piropos que no lo eran y dos veces la tortearon mientras pedaleaba por las calles del Centro. La primera vez, tenía puesta una falda y el agresor trató de meter la mano bajo la tela. Violeta sintió con asco y ultraje la mano del adolescente que le tocó un muslo y que, en cuanto ella detuvo la bicicleta para encararlo, se echó a correr en dirección opuesta. Lo persiguió por dos o tres cuadras, pero no pudo alcanzarlo, cosa que no impidió que ella le exigiera de manera enfática y a toda voz que, en vez de meterles mano a mujeres desconocidas en la calle, se marchara en ese mismo instante a su casa a meterle la mano al culo guango de la meretriz flatulenta y sifilítica que había tenido la desdicha de parirlo. La segunda vez el agresor fue un viejo de más de cuarenta años. Violeta detuvo una vez más la bicicleta para enfrentarlo, pero los ojos sucios y la sonrisa enferma del tipo le provocaron mucho miedo y prefirió pedalear a toda velocidad para alejarse cuanto antes de ese lugar. Cuando llegó a su destino se dio cuenta de que estaba llorando de indignación. Algo estaba muy mal con los hombres de su ciudad. Las cosas eran peor en el metro. En los vagones, en los pasillos, en las plataformas donde ella y cientos de mujeres se paraban a esperar los trenes con miedo, los hombres ejercían su imperio de acoso y humillación. El imperio de los ojetes.

En San Francisco las bicis eran más comunes, más respetables, más respetadas. Un par de semanas después de su llegada, Violeta decidió que para ir a sus clases era mucho más fácil subirse a una bicicleta en la frontera de los barrios de la Misión y Bernal Heights, donde compartía un departamento minúsculo con Valeria, su *roomie* y compañera de la escuela, que tomar los dos camiones que eran necesarios para llegar a la universidad. Buscó en la lista de Craigslist hasta que encontró una bicicleta que le gustó, se reunió con el vendedor y a partir de ese día comenzó a pedalear para todos lados de la ciudad. Estaba feliz de no tener que subirse más a los camiones MUNI, que eran un verdadero asco. ¡La mugre de la ciudad! La Ciudad de México era un monumento viviente al caos, pero no era una ciudad sucia y maloliente como esta. San

Francisco, la ciudad de las cuarenta y tres colinas, no era lo que esperaba. Era de manera simultánea una decepción (la mugre y los *homeless*) y un hallazgo pleno de sorpresas insospechadas (¡la vista desde el Golden Gate! ¡El mural de Diego en el Instituto de Arte de San Francisco!). San Francisco no era el lugar de encanto que la imagen icónica del puente rojo sugería. Para empezar, era imposible ver el puente desde su barrio, aunque la certidumbre de su presencia al otro lado de las colinas hacía difícil el sustraerse a su hechizo invisible, a la conciencia de su existencia, a la imagen vista y revista en cientos de episodios de series televisivas, en documentales, en películas. Un puente rojo cuyas columnas gigantes habían sido destruidas por monstruos marinos, extraterrestres, terremotos, ataques terroristas y todas las modalidades apocalípticas conocidas. Un domingo en la mañana Violeta se subió a su bicicleta rumbo al puente. Atravesó Pacific Heights y luego el distrito de la Marina hasta que después de mucho esfuerzo llegó hasta el coloso de acero. Se detuvo entre las dos torres gigantescas a ver la ciudad nueva y pensar en los suicidas, en los poetas que no encontraron salvación en la prosa difícil y elusiva de la vida, en los amantes abandonados, en aquellos seres abrumados por sus deudas en un país que perdona todo, el crimen, la locura, la maldad, menos la pobreza. Violeta pensó en los desdichados que llegaron hasta ese lugar porque fueron diagnosticados con una enfermedad incurable, en aquellos a quienes continuar con vida después de la muerte de una esposa o de un hijo les era inaceptable. Pensó en las víctimas sensibles de los demonios del mediodía, en los que escuchan voces que les ordenan terminar con todo o quienes simplemente sucumben al encanto del vacío, los que no saben resistirse a la voz de la eternidad, los que escuchan la invitación oscura de la nada, los que deciden aceptar la orden que asciende desde la profundidad de esas aguas frías como un embrujo y, después de largos minutos de duda o meditación oscura, se lanzan a ese espejo turbulento para reencontrarse con la oscuridad, con el absoluto, con la eternidad de la muerte, que debe ser similar a la eternidad de los que aguardan en el vientre de sus madres el momento de su llegada a este infierno.

Una mañana, Violeta pedaleaba por la avenida Market escuchando una canción de Natalia Lafourcade con un solo auricular por razones de seguridad, cuando la cadena de su bicicleta decidió romperse, zafarse o simplemente dejar de funcionar. No le preocupaba llegar tarde a su clase porque estaba acostumbrada a llegar con anticipación a todos lados y pensó que le sobraba tiempo para arreglar el problema. Su padre era obsesivo compulsivo y, a pesar de que ella se había rebelado con violencia serena a la manera en que Eduardo los obligaba a ella y a su hermano a seguir sus reglas estrictas, algunos hábitos, como el de la puntualidad, se habían vuelto parte de su personalidad. Violeta intentó insertar de nuevo la cadena en la estrella, pero no pudo. Con paciencia primero y después con algo de irritación, realizó un intento tras otro, pero algo no funcionaba con su método, cosa que le hizo perder la paciencia. «Esto me pasa por pendeja, por comprar cosas de segunda mano», se dijo. Era cierto que pudo haber comprado una bicicleta nueva por una bicoca, pero no hubiese sido la Bianchi C Sport 2.5 en estado impecable que pudo conseguir por la mitad de lo que costaba nueva gracias a que le dijo al hombre que la había anunciado en Craigslist que era estudiante de creación literaria y que estaba escribiendo su primera novela. El abogado, como todos los progres de San Francisco y del universo, era un amante del arte y la literatura, y decidió que su manera de contribuir a la mejoría del mundo que sus hijos algún día iban a heredar comenzaba por apoyar los esfuerzos literarios de una joven escritora mexicana («Pero no pareces mexicana») vendiéndole la bicicleta por mucho menos de su valor («En realidad no necesito el dinero»). Ahora la Bianchi yacía herida como una gacela tiroteada desde un todoterreno por un cazador cobarde. La aparición del ciclista sin casco (el primer ciclista sin casco que veía en la ciudad) fue como un Alka Seltzer en medio de una cruda.

—¿Necesitas ayuda?

La voz tomó por sorpresa a Violeta, que estaba de rodillas metiendo mano a la cadena con la pericia y la resolución de un carnicero empeñado en realizar un trasplante de corazón.

Su salvador no tenía el *look* de los cientos de jóvenes *techies* que a esa hora se dirigían al centro o al barrio SOMA a trabajar diseñando aplicaciones inútiles o videojuegos. Estaba vestido con ropa discreta pero mucho más elegante que el hombre sanfranciscano común y corriente, que tiende a vestirse como un niño de once años. El hombre no únicamente le arregló la cadena, sino que sacó de su mochila una pequeña herramienta y se la regaló luego de explicarle en detalle qué hacer la próxima vez que la cadena se saliera de su lugar.

—No te va a volver a pasar en mucho tiempo, estoy seguro. La verdad, no entiendo por qué se salió la cadena, pero nada es absolutamente perfecto, ni siquiera esta belleza de bicicleta.

Violeta estaba muy agradecida y la única manera que encontró de expresar su agradecimiento fue invitarle a tomar un café en algún lugar cercano, aunque de inmediato se arrepintió, porque ¿a quién se le ocurre invitarle un café a un desconocido? El hombre consultó la hora en su celular y aceptó.

—¿A dónde quieres ir?

—A cualquier lugar, menos un Starbucks.

—Déjame pensar. Ya sé a dónde, ¿vamos?

—Claro, pero primero dime cómo te llamas. Yo soy Violeta.

—Yo me llamo Anders.

Estaban en pleno centro, en la esquina de la calle Cinco y Market. Anders se subió a su bicicleta, una Cannondale negra que Violeta admiró sin envidia. Los dos recorrieron el par de cuadras que los separaban del Museo de Arte Moderno. Encadenaron las bicicletas afuera del edificio y subieron las escaleras hasta el *mezzanine*, donde Anders sacó su credencial de socio y pidió dos boletos. Subieron una escalera más hasta el café del tercer piso. Violeta ofreció pagar su boleto, pero Anders le explicó que la membresía le permitía invitar a una persona cada vez que ingresaba al museo. En el café ella pidió un *macchiato* y Anders un capuchino. Mientras se los preparaban se sentaron en una mesa ubicada al lado del gran pozo de luz que iluminaba el atrio del museo y le daba un aspecto de gran catedral posmoderna.

Hablaron de sus acentos. Violeta le pidió que adivinara de dónde era ella.

—¿Brasileña?

Ella dijo:

—¿Alemán?

Les gustó equivocarse. Anders dijo que siempre le interesó la cultura de los aztecas y que un día iría a conocer el Templo Mayor.

—Los aztecas son como los vikingos de mi país, pero sin barcos y con poesía.

—A mí me encantan los vikingos. No sabes las ganas que tengo de ir a tu país. Quiero ir a comprarme un collar con el dije del martillo de Thor.

—¿En serio? Bueno, siempre queremos lo que no tenemos. ¿Has estado en alguna parte de Escandinavia?

—No, pero cuando era chica todas las noches antes de quedarme dormida escogía una «puerta mágica» en el globo terráqueo que tenía junto a mi cama para abrirla cuando me quedara dormida. Me ilusionaba pensar que en el lugar exacto donde mi dedo apuntaba se abría una puerta misteriosa que me permitía viajar a ese lugar en mis sueños. La forma de la península escandinava me recordaba la cabeza de un dragón y yo me imaginaba que me sentaba en la cresta del animal que volaba por encima de las montañas nevadas y las islas. Me aprendí de memoria los nombres de casi todos los países intentando desaparecer en cada uno de ellos. Creo que hice eso la mayor parte de mi infancia y todavía de vez en cuando me siento en la cama con mi *laptop* y me meto a Google Maps. Ojalá hubiera tenido acceso a esa tecnología cuando era chica. Las cosas que habría soñado… ¿Tú te escapabas cuando eras chico?

—Yo creo que todos nos escapamos como podemos.

La manera en que Anders respondió a la pregunta le hizo suponer a Violeta que el tema le incomodaba, no porque no estuviera interesado en lo que ella decía, sino porque él no podía o no quería hablar de su infancia. Al recordar el encuentro, unas horas más tarde en la soledad de su cama, Violeta pensó que la infancia feliz es una mentira necesaria que de tanto repetirla nos la hemos creído. Supuso que los humanos hablamos de la edad de oro de la infancia con la necedad de quienes queremos convencernos de que reconocer una infancia solitaria y amarga nos podría despojar de una de las pocas cosas buenas que creemos tener en la vida. Realizar ese sacrificio, confesarnos una infancia triste, demandaría demasiada fortaleza, y ¿quién está dispuesto a renunciar a la ilusión de la dicha en nombre de la honestidad de sus propios pensamientos?

No estuvieron mucho tiempo en el museo. Anders tenía que irse a trabajar y Violeta tenía clases, pero él le dijo a Violeta que a veces se iba en bicicleta a los bosques de la costa del norte del Golden Gate y, si ella quería, ¿tal vez podrían verse de nuevo? Violeta entendió que Anders le estaba pidiendo su número de teléfono y se lo dio. Se despidieron con la certeza de que nunca se volverían a ver y cada uno se fue en su bicicleta por calles diferentes.

2

Tandil y Mar del Plata, 1965

Cuando Marcela salió de Buenos Aires rumbo a la Ciudad de México acababa de cumplir doce años y no tenía muy claro por qué razón su familia tenía que abandonar el pequeño apartamento de la calle Paraná y la Argentina. Ella no eligió dejar su país, esa decisión la tomaron sus padres en 1977, pero es posible que de todos modos Marcela se hubiera ido en algún momento, porque las mujeres de su familia se hartaban y se iban.

Marcela venía de un linaje de mujeres inquietas. Un linaje de mujeres insatisfechas, curiosas, inteligentes y disciplinadas. Sus relaciones no duraban, salvo aquellas que eran esenciales. El cliché es que las historias familiares están llenas de secretos y su familia no era la excepción. Isabel, su madre y futura abuela de Violeta, dejó Tandil, una ciudad de la provincia de Buenos Aires, para seguir hasta el fin del mundo a un muchacho argelino al que conoció en enero de 1965. El encuentro tuvo lugar durante una vacación de verano en Mar del Plata, cuando ella aún no cumplía los veinte años. En aquellos tiempos lo peor que le podía pasar a la abuela Isabel en el verano ardiente de la provincia, era volver durante las vacaciones escolares al mismo lugar de siempre en compañía de sus padres y sus hermanos, Chacho y Graciela. Como muchas otras familias de Tandil, la suya tenía la costumbre de recorrer cada enero los 160 kilómetros que separan a la ciudad de Mar del Plata porque el verano tandilense era insoportable.

En diciembre del 64, el padre de la abuela Isabel anunció que a principios de enero la familia se iría a pasar las vacaciones al lugar de siempre. La abuela Isabel suplicó que le permitieran quedarse en Tandil a pesar de que sus amigas del Colegio San José le pidieron que fuera a Mar del Plata para poder salir juntas a bailar. Para ella era preferible el calor de Tandil que el aburrimiento de la playa. Tenía la fantasía de quedarse sola en la casona de la calle 25 de Mayo y no hacer absolutamente nada. Eso nunca iba a suceder, su padre, un hombre enorme y callado, hijo de alemanes que llegaron a la ciudad en los años veinte cuando el padre compró un campo enorme cerca de un pueblo vecino llamado Rauch, nunca accedería a esa locura. Su madre menos porque tenía miedo de que en un momento de irresponsabilidad juvenil la abuela Isabel se fuera a acostar con su novio o, peor aún, con alguien que no fuera Fabián.

—Pero ¿vos qué te pensás, ma, que no puedo acostarme con Fabián cuando estamos todos en el pueblo?

—Tandil no es un pueblo, Isabel. Ayacucho es un pueblo, Napaleofú es un pueblo. Vos, escuchame bien: vas a hacer lo que tu padre y yo digamos. Y dejá de decir pavadas.

—Pues qué cagada, che. Tendríamos que irnos a Montevideo y a Punta del Este. Ya nadie va a Mar del Plata.

La madre de la abuela Isabel, Teresa Alzola de Schneider, odiaba que su hija usara «che» para dirigirse a ella o a cualquier persona. Solamente los malandros, los porteños y los negros decían «che». Odiaba que dijera «qué cagada» y odiaba que su hija tuviera diecinueve años. Extrañaba a su nena, a su Isabel niña, cariñosa y obediente.

—Ya tendrás oportunidad de echarles a perder la vida a tus hijos cuando vos seas quien decida a dónde querés ir. Si no te gusta Mar del Plata no es mi problema, ¿entendés?

Nadie sabe, excepto él mismo, por qué razón Amar Fergani estaba no en Buenos Aires sino en Mar del Plata ese caluroso enero del año de gracia de 1965. El muchacho argelino estaba a punto de recibirse como físico en la Universidad de Lyon y formaba parte de una expedición científica que había llegado unos días atrás a la Argentina procedente de Francia. Sus compañeros y sus profesores estaban en Buenos Aires, sufriendo el asfixiante calor porteño y aguardando el momento en que saldrían rumbo a Ushuaia, la última ciudad del sur del continente americano. Amar se inventó alguna excusa para desaparecer por un par de días y ahora estaba caminando por las calles del centro de otra ciudad a la misma hora en que la abuela Isabel terminaba de cenar en la parrilla de siempre con sus padres y sus hermanos. Mientras ellos comían el odiado postre de crepas con dulce de leche de siempre y tomaban el café, la abuela Isabel salió a fumar un cigarrillo a la vereda. Prefería fumar a solas, ya que el pesado de Chacho, el benjamín de la familia, siempre le hacía algún chiste idiota cuando fumaba en presencia de todos. Amar pasaba frente a la parrilla justo en el momento en que a la abuela Isabel se le atoró el humo en la garganta y sufrió un acceso de tos. El muchacho argelino se apresuró a darle unas palmadas en la espalda y terminó quedándose a platicar con ella por un rato hasta que Chacho salió a buscarla cuando sus padres comenzaron a preguntarse por qué razón se demoraba tanto. Esa misma noche la abuela Isabel anunció que se iba a encontrar con unas compañeras del San José en la rambla y desapareció para irse con Amar a tomar un Gancia o alguna otra cosa en un bar. De allí se fueron a bailar hasta las seis de la mañana, cosa perfectamente normal en esa parte del mundo.

Antes de despedirse frente a la puerta del aparthotel donde su familia aún dormía, la abuela Isabel invitó a Amar a que viniera a comer en unas horas con toda la familia. Sus padres se mostraron muy amables con el chico africano que apenas mascullaba alguna palabra de castellano con acento francés, aunque en un momento en que la abuela Isabel no los podía escuchar se preguntaron con cierta alarma por qué la nena estaba tan amiga de un negro extranjero a sabiendas de que cualquier amigo de su novio que también estuviese en Mar del Plata podía verla y llevar la información de vuelta a Tandil.

—Solamente a Isabel se le ocurre —dijo Teresa, la madre— hacerse amiga de un negro y encima invitarlo a comer, válgame, Dios.

—Bueno, tampoco es tan negro como otros árabes y africanos, pero igual es negro —dijo el padre, mientras la madre asentía arqueando las cejas con un gesto de enojo silencioso.

Su hermana Graciela, que siempre buscaba alguna forma nueva de irritar a su hermana y a su madre, al escuchar lo que decían sus padres dijo que el muchacho era un churro y que, si la abuela Isabel no lo quería, ella con mucho gusto se lo llevaba de vuelta a Tandil.

Por la tarde la abuela Isabel y Amar se fueron al cine a ver una película. Su madre le dijo que, si quería ir al cine con el árabe, tenía que acompañarlos Graciela, que al final se fue a pasear sola y arregló con su hermana que los vería frente al cine cuando terminara la película para así volver juntas al aparthotel. En la oscuridad del cine, Amar e Isabel no le hicieron mucho caso a lo que pasaba en la pantalla. La abuela Isabel estaba desvelada y tenía mucho sueño, así que acabó quedándose dormida, apenas empezó la proyección de la película, en el hombro izquierdo de Amar. Cuando se despertó, comenzaron a besarse. Cuando terminó el filme, una película argentina con Luis Sandrini, se habían enamorado, aunque no entendían muy bien el idioma del otro. Ya en aquellos tiempos el inglés era la lengua franca de los desconocidos, y los jóvenes amantes se susurraban en ese idioma cosas que al parecer les divertían mucho porque no paraban de reírse.

A la abuela Isabel le gustaron mucho los ojos de Amar. Eran unos ojos grandes que evidenciaban un temperamento apacible y generoso. El argelino tenía la piel oscura y el cabello negro y ondulado. La abuela Isabel, que tenía un novio tandilense que era todo lo contrario de este hombre, nunca pensó que se sentiría atraída de esa manera por alguien tan diferente a ella. Fabián, el novio perfecto con quien se iba a casar y tener hijos, era alto, atlético y voluptuoso y venía de una buena familia tandilense de origen danés. Cuando llegara el momento de casarse, apenas Fabián terminara la carrera de medicina y su especialización, vivirían en una casa grande en las afueras del pueblo y tendrían hijos y sirvientes. Tendrían todo para ser felices en su vida perfecta.

La abuela Isabel y Amar caminaron por la rambla. Hacía calor y ella llevaba un vestido ligero de verano. Amar olía a sudor masculino limpio y ella se acercó a él para oler en sus hombros y su cuello ese aroma, que se mezclaba con el olor de la otra sal, la del Atlántico.

—*I want make love with you.* —Esas seis palabras de la abuela Isabel, con su imperfecta construcción gramatical y su honestidad impoluta de diecinueve años, destruyeron su futura vida con Fabián.

Al día siguiente Amar se fue de Mar del Plata para volver a Buenos Aires, de donde salió unos días después rumbo a la ciudad de Ushuaia, en la Isla Grande de Tierra del Fuego. Sin embargo, esa noche, cuando la abuela Isabel ya estaba de vuelta en el aparthotel, Amar, tirado sobre la cama donde los dos se habían dedicado en silencio y con ardor a las tareas del amor recién nacido, no pudo evitar la tentación de buscar en su cuerpo los rastros del olor del sexo fragante y joven de la abuela Isabel.

3

San Francisco, 2016

Cuando dieron inicio los cursos, Violeta trajo consigo una copia fotostática de su novela a la escuela y se la entregó al profesor que le fue asignado como asesor académico. Darío Durruti era un escritor argentino que ganó el Premio Clarín con su primera novela a mediados de los años noventa, con la aprobación entusiasta de los críticos más importantes de las páginas culturales de *Clarín*, *Página/12* y *La Nación*. Después de *Los huérfanos*, no hubo otro libro y sí hubo en cambio depresión, alcohol, aventuras extramaritales, un divorcio amargo y un intento de suicidio. Durruti discutió esa crisis personal en un ensayo que publicó en una revista universitaria de Iowa, donde estudió su MFA antes de ser contratado por el programa de creación literaria de la Universidad de San Francisco.

«Ser escritor es ejercitar la conciencia y la expresión creativa sin restricciones y practicar con rigurosidad el oficio de la escritura de una manera independiente y comprometida con nada que no sea ella misma», escribió Darío en otro ensayo que permanecía inédito desde que lo terminó un par de años atrás. «Escribir no es publicar: así como el arte del canto no le pertenece de una manera exclusiva a aquellos que graban discos y ofrecen conciertos, o, así como el arte de la pintura no está reservado exclusivamente a aquellos pintores que muestran su trabajo en exposiciones y galerías, el acto de escribir es un gesto que trasciende el material impreso o la distribución electrónica. En un momento histórico donde el prestigio de la publicación comercial tradicional ha sido puesto en entredicho por la internet y las redes sociales, que ofrecen la posibilidad de publicar y distribuir de manera instantánea cualquier tipo de creación literaria, el arte de escribir para uno mismo es un acto privado de rebeldía y lealtad a la literatura».

A nadie en la universidad le importaba esta manera de entender la literatura, porque desde el punto de vista más objetivo y pragmático, la obligación de Durruti como profesor era publicar para poder conservar el trabajo y para poder ascender en el escalafón universitario. Sin embargo, para Darío esta manera de entender su identidad de escritor no nada más era una posición intelectual defendible, sino una estrategia de supervivencia que le permitía evitar la depresión y el regreso al pantano incierto del alcoholismo que destruyó su matrimonio. Nada de esto sabía Violeta cuando se reunió por primera vez con él en su oficina de la universidad.

—Así que vos también sos argentina.

—Argenmex, más que argentina, pero no mucho. Mi madre argentina murió cuando yo era muy chica y no tuve mucha relación con ese lado de la familia.

—Uh, qué pena, che. No sabés cómo lo lamento. ¿Y de dónde era tu madre?

—Tengo entendido que era de la provincia de Buenos Aires. De una ciudad pequeña que se llama Tandil, pero creció en Buenos Aires y luego en México.

—Mirá vos, Tandil. Conocí Tandil cuando era un pibe, de viaje con mis viejos. ¿Vos has estado? Es un lugar muy lindo; muy conocido por su dulce de leche y sus chorizos. Allí vivió por unos años el polaco Gombrowicz, uno de mis escritores favoritos.

Darío era un tipo amable. A sus cincuenta años parecía un galán otoñal de telenovela del Canal de las Estrellas, posiblemente porque tenía el aspecto genérico de esos actores: criollo blanco que hablaba español con buena dicción, sienes pobladas de canas, buena dentadura, poca panza. Violeta no tenía ganas de hablar de Argentina ni de los chorizos tandilenses. Un par de semanas antes de ese encuentro, en cuanto supo que él sería su tutor académico, buscó la novela premiada (encontró un ejemplar nuevo en la biblioteca de la universidad, hecho que indicaba que nadie lo había leído desde que fue incluido en la colección de libros escritos por los profesores del departamento) y, después de dos días de lectura intensa, la terminó, convencida de que *Los huérfanos* era un libro muy bueno que merecía más lectores de los que evidentemente tenía.

—Che, qué bueno que te matriculaste en el programa. No hay muchos estudiantes que hablan castellano. Te va a ir bien, vas a ver, pero cuando terminés no te quedés acá, ¿eh? La academia gringa es un cementerio de elefantes, Violeta. Terminá tu maestría y volvete a México o andate a Europa, pero no te quedés acá.

El tono amargo de las palabras de Durruti le recordaron al de Vidal. «Algo tienen en común estos escritores cincuentones», pensó Violeta, «que no dejan de darle consejo no solicitado a quienes tenemos la ocurrencia de cruzarnos por su camino».

—Leí *Los huérfanos*, Darío. Me gustó mucho. Ojalá mi novela sea tan buena como la tuya cuando la termine.

—Hombre, te lo agradezco, querida. Mirá, yo me pondré a leer tu manuscrito la próxima semana y te prometo que para nuestra siguiente reunión ya tendré algo más específico que comentarte, ¿dale?

Afuera de la oficina de Durruti la estaba esperando Valeria, la chica puertorriqueña que se había convertido, primero en su amiga al segundo de haberse conocido en la primera clase que tomaron juntas y luego en su compañera de apartamento. Valeria era todo lo que una chica norteamericana latinx podía ser en San Francisco en el 2016: bisexual, postfeminista, *spoken word poet*, mujer de color *woke*, antifascista y vegana.

—Te dije que era un pesado. A mí me parece que en cualquier momento se suicida.

—No me cae mal, Val, lo que pasa es que los argentinos tienen muy mala fama entre el resto de los latinoamericanos.

—*Really? How come?* ¿Es porque son blancos?

—Creo que porque muchos de los que viajan por el extranjero o de los que se van a vivir a otros países son medio arrogantes. Yo soy parte argentina, ¿sabes?

—Pero, niña, si tú no hablas como argentina. Hablas como mexicana.

—Bueno, porque soy mexicana, argenmex, qué se yo. *It's complicated*, como dicen acá. Pero espero que los que me conocen no piensen que yo también soy arrogante.

—*Well... maybe a little bit.*

—¿En serio? —preguntó alarmada Violeta, pero la risa de Valeria le dijo que estaba bromeando.

Llevaba tres semanas en San Francisco y le parecía que había dejado la Ciudad de México años atrás. Los primeros días le costó mucho trabajo ignorar las llamadas y los textos de Eduardo. Finalmente redactó un *email* pidiéndole dos cosas: perdón por haberse ido de México enojada después del incidente en la Hostería de Santo Domingo y respeto a su deseo de estar sola para concentrarse en su vida nueva. Cuando llegó el momento de enviar el mensaje, Violeta lo borró.

San Francisco la desconcertaba todos los días. Le encantaba la gente, sobre todo las mujeres que conoció en la escuela. Le gustaban mucho la comida («Clau, almorcé comida de Etiopía y cené comida de Myanmar...») y el anonimato absoluto: a diferencia de México, aquí nadie la miraba. Pero otras cosas la irritaban. La ciudad era un asco. Por donde caminara Violeta detectaba un olor insoportable a mierda humana. Supo que el olor no era producto de su imaginación cuando un día descubrió a un hombre defecando entre dos autos en una calle de North Beach a las diez de la mañana. El hombre estaba en cuclillas y se cubría la cara con las manos negras de mugre para proteger su rostro de las miradas de indignación y asco de aquellos que tenían la mala fortuna de verlo. La visión de las nalgas blancas en contraste con la suciedad de su ropa de *homeless* o «sin techo», como dicen los españoles, le quitó el apetito por el resto del día. En otra ocasión, mientras caminaba por la calle Seis rumbo a la avenida Market, una zona llena de drogadictos, *millennials* millonarios y gente con obvias discapacidades mentales, una mujer que vestía sólo una camiseta y estaba completamente desnuda de la cintura para abajo empujaba una carriola llena de botellas vacías. La mujer venía en sentido contrario a ella y mascullaba algo ininteligible. Había sido bella o tal vez todavía lo era. No podía tener más de treinta años. A Violeta le avergonzó la visión indeseada de ese sexo expuesto, pero no sintió el asco que el hombre que defecaba le produjo.

En México jamás vio algo semejante, aunque la Ciudad de México era diez o quince veces más grande que San Francisco. Es muy posible que Violeta no vio tanta miseria en su ciudad porque no iba a los cerros de Ecatepec o Naucalpan, donde viven los marginados; se movía en un circuito más o menos fijo de lugares donde transcurría su vida social, académica y familiar. Como muchos mexicanos de las clases media y alta su versión de la ciudad era muy limitada. Iba a Tacuba a ver a la tía Maru, a Azcapotzalco a las fiestas familiares, a la Roma y la Condesa a la mayoría de las reuniones con sus amigos, al Centro a reventarse los fines de semana, a Coyoacán y más al sur cuando iba a la universidad. Pero había muchas zonas de la ciudad que jamás había visto.

Tuvo la impresión de que, a pesar de la triste presencia de esas personas convertidas en desperdicio urbano, podía recorrer San Francisco entero sin exponerse a ningún peligro. No estaba equivocada. Caminaba o andaba en bicicleta porque no le gustaba subirse a los camiones, que parecían manicomios con ruedas. La confundían los chicos negros que ocupaban siempre los últimos asientos porque no entendía lo que decían a gritos, sus movimientos bruscos y su impertinencia de adolescentes gigantes. Les tenía impaciencia a los viejos y a los discapacitados que subían en sus sillas de ruedas a los camiones y no aguantaba la manera brusca y grosera con que los choferes de los autobuses trataban a los pasajeros. Todo cambió cuando dejó que Anders entrara a su vida, o cuando los dos se permitieron la entrada mutua y lenta en sus vidas, sin presión de ningún tipo, sin preguntas. Comenzaron a verse con frecuencia desde que Anders le envió un texto para invitarla a un paseo en bicicleta.

A Violeta le hacía gracia que él fuera tan alto y tan rubio. A ella nunca le habían gustado los hombres altos y rubios porque era muy consciente de los contrastes, pero se dijo que con Anders no iba a pasar nada que no fuese una amistad entre extranjeros; a las pocas semanas de su llegada a la ciudad, se dio cuenta de que casi no conocía gringos y que vivía rodeada de extranjeros en San Francisco. Su nueva tribu era un clan variado de poetas y artistas que habían llegado a esa región procedentes de todas partes del mundo: sus amigas más cercanas de la escuela eran una poeta nigeriana, una pintora coreana y Valeria, de tal manera que su versión de esa nueva ciudad no era la que se había imaginado. El sueco Anders complementaba el círculo de amigos nuevos que impedían que se sintiese extranjera.

Clau le envió un texto: «No te fuiste a Gringolandia, te fuiste a vivir a la ONU».

4

Tandil, 1965

Teresa no supo qué pensar cuando las primeras cartas comenzaron a llegar desde Ushuaia hasta su casa de la calle 25 de Mayo.

—Nena, ¿quién es este tal F. A. que te escribe desde Ushuaia? ¿Es el chico negro aquel que conociste en Mar del Plata? —La voz quería ser casual, pero no dejaba de evidenciar un tono de preocupación y paranoia racista.

La boda entre Isabel y Fabián estaba programada para fin de año. El husmeo epistolar de un macho desconocido, y encima negro y extranjero, no era una buena señal. «Concentración, nena, concentración. No te olvides de lo que tenés que hacer», era el mantra que repetía su madre cuando sorprendía a la abuela Isabel en uno de sus frecuentes momentos de ensueño vespertino o nocturno y el que ahora usaba para recordarle a su hija que nada debía desviarla del camino que sus padres esperaban que ella siguiese sin cuestionamientos: casarse y tener tres o cuatro hijos que le traerían dicha y orgullo a la familia. La esperaba una vida que cualquier otra chica envidiaría: marido laburador y exitoso, niños sanos (rubios como ella y Fabián) y el asado todos los domingos en el quincho paterno después de misa. Cada domingo idéntico al anterior, hasta que llegara la muerte.

En su respuesta a la tercera carta de Amar, a quien le escribía en inglés con la ayuda de una amiga que hablaba bien el idioma, la abuela Isabel le pidió que ya no enviara más correspondencia a la casa de sus padres porque su madre se estaba poniendo nerviosa con su relación epistolar y le dio la dirección de una tía solterona a quien convenció de que la amistad con Amar era inocua y platónica: eran dos almas afines que se hacían compañía pese a la distancia.

Una mañana de marzo, dos meses después de aquel viaje a Mar del Plata, Teresa se levantó como de costumbre a las seis de la mañana, se puso el deshabillé y se dirigió a la cocina a poner agua para el mate y preparar el desayuno de los hijos. Su marido se iba a las cinco de la mañana y desayunaba en el campo. Al abrir los postigos de la cocina, vio tirado en el piso del patio un pájaro muerto. Eso explicaba el sonido misterioso que la despertó en algún momento de la noche. Cortó una manzana y una pera, puso en una canasta las medialunas que la empleada doméstica había traído de la panadería en su camino al trabajo, arregló en un platón lonjas de jamón crudo, la mitad de un queso pategrás Don Atilio y manteca, y cuando estuvo lista la pava con el agua caliente, se cebó el primer mate del día. A las siete subió a despertar a la abuela Isabel y a Graciela para que iniciaran el lento proceso de levantarse. Chacho ya se había levantado y estaba en el baño. Desde que era una beba, a la abuela Isabel siempre le costó mucho trabajo aceptar la realidad de un nuevo día; su madre terminó aceptando esa actitud como parte de su calvario cotidiano.

Cuando Teresa abrió la puerta de la habitación de la abuela Isabel y vio la cama hecha y una nota sobre la almohada, supo de inmediato que su hija se había fugado de la casa y que sus pasos la estaban llevando hasta un cuarto distante en la ciudad más austral del continente americano, donde la ruina y un extranjero negro que jamás sería su marido la esperaban.

5

San Francisco, 2016

Además de la bicicleta, la mejor inversión que hizo Violeta a su llegada a San Francisco fue, siguiendo el ejemplo de Anders, pagar los cien dólares de la membresía del Museo de Arte Moderno. No solamente estaba ubicado en el centro de la ciudad, y a ella le encantaban los centros urbanos, sino que el museo era el lugar perfecto para refugiarse del mundo. En el *selfie* que le mandó a Claudia, Violeta estaba parada en la banqueta de enfrente del museo, entre el Centro para las Artes Yerba Buena y el SFMOMA, con la fachada roja del museo a sus espaldas. El texto decía: «Mi nueva oficina». El pago anual le daba derecho a ingresar al museo con un invitado y a usar la biblioteca y los cafés. Su café favorito era el del tercer piso, más pequeño que el café restaurante del quinto, con su enorme terraza llena de esculturas, pero que siempre estaba lleno de turistas y carecía de la intimidad del otro. En el café se sentaba a leer, a escribir sus trabajos para la escuela y a trabajar en su novela. Todo esto lo podía hacer en la biblioteca de la universidad o en el espacio que el programa de Creación Literaria les tenía asignado a los estudiantes de la maestría, pero no faltaba algún compañero que llegase a hacerle una pregunta o a tratar de engancharla en una conversación que ella no quería tener. En el MOMA casi siempre podía trabajar con tranquilidad.

Para concentrarse mejor, Violeta seguía una estrategia simple: se ponía unos tapones en los oídos para protegerse del ruido o los auriculares para escuchar música en Spotify y así no tenía que escuchar las voces de los visitantes del museo. Su rutina incluía tomarse descansos en los que iba a ver alguna de las exposiciones, porque siempre había algo extraordinario que ver además de los tesoros de la colección permanente del museo. De entre todos los cuadros de esa colección, su favorito era el que Frida Kahlo pintó en San Francisco en 1931, ochenta y cinco años atrás. En el cuadro, Frida, parada toda seria con su rebozo colorado y su vestido color verde bandera, se había retratado tomada muy de la mano de su gordo feo y gigante, que había sido invitado a pintar un enorme mural en el Instituto de Arte de San Francisco. Aquellos eran los años en que Frida era la esposa excéntrica del gran artista, mucho antes de que Diego se convirtiera en el esposo machista de la gran artista. En el retrato, Diego sostiene unos pinceles y una paleta en la mano derecha. Los dos miran a la persona que está parada frente al cuadro. Cuando Violeta entraba al museo, daba vuelta a la izquierda antes de pasar a recoger su boleto con su credencial de socia y, una vez que llegaba al muro donde el cuadro la esperaba, saludaba a sus paisanos. «¡Hola, Fridita! ¡Qué onda, panzón! ¿Sigues ahí de esposa buena? ¿Cómo hubiera sido tu vida si no te casas con el gorila panza de tambor de Diego?». El cuadro hacía que se sintiera menos sola. «No soy la única mexicana en el museo», se decía. Frida, vestida de china poblana, y Diego, con su camisa de mezclilla, su traje gris oscuro y su cara de marciano, eran como dos abuelos postizos que ella adoptó para ser menos extranjera.

«Lo peor de irse no es dejar lo familiar, porque dejar la casa y el país responde a un deseo interior: irse es lo que uno quiere y necesita. Irse trae consigo el delirio de la negación; es un acto afirmativo de la voluntad que convierte al individuo en un extraño, en un extranjero. El inmigrante es producto de esa paradoja: su afirmación es reciprocada con la negación. La diferencia entre un inmigrante y un turista es que la circunstancia del último es la temporalidad, la brevedad en el tiempo y en el espacio. El turista viaja con boleto de vuelta; es un extranjero accidental, casual, *light*. En el mejor de los casos el viajero es un académico, un artista o un investigador de la experiencia humana que por lo general no busca el crucero o la playa; busca el corazón de la materia. El inmigrante, en cambio, es alguien que se arrancó la piel y se quedó en una desnudez atroz, la del exterrado, la del apátrida, la del indeseado. No hay nadie más extranjero que el inmigrante indocumentado y el refugiado. Lo peor de irse es el gran sentimiento de orfandad que produce la mirada fría de un nativo en una ciudad extraña».

«Puff. ¿Por qué todo lo que escribo suena tan amargo?», se preguntó Violeta mientras decidía entre irse temprano a la universidad para su clase, que empezaba a las cuatro de la tarde, o quedarse otro rato en el café del museo. «El problema es que la honestidad», se dijo, «siempre acaba sonando a queja y mala onda».

Anders decía que la honestidad se había devaluado gracias a Facebook, Instagram y Twitter, ya que las redes sociales enmascaran la intención del escritor, que por lo general postea para recibir la respuesta positiva de sus seguidores, busca el *like* que afirma y le otorga sentido al acto de compartir y sin cuya presencia la misma existencia del internauta carecería de sentido. Sin el *like* eres invisible y en las redes sociales no hay nada peor que la invisibilidad. Anders decía: «La honestidad tuiteada busca aprobación y ese movimiento hacia el reconocimiento del otro en forma de *likes* o RT's la transforma en performance, la corrompe. La honestidad, según yo, debe ser privada; no puede ser pública». O algo por el estilo. «Bueno, lo que decía Anders era más complicado», pensó Violeta, pero no tenía ganas de elaborar toda la teoría de nuevo. A veces Anders citaba a Schopenhauer, a veces a Thom Yorke, otras a Philip Pullman, a quien ella no había vuelto a leer desde que era chica y soñaba con ser Lyra y tener un daimonion que la protegiera y acompañara, hasta que un día se dio cuenta de que sus gatas siempre habían sido esos daimonions protectores.

Violeta pensaba en los inmigrantes con una frecuencia que a Sebastián le habría parecido un poco extrema. Las inconveniencias menores de su propia extranjería privilegiada eran nada comparadas con las de los miles de refugiados sirios y africanos que estaban llegando a las costas de Europa en embarcaciones precarias. Llegaban apenas vivos o llegaban muertos. Todos los días leía, con un interés que rayaba en lo morboso, los reportes sobre esos seres desesperados que arriesgaban sus vidas y las de sus hijos cruzando las aguas que separan África y Turquía de Europa para escapar de una muerte segura en sus países de origen. La mayoría quería llegar a Alemania, el país contradictorio que, al cabo de meses de ver desde lejos el sufrimiento de los refugiados en campamentos improvisados que parecían campos de concentración construidos a lo largo de Turquía, Grecia y otros países, se apiadó y permitió la entrada a su territorio de cientos de miles de migrantes en busca de asilo. Alemania, que décadas atrás había masacrado judíos, gitanos y cualquiera que no fuese ario, se convirtió en la esperanza de salvación para estos desesperados que gritaban el nombre de Angela Merkel como si invocaran el de una virgen redentora o una santa.

Cada vez que pensaba en ellos, Violeta experimentaba el peso opresivo de la conciencia, ese peso amargo que la inteligencia y la decencia depositan en los hombros de quienes abren los ojos. En vez de estarse amargando la vida con los reportes y las imágenes de la tragedia, tendría que subirse a un avión (¿o un barco?) e irse a Lampedusa o a Lesbos para apoyar el rescate de refugiados y los esfuerzos de los voluntarios que llegaban de muchas partes del mundo a ayudar a esa gente. Sin embargo, dentro de ella había un conflicto que la torturaba y le impedía tomar una decisión: tal vez esas guerras, la persecución y las masacres de civiles a manos de seres despreciables —como el dictador genocida Bashar al-Assad en Siria, el Boko Haram, los yihadistas de Nigeria y Chad, los islamistas radicales del DAESH o ISIS y las hambrunas en algunos de los países del África subsahariana— eran parte de ese plan misterioso y eficiente que la naturaleza había diseñado para eliminarnos del planeta. Su posición antinatalista no cambió desde su llegada a los Estados Unidos; por el contrario, estaba más convencida que nunca de que el exterminio de la humanidad tendría que comenzar en ese país, porque los Estados Unidos son el parásito más peligroso del mundo. El ciudadano norteamericano promedio es el que más consume, el que genera más desperdicios y basura inorgánica en el mundo, el que explota más recursos naturales, el que más contamina y el que más se beneficia de la pobreza y de la miseria del resto de la humanidad.

Ah, los Estados Unidos. La sonrisa perfecta de los americanos felices que siempre le encuentran el lado positivo a la vida. Su confianza ciega en el futuro. Su derecho constitucional a la búsqueda de la felicidad, a portar armas y matar en defensa propia. El talento y la creatividad notable de sus artistas y escritores famosos. Sus genios de la tecnología, sus premios Nobel, sus atletas invencibles, su próxima presidenta güera que va a cambiar para siempre el mundo, sus restaurantes veganos y sus estudios de yoga, sus Tesla, sus billonarios filántropos. Qué *cool*, qué relajados, qué cosmopolitas los americanos con sus viajes por los rincones más lejanos de mundo, sus tiendas de comida orgánica, donde un jugo de verduras cuesta diez dólares, un café nueve y una *baguette* cinco.

Platicando con compañeros del programa, *millennials* como ella, Violeta se dio cuenta pronto de que la suya era una generación de niños malcriados que estaban convencidos, o fueron convencidos por sus padres, de que se merecían lo mejor que el mundo podía ofrecerles: ¿por qué conformarse con menos? ¿Por qué ir a un Starbucks como cualquier gordo de los suburbios cuando podían ir a Philz Coffee a tomarse una taza de café personalizada, preparada con café orgánico producido por indígenas felices y bien pagados del tercer mundo, molido y filtrado por un actor de un grupo de teatro alternativo que ostenta los tatuajes más originales de San Francisco y diseñada para tu paladar exigente por únicamente siete dólares? La gente de su edad, tatuados o no, privilegiados o no, era la que iba a tener que lidiar con el mugrero que los viejos de más de cuarenta años les estaban dejando: un mundo condenado a quedarse sin agua, sin aire limpio, sin comida, sin trabajos. Un mundo sucio y peligroso, un mundo donde los refugiados morían ahogados al otro lado del mundo. Viendo la manera en que sus contemporáneos se relacionaban con el mundo, Violeta dudaba de que fueran a estar listos. La salvación no vendría de los *millennials*, tendría que venir de la siguiente generación.

Violeta pensó una vez más en el cuadro de Frida, la mexicana sufridora por excelencia, y consideró la calidad de su dolor físico y moral en relación con el de otros artistas del museo. La sociedad ve con benevolencia todo ese sufrimiento porque produce obras de arte. El dolor del artista, el de los Basquiats, las Fridas y los Van Goghs del mundo es un sufrimiento positivo porque nos deleita, pero nos revela algo profundo sobre nuestra propia miseria, nos reconcilia con la suciedad humana: su dolor suicida hace posible que aceptemos el nuestro. «Tal vez ese es el propósito de este lugar», pensó, «el del MOMA y de todos los museos».

«El museo es una catedral del dolor humano convertido en poesía, y quienes llegamos aquí lo hacemos para aprender a entender nuestras propias heridas mortales gracias a la contemplación de las heridas de los otros», escribió Violeta en su libreta antes de cerrarla para irse a la escuela.

6

Una ciudad de niebla donde casi todos los habitantes son extranjeros o hijos de inmigrantes sin memoria. California era un país dentro de los Estados Unidos, y San Francisco, una isla cultural dentro de California. Ciudad fundada por la codicia y la rebeldía, puerto final de los rechazados, los genios incomprendidos, los profetas que necesitaban otra tierra y, en el nuevo siglo, los cazafortunas que al inventarse se hacían billonarios. Nada había cambiado desde que los europeos despojaron a los nativos de sus tierras. Google y el resto de las compañías de tecnología informática eran los nuevos gambusinos.

Su amiga Silvina, una argentina de Córdoba, estudiante de diseño, a la que Violeta conoció en el taller de poesía de la escuela (y que le encantaba porque no era rubia, ni porteña, ni arrogante, ni flaca, ni cheta, ni macrista, ni *fashion*, ni peronista), le decía que después de tres años en esa ciudad estaba lista para irse.

—Yo me quiero ir de acá, pero a la Argentina no puedo volver. Ni puedo, ni quiero. Mi país se fundió antes de que yo naciera, antes de que mis padres nacieran. Mis padres perdieron todo por tercera vez en el corralito, y después del 2001 a mi viejo se le rompió algo dentro que ya no pudo volver a repararse. Mirá cómo está todo ahora con lo de los bolsos de dinero que le están encontrando a gente del gobierno. Yo era partidaria de Cristina hasta que comenzaron a surgir las pruebas de todo lo que ella y Néstor se embolsaron desde que él asumió en el… ¿2003? Creo que fue por ahí que lo eligieron, que lo elegimos, aunque yo todavía no votaba. Tu vieja se fue cuando el 76, ¿no? Los míos, como la mayoría de la gente de su generación y como la mayoría de la gente del país que no se fue, tuvieron que bancarse a los milicos. La gente siempre habla de los que se fueron y de los desaparecidos, ¿no?, pero a mi viejo la invisibilidad de los que se quedaron le amargaba. Tanta era su bronca que yo no sé cómo yo no tengo podrida la cabeza después de haberlo sufrido por tantos años puteando y quejándose de todo y contra todos. Era la bronca personificada, mi viejo. La bronca hecha hombre, o fantasma de hombre. Yo creo que por eso sigo sola, porque la bronca de mi viejo me ha predispuesto en contra de la vida en pareja. Un hombre que sólo sabe quejarse no es un buen ejemplo para una hija.

La única vez que Violeta estuvo en Argentina tenía cinco años y apenas recordaba alguna cosa de Buenos Aires y Tandil. Se acordaba de la pantera del zoológico de Palermo y de la Piedra Movediza de Tandil, desde donde se puede ver el paisaje verde de la pampa generosa que rodea la ciudad. Se acordaba de la entrada al Pasaje de la Piedad y de las vacas y los corderos de Las Acacias, el campo de su abuela Isabel. Se acordaba del olor del asado a la estaca que un gaucho les preparó en el campo y de los árboles frondosos de una calle quieta que se llama Fuerte Independencia, por donde iba de la mano de su abuela a la plaza del centro de Tandil. Le costaba trabajo imaginar ese nivel de desesperanza del que hablaba Silvina porque su imagen mental del país era otra. El mito argentino en el México de su infancia era el del país culto y sofisticado que su abuela Isabel describía cuando venía a México a visitarlos. Pero, más que otra cosa, la Argentina se convirtió en el país de la madre que los traicionó, y eso le impedía ir de nuevo a reencontrarlo y descubrir las calles y los cafés de Borges y Silvina Ocampo, o las plazas malditas de Sabato y de Alejandra Vidal, a quienes conoció por su cuenta. El Buenos Aires de la abuela Isabel, cuyas calles las recorrían artistas y poetas, mujeres que parecían modelos y hombres galantes, elegantes como maniquíes, no era el que Silvina recordaba: calles peligrosas como las de la Ciudad de México, invadidas por chorros, indigentes y cartoneros.

—No sabés cuánta gente salió de la Argentina en el 2001 y el 2002. Me acuerdo todavía de que, en enero del 2002, un par de semanas después de que De la Rúa abandonó la Casa Rosada, fui con mi mamá a una casa de cambio cerca de la 9 de Julio y pasamos por un edificio en donde había muchísima gente formada esperando que la atendieran. «Son hijos y nietos de españoles que están tratando de irse de acá. Deben estar buscando la visa o el pasaporte», me explicó mi madre. Luego me dijo que lo mismo estaba sucediendo en la embajada de Italia, que los descendientes de los italianos estaban tratando de conseguir el pasaporte para irse porque la situación en nuestro país ya era insostenible. Yo le pregunté por qué no nos íbamos nosotros. Recuerdo muy bien lo que me dijo: «Nosotros no nos vamos, ¿me escuchás? Nosotros no nos vamos».

Un día Mario y Luciana, unos amigos venezolanos de Valeria, le contaron a Violeta la pesadilla que estaban viviendo sus familiares y sus amigos en Caracas.

—Ni pensar en viajar —decían—. Lo que podemos se lo mandamos a nuestras familias, pero ir de vuelta no, nunca. Mientras Maduro siga en el poder no volvemos.

América Latina y el resto del mundo se estaban cayendo a pedazos en el otoño del 2016. Llegó un punto en el que Violeta consideró seriamente dejar de leer los diarios en internet cada mañana, el *New York Times, El País* y los de México, que escaneaba con morbo y bronca en su Mac, porque le estaba haciendo daño pensar en todas las cosas que venían haciendo los hijos de puta que controlaban el mundo. Pero no pudo. Cerrar los ojos le parecía una traición.

En los últimos meses, mientras trabajaba en su novela, había estado pensando mucho en el asunto del punto de vista, en el problema del punto de vista: ¿quién cuenta la historia?, ¿quién es el narrador?, ¿quién tiene la voz y la autoridad para contar la historia en una novela? Vidal decía que ese era un problema falso, artificial, porque el escritor «verdadero» («*Whatever that means*, ¿acaso hay uno falso?», pensó Violeta en inglés y español, «¿acaso no hay una escritora verdadera, como yo?») se concede el derecho de escribir utilizando la voz y el punto de vista de quien quiera, siempre y cuando lo haga con verosimilitud. «Lo importante», decía Vidal, «es que el monstruo camine». Con frecuencia Vidal utilizaba la metáfora de Frankenstein, una de sus favoritas, para explicar el proceso creativo del escritor o de cualquier artista que se dedica al arte misterioso de darle vida a las cosas muertas. Según él, el escritor (nunca decía «la escritora») tiene que olvidarse de todas las opiniones que los profesores, los críticos y los sacerdotes de lo políticamente correcto se forman acerca de su legitimidad como «hacedor de ficciones» y concentrarse en su trabajo sin distracciones académicas, «porque todas esas modas, como la del lenguaje inclusivo y lo políticamente correcto, son pasajeras y dentro de diez o treinta años el libro, si es bueno, seguirá firme en su lugar, mientras que las críticas de hoy habrán sido sustituidas por otras más acordes con la moda de los tiempos». Indu, la profesora hindú americana con quien Violeta tomaba un taller de ficción en la universidad, habría experimentado un ataque de ira si hubiese escuchado a Vidal. De acuerdo con ella, el punto de vista en la escritura siempre es personal y político. Invocaba a Judith Butler y a Derrida, quienes afirmaban, según ella, que toda la escritura es autobiográfica y nada es solamente una ficción. Indu sostenía que el canon occidental impuesto por Harold Bloom y sus vasallos era una evidencia de la institucionalización del machismo y el patriarcado para justificar un corpus literario dominado por hombres blancos europeos que hasta finales del siglo xx excluyeron de manera activa todo aquello que hiciera posible que las mujeres y las minorías étnicas y raciales del mundo pudiesen utilizar su propia voz para representarse a sí mismos, a sus mitos y a sus historias.

Violeta estaba atrapada entre estas dos posibilidades de acercamiento a la lectura y a la escritura. Era cierto que Joseph Conrad escribió con un gran prejuicio y desprecio por África en el libro favorito de Vidal, *El corazón de las tinieblas*, y también era cierto que Vidal jamás aceptaría críticas al racismo que se desprendía de las páginas de Conrad o de Lovecraft, autores que leyeron en sus talleres de escritura con devoción acrítica. ¿Y qué decir del autor favorito de Eduardo, Philip Roth, cuya misoginia estaba disfrazada de pasión y honestidad? Vidal decía, gritaba, vociferaba y exigía que al autor se le leyese siempre dentro de su contexto cultural y temporal, pero Violeta sabía que Mark Twain escribió sobre los negros de América con respeto y generalmente libre de prejuicios, mientras que Lovecraft expresaba sin culpa alguna el asco que sentía hacia todos aquellos que no fueran blancos en las calles de Nueva York. «Nada», pensó Violeta, «justifica el odio disfrazado de libertad artística. *Fuck Vidal, fuck Roth, fuck Conrad*».

La visión de Indu le parecía un poco paranoica pero no falta de razón. Lo que decían ambos era un ejemplo excelente de que el punto de vista es siempre personal: Vidal era un criollo mexicano privilegiado, nieto de españoles y sin un mínimo rastro de acento español en su acento hipermexicano. Era tan mexicano que a veces su mexicanidad le resultaba sospechosa a Violeta, porque veía en ella un cierto afán exhibicionista. Vidal jamás sufrió discriminación alguna ni en México ni en el extranjero porque sus rasgos europeos le otorgaban de manera automática una respetabilidad que los mestizos o los indígenas logran únicamente con cantidades enormes de poder o de dinero. Su punto de vista era incuestionablemente legítimo debido a que el peso de la cultura occidental así lo había decidido y él había recibido ese legado sin haber realizado demasiado esfuerzo para conseguirlo. Era un buen escritor y se mofaba o descalificaba todo aquello que no se ajustara a su visión del mundo. Carecía de angustia existencial externa porque estaba ocupado con su propia angustia personal: la edad, la libido del cuerpo, su animal moribundo, la inmortalidad y el prestigio literario. Indu, por su parte, nunca había tenido la oportunidad de relajarse en su propio país porque era hija de inmigrantes no europeos. Si sus padres no hubieran decidido emigrar a América, su vida en Nueva Delhi habría sido de gran privilegio, ya que provenía de una casta superior. Su casa, la de sus padres, la de los antepasados de sus padres, habría sido limpiada por sirvientes de piel más oscura que la de sus patrones, los jardines mantenidos con primor por los jardineros muertos de hambre, los autos pulidos por el chofer, la comida preparada con esmero por la cocinera, los niños mimados con el cariño alquilado de la nana. Sin embargo, en California su piel oscura era motivo de sospecha y rechazo hasta en su mismo barrio de los suburbios de San Mateo, donde vivía con Manish, su esposo, que trabajaba en Google y estaba a cargo de una de las divisiones más importantes de YouTube. Todo el dinero que él ganaba no era suficiente para que las mujeres blancas de su barrio, uno de los más caros de todo el norte de California, miraran a Indu sin suponer que era una sirvienta mexicana o guatemalteca que hacía las compras de la familia en el Tesla de la patrona. Manish no tenía esos problemas: era poderoso y gregario, y los hombres poderosos no tienen color de piel. Estaba acostumbrado a mandar y a ser temido, y parecía no tener tiempo para pensar en esas cosas pequeñas que les sucedían a otras personas de piel oscura como él en la vida de todos los días. En San Francisco a esas cosas pequeñas les decían «microagresiones».

A Manish las microagresiones le parecían excusas para victimizarse, pero a Indu le causaban un gran sufrimiento. La mujer que no movía el carrito en el supermercado para que ella pudiera pasar con el suyo. La mirada de la empleada que la recorría de pies a cabeza cuando entraba a un establecimiento comercial. La insistencia en que mostrara su identificación cuando entregaba su tarjeta de crédito en una tienda, aunque la persona anterior, blanca, había pagado sin que se le exigiera mostrar ese documento.

Todo eso eran ejemplos de microagresiones que le quitaban el aire y la hacían sentirse vulnerable todos los días de su vida. Por supuesto que la llegada de Trump a la contienda electoral empeoró todo. Lo supo cuando en el club de tenis al que iba dos o tres veces por semana una mujer blanca que tenía más o menos su edad se le acercó y la tomó del brazo para decirle con una voz cargada de emoción solidaria:

—Quiero que sepas que estoy de tu lado y que no me importa si eres legal o ilegal, para mí este es tu país y puedes quedarte el tiempo que quieras.

Indu llegó llorando a su casa porque esa mujer idiota, que era prácticamente una desconocida, se arrogó el derecho de hacerle saber que la veía como una extranjera de piel oscura que hablaba su idioma con un acento que no era de americano blanco. *Su* puto idioma.

—¡No hagas caso, Indu! ¡No permitas que nadie controle lo que sientes y piensas! —exigía Manish, más molesto por la debilidad de su esposa que por el racismo de sus vecinos.

Pero Indu, los ojos de Indu, la mente de escritora de Indu, aprendieron a leer la realidad de otra manera, porque esa realidad la veía a ella con insidia.

Era una de las mejores maestras del programa, y Valeria, su alumna favorita. Había algo que Violeta detectaba en Indu, o viceversa, que impedía que entre ellas surgiese el mismo tipo de afecto que era evidente en la relación entre la maestra y Valeria, pero Violeta estaba acostumbrada a ser el bicho raro, la que no encajaba, la conflictiva. Eso no impedía que le tuviera respeto y la escuchara siempre con atención e interés. Su clase de literatura le enseñó a leer de una manera diferente: descubrió que autoras tan prominentes en el clan de las feministas americanas como Sylvia Plath, a la que ella misma había leído con devoción hacía mucho tiempo, habían escrito poemas infectados por el racismo y el prejuicio. Leyó a Chinua Achebe para entender la lectura que un intelectual africano hizo de la obra de Joseph Conrad, quien escribió el libro más famoso sobre África sin entender nada en absoluto de África. Leyó a Ishmael Reed, otro de los escritores afroamericanos más importantes de la región, para entender la pasión intransigente de un radical negro que no les perdonaba a los conservadores y liberales blancos su hipocresía y su falta de compromiso con las minorías del mundo. Esas lecturas hicieron que Violeta recordara algo que había olvidado porque no pensaba en ello desde hacía mucho tiempo, algo que nadie mencionaba en su familia y que ahora tenía otro valor, puesto que su nueva vida en el extranjero le había concedido una libertad inusitada, fresca y excitante: recordó su sangre africana.

7

Ciudad de México, 2007

La carta que Eduardo le entregó a Violeta el día que cumplió quince años fue redactada tiempo atrás por la hermana de la abuela Isabel, la tía Graciela, en un momento de indignación causada por la abominable acción de su sobrina Marcela. «La quiero como si fuera mi hija, Eduardo, pero que haya abandonado de esa manera a sus propios hijos es algo que no podré comprender nunca». Eduardo nunca supo por qué Marcela nunca habló de Amar Fergani con él. ¿Qué tanto sabía ella de aquel amor del verano del 65? Especuló que era posible que ella misma desconociese los detalles de aquella relación prohibida.

Cuando Violeta vio la fecha de la carta (27 de octubre de 1999) y le preguntó a su padre por qué razón no se la había entregado antes, Eduardo le dijo que porque no era lo suficientemente madura para hablar de ese tema. Ella supuso que su padre, como muchas otras personas mexicanas con prejuicios raciales, consideraba que un pasado africano era algo que no se podía revelar así como así.

Le emocionó enterarse de que su verdadero abuelo era un científico argelino, un hombre del norte de África, un árabe cuya imagen era un misterio, una incógnita para la que no habría respuesta. «Eso explica», pensó, «mi piel oscura y mi cara». Hubiese querido comparar los rasgos de su cara con los del abuelo africano, pero no había fotos de él. Su búsqueda en internet no arrojó datos concretos. Encontró cinco personas con ese nombre: dos en Francia, una en Marruecos, otra en Argelia, la última en Canadá. No había fotos. Muchos resultados estaban en francés y ella no sabía hablar ni leer ese idioma.

Un par de meses después de haber leído la carta de la tía Graciela, Violeta hizo el intento de ponerse en contacto con Marcela. Escribió dos cartas, una para la tía y otra para su madre, y las envió a la casa de la primera. La tía respondió enseguida, pero Marcela nunca lo hizo. Violeta guardaba en una cajita de Olinalá que contenía sus tesoros una fotografía en la que ella tendría cuatro o cinco años y estaba sentada en el regazo de Marcela. Las dos solas. En el rostro joven de Marcela se combinaban las facciones europeas de las mujeres argentinas con otros rasgos que eran vagamente magrebís. Ahora Violeta podía ver su legado africano en esos rasgos gracias a que la hermana de la abuela decidió que los nietos de Isabel tenían el derecho de conocer la historia del argelino y su abuela en Mar del Plata y Ushuaia, por mucho que la idiota de su sobrina Marcela hubiese decidido no volver a México después de enterrar a su hermana.

Ahora que podía leer en el rostro de su madre el itinerario que la llevaba de vuelta al norte de África, a los territorios de ese país atrapado entre el mar Mediterráneo, el desierto del Sahara y otros países del norte del continente, a las calles de Argel o de alguna aldea pobre en una zona fronteriza; ahora que gracias a la carta de su tía abuela podía ver el trabajo de los genes africanos en el cabello rizado de su madre, que era como el suyo y que nadie más tenía en la familia, Violeta sintió que podía respirar con menos dificultad.

Había otra misiva que contenía una versión de aquella aventura amorosa que Violeta no leyó nunca. La escribió la abuela Isabel para que Marcela la encontrara el día que ella muriera en Buenos Aires. La carta no era muy extensa y padecía del estilo rígido y seco de alguien que fue educado para escribir cartas formales. Tampoco ofrecía detalles sobre su relación con Amar.

Se limitaba a contar los hechos concretos de su encuentro inicial y a explicar por qué razón lo siguió a Ushuaia, donde quedó embarazada. No contaba cómo ni cuándo volvió a Tandil, pero sí que su matrimonio con el novio tandilense fue anulado por la familia del chico. Hacia el final de la tercera y última página de la carta, la abuela decía que nunca más volvió a saber nada de Amar porque había algo en su relación que estaba basado en la libertad absoluta. Se amaban, pero ambos entendieron que no había futuro para lo suyo porque sus vidas no tenían mucho en común. «Amar era el hombre más inteligente que yo he conocido en mi vida. Cuando nos encontramos, él estaba escribiendo un libro que publicó cinco años después de tu nacimiento. Sé que ese libro ganó un premio en Francia porque en su última carta él mismo me lo dijo. Nos dejamos de escribir en 1977, porque muchas cartas que venían del extranjero eran interceptadas por los militares. Sospecho que algunas de las mías no salieron de la Argentina. En el 94, por pura curiosidad, se me ocurrió preguntar por él en una librería de Buenos Aires y un chico muy amable y culto que había estudiado en París me informó que era posible que Amar fuese un científico y novelista conocido en Francia, pero que ninguno de sus libros estaba traducido al español. También me dijo que uno de ellos, si es que se trataba del escritor que él conocía, se llamaba *La glace*, que en castellano quiere decir «el hielo» y que, de acuerdo con su memoria, eran aforismos escritos en la Antártida». En aquellos años uno no tenía acceso a la internet y la abuela Isabel nunca supo (o nunca quiso) encontrar al padre de Marcela, quien tal vez no había sido el amor de su vida, pero sí su gran amor de juventud. Cuando muchos años atrás la abuela Isabel se enteró en Tandil que estaba embarazada y decidió que no podía volver a Ushuaia a esperarlo hasta que él volviese de la base de la Antártida donde estaba trabajando en un proyecto de investigación, no imaginó que un día tendría una nieta que querría conocer esa historia de amor interrumpido.

Entre los quince y los veinte años Violeta se inventó una historia que pudo haber sucedido en el poblado más lejano del mundo: una mujer de pelo rubio y un hombre de piel oscura caminan en Ushuaia. Van tomados de la mano y van tomados de la mano por una avenida que se llama Maipú, que se extiende a lo largo del canal Beagle. Es el mes de mayo. Esa mañana en particular los amantes se han despertado en la habitación de su hotel modesto y, al sentir el calor de sus cuerpos, han vuelto a hacer el amor como lo han venido haciendo por días y noches enteros, con la pasión fresca de los que recién se han enamorado. Al abrir las cortinas, la mujer rubia descubre que en algún momento de la noche ha caído sobre Ushuaia la primera nevada del año. Los árboles, las calles y los autos están ahora cubiertos de una capa inmaculada. Ella nunca ha visto la nieve. Piensa que no hay nada en el mundo que sea tan blanco como la blancura de esa nieve fresca. Los ojos de su amante observan su cuerpo desnudo sin codicia; lo recorren para memorizarlo porque en unos pocos días partirá rumbo al lugar más desolado y frío del mundo y no volverá a sentir el calor de otro cuerpo humano por mucho tiempo. La mujer no es bella de una manera convencional, pero los ojos de su amante ven todo aquello que nadie más ha visto: la belleza profunda de la mujer que ha abandonado todo para seguirlo hasta el fin del mundo. La noche anterior cerró los ojos, fascinado por la idea que repitió hasta quedarse dormido: «Isabel me siguió hasta el fin del mundo». Hace frío. A sus espaldas, las montañas de la cordillera Martial y el imponente Monte Oliva están cubiertos de nieve y, frente al cuarto donde ellos hacen el amor, está el canal donde se juntan las aguas del Pacífico y el Atlántico. Allí, en uno de los muelles del puerto, aguarda el barco que se llevará al amante de piel oscura rumbo a la Antártida vasta y desconocida.

«Y ahora los amantes son polvo y ceniza», escribió Violeta en su libreta.

8

San Francisco, 2016

«Qué extraño», pensó Violeta cuando se enteró de que habría un festival del Día de Muertos en el barrio de la Misión.

—Pensé que aquí nada más celebraban el Halloween —dijo, un poco confundida.

—Pero claro, chica —respondió Valeria mientras se examinaba el maquillaje en la pantalla del iPhone—. Celebramos Halloween, pero lo del *Day of the Dead* es una vaina súper *cool* de California. No creas que si te vas a Wyoming o a Minnesota vas a ver Catrinas y Fridas por la calle.

—Ya sé qué es lo que voy a ver por todos lados: disfraces de Trump y Hillary, todas las versiones de Trump y Hillary que uno se pueda imaginar.

Las amigas estaban en el taller de los estudiantes del programa esperando que llegara la hora de ir a su próxima clase. Faltaban unas pocas semanas para la elección, pero el ánimo de la gente era de gran confianza y optimismo. En San Francisco, una de las ciudades más liberales y progresistas del país, la era del presidente Obama había creado un optimismo en el futuro que rayaba en lo ingenuo: los progres californianos amaban a su presidente demócrata de una manera incondicional y acrítica porque era un hombre inteligente y sofisticado que había mantenido lazos fuertes con el estado de California y sus habitantes más ilustres. La región era el centro de la revolución tecnológica que cambió para siempre al planeta de maneras evidentes (como el teléfono inteligente que todos llevaban en la mano o en el bolsillo como si fuese un tanque de oxígeno) e impredecibles (como las nuevas formas de relacionarse y abstraerse de la realidad, la dependencia absoluta de la conexión y la pantalla, la trampa peligrosa de la conveniencia de las aplicaciones, etcétera). Los gigantes locales de la tecnología, Facebook, Google, Apple, Oracle, Twitter y cientos de empresas medianas y pequeñas, crearon la percepción, no del todo errónea, de que el futuro se inventaba todos los días en esa región del norte de California. En los ocho años que había durado la presidencia de Obama, esta percepción se transformó en una arrogancia disfrazada de seguridad absoluta en el presente y optimismo adolescente respecto al futuro, así como en un derrame de capital que hizo de la zona una de las más caras del planeta.

Obama fue un gran aliado del cambio. Obama, el presidente *cool*, amigo de Dave Eggers, el santón literario local que personificaba mejor que nadie esa imagen blanda de satisfacción burguesa, blanca y progresiva, políticamente correcta. Obama, el presidente lector, sensible y elegante, a quien todos los demócratas californianos le perdonaban los miles de víctimas de sus drones en el Medio Oriente y las deportaciones masivas porque, bueno, era su primer presidente afroamericano, el vengador que mató a Osama Bin Laden, el amigo de Oprah Winfrey, George Clooney y Tom Hanks. El paso siguiente para alcanzar el nirvana absoluto de la democracia californiana en la nueva era de la iluminación post-Obama tenía que ser, obviamente, elegir en masa a la primera mujer presidente del país. Esa acción consagraría para siempre a los Estados Unidos, ese famoso «faro de la libertad», como el paraíso de la igualdad y como una de las naciones más avanzadas del mundo. Que el resto del planeta se hundiera en la oscuridad y en la ignorancia. Los americanos progresistas votarían por Hillary para demostrarle al mundo que el feminismo no estaba reñido con la democracia americana que finalmente estaba lista para competir con los países más avanzados de Europa, que ya no ostentarían el monopolio de la civilización absoluta.

A ese paso, pensaron algunos con optimismo desmesurado, los ciudadanos de América tendremos nuestro primer presidente mexicano en unos pocos años y después nuestro primer presidente gay, quien será sucedido tarde o temprano por un presidente transgénero. Bienvenido a California, el paraíso de la utopía individual y la fantasía puñetera colectiva. Por todo esto, no era de extrañarse que absolutamente todos los conocidos de Violeta y sus compañeros de la universidad predecían una victoria fácil de Hillary Clinton sobre Trump el 8 de noviembre; hasta aquellas compañeras que eran parte de una minoría rebelde, cuyas convicciones y dignidad les impedían votar por Hillary y habían decidido darle su voto a Jill Stein, la candidata del Partido Verde y de las verdaderas feministas, lo hacían más como una declaración de principios que porque creyeran que su candidata tenía posibilidades de ganar. Valeria decía que votar por Jill Stein era cosa de feministas blancas, ricas y viejas, como la idiota de Susan Sarandon.

—Creen que, como la victoria de Hillary es cosa segura, se pueden dar el lujo de votar por la «tercera opción». Yo, por muy confiada que esté con las encuestas que le dan la victoria a Hillary, ni loca me arriesgo. Será que soy de Puerto Rico.

—Pues yo también creo que la cosa es más o menos segura, pero como soy mexicana tengo un sistema inmunológico que me protege del virus del optimismo: mi experiencia histórica es que, si hay un margen para que algo salga mal, es casi seguro que eso sea exactamente lo que suceda.

—Lo bueno es que, como eres mexicana, no te va a afectar el resultado. —Valeria se revisaba ahora la ropa para asegurarse de que lograba el efecto deseado.

—Por supuesto que me va a afectar, Valeria. Se trata de la presidencia de los Estados Unidos, no la de Uzbekistán. Además, que no pueda votar no me libera de toda esta angustia. Me da mucho miedo que ese tipo gane, por mucho que todos afirmen que es imposible.

Una de las intelectuales favoritas de Violeta era Rebecca Solnit, una escritora local que, según Valeria, vivía muy cerca de donde ellas vivían, precisamente en el barrio de la Misión, donde era el desfile del Día de Muertos. Solnit había popularizado un término que entró al léxico de las mujeres feministas apenas se enteraron de su existencia: *mansplaining*. El neologismo reunía de manera afortunada el sustantivo *hombre* y el verbo *explicar* para expresar esa manía perversa y autoritaria que tienen los hombres del mundo de explicarles a las mujeres absolutamente todas aquellas cosas que ellos consideran que ellas no pueden entender. Según Solnit, estas explicaciones, que suelen ser simplistas, generalmente erróneas y filtradas exclusivamente por el punto de vista masculino, por lo general suceden de una manera no solicitada y condescendiente. Nada le molestaba más a Violeta que la aparición higadosa de un *mansplainer*, término que Claudia había traducido al español chilango como «güeyxplicador». Todo esto viene al caso porque mientras hablaba con Valeria de la elección, un compañero del programa, un hombre un poco mayor que ellas que estaba sentado cerca de ellas leyendo algo en su computadora, apenas escuchó que Violeta expresaba su angustia ante la posibilidad de que Trump saliera victorioso en la contienda electoral aprovechó para «güeyxplicársela»:

—No sé por qué te angustias. América será el país más absurdo de todos, pero en cuestiones de política todavía creemos en la responsabilidad ciudadana. Trump es un gran distractor, nada más que eso, y los medios se están enriqueciendo con su campaña; por eso todo lo que dice se convierte en noticia. Su narcisismo y nuestro apetito por lo grotesco explican su candidatura, pero prepárate para ver la derrota más estrepitosa de nuestra historia política. Es más, te aseguro que si Trump estuviera postulándose para alcalde de la ciudad de Nueva York no ganaría las elecciones: los neoyorquinos lo conocemos muy bien, sabemos quién es y las barbaridades que ha hecho desde al menos los años ochenta. ¿Te acuerdas de los cinco chicos negros a quienes acusó de violación y pidió que fuesen ejecutados en un desplegado del *New York Times*? El tipo gastó una pequeña fortuna para poner en evidencia su racismo. Te aseguro que nadie se toma en serio a ese payaso. No quiero sonar condescendiente, pero no tienes tanto tiempo en el país para entender la psicología de los americanos.

—¿Y dices que no quieres sonar condescendiente? Nadie te invitó a que nos iluminaras con tu sabiduría. —Valeria estaba lívida de indignación por la desfachatez del tipo que acababa de interrumpir su conversación con Violeta, quien a su vez miraba a los dos sin decir nada.

—Perdón, pero ¿sabes qué pasa? Que cada elección es lo mismo. Me acuerdo de lo que muchos demócratas decían hace unos años, cuando Obama y Romney se disputaban la presidencia. No pocos de mis amigos más cercanos juraron que si Romney ganaba la presidencia se irían a vivir a Canadá. Lo mismo con Bush y Gore: todos juraban sobre sus libros de Chomsky y Gloria Steinem que si ganaba Bush se marcharían del país. Y, bueno, como lo sabes muy bien, Bush le ganó a Gore, de manera ilegítima quizá, pero ganó y nadie empacó sus cosas para irse a vivir a ningún lado. Se necesita acción directa, no quejas en Facebook.

—Guau... Gracias por la conferencia gratuita. ¿Cómo es que te llamas? Para saber a quién no tenemos que acercarnos jamás en el futuro.

—Mark. Mark Kramer. Perdón si las ofendí. No era mi intención.

—Ni la nuestra ser interrumpidas. —Valeria se dio la vuelta para continuar charlando con su amiga a la vez que su rostro se transformaba en la cara de alguien que tenía náusea o sentía asco.

Violeta pensó que el tal Mark tenía razón, por mucho que su manera de inmiscuirse en su conversación con Valeria hubiera sido tan desagradable. Ese era el riesgo de vivir entre tanta gente progre. Si en México costaba trabajo encontrarse con gente que no fuera católica y se pasara los fines de semana viendo el futbol o yendo a una plaza comercial a ver películas gringas después de una escala en el Starbucks más cercano, en San Francisco era casi lo contrario: lo anormal era la norma; lo extraño, lo más común; lo *weird*, lo menos raro, y la contracultura, la manifestación más oficial de la cultura local, de tal manera que a veces Violeta echaba de menos a la gente que no era como ella y que le ofrecía un contraste con su vida de todos los días. «Sin contrastes la vida es una mierda», se dijo y se volvió a acordar de Claudia, que iba a llegar en un par de días para pasar su primer Halloween con ella. «Va a estar muy decepcionada de que, en vez de a una fiesta de Halloween, la voy a llevar a un pinche Día de Muertos gringo». Violeta cerró los ojos y respiró hondo para recuperar el hilo de la conversación interrumpida con Valeria.

9

Refugiados en el reconfortante anonimato de la sala escarlata del cine Embarcadero, Anders y Violeta compartían una bolsa mediana de palomitas mientras veían *El renacido*. O para ser más precisos, compraron una bolsa de palomitas con la intención de compartirlas, pero en algún momento de la película no pudieron comer más. Violeta sintió que el cuerpo de Anders se iba tensando a medida que la trama en la pantalla del cine avanzaba hacia un punto en donde algo terrible e inimaginable iba a suceder en cualquier momento. Por su parte, Anders percibió la manera en que Violeta poco a poco se hundía a su lado como si la oscuridad profunda de lo que sucedía frente a sus ojos la forzara a sumergirse en el refugio púrpura de su asiento. Cuando terminó la película, Violeta y Anders salieron del cine como si escaparan de una mazmorra donde se estuviese llevando a cabo una sesión de tortura ilegal o un castigo que sus ojos jamás tendrían que haber presenciado.

—No sé qué decir. Es una película extraordinaria, pero me ha dejado sin palabras —murmuró Anders, tratando de penetrar el muro que Violeta estaba intentando romper desde su propio silencio.

—A veces me pregunto por qué no me fui a estudiar a otro lugar. Lo que hicieron los gringos con los nativos americanos es imperdonable, pero pareciera que aquí nunca pasó nada. Nadie se enteró del despojo de tierras ni de los millones de nativos muertos, porque, a diferencia del Holocausto judío, ellos nunca tuvieron un Spielberg que contara su aniquilación.

—Yo tengo dos años en América y nunca he visto un indio.

—Que no se dice América, Anders, no seas colonialista. Tampoco se dice «indio», se dice «nativo americano».

—Tienes razón, disculpa.

—Alguien va a decir que esta película no es mexicana porque, a pesar de que el chingón de González Iñárritu es mi paisano, la trama no sucede en México. Para mí, sí es una película mexicana ¿Sabes qué creo? Que este tipo de violencia tan brutal e insensata únicamente un mexicano la entiende y la puede retratar de esta manera.

—Mm. Me haces pensar en Scorsese y Coppola. ¿Tal vez la violencia de sus películas tiene que ver con su identidad italoamericana?

—Y Tarantino.

—Claro, con ese apellido.

—Me avergüenza pensar que mi país probablemente sea uno de los más violentos del mundo.

—No conozco muchos cineastas mexicanos.

—¿Viste *Amores perros*?

—¿La de las peleas de perros?

—Esa mera.

—¿Es del mismo director de esta película?

Violeta respondió con un gesto afirmativo mientras su mirada se perdía en algún punto de la calle Fremont. Caminaban sin rumbo y sus pasos los llevaban ahora rumbo al distrito SOMA.

—Son muy diferentes. Increíble que sean del mismo director.

—Una en español y la otra en inglés. La violencia no necesita pasaporte, habla todos los idiomas y es ciega, Anders. González Iñárritu pudo haber hecho una película en Suecia, Afganistán o en Honduras, y hubiera sido tan poderosa y desoladora como esta. Es más, ya la hizo: se llama *Babel*, pero no me gusta tanto como esta. Creo que, si has visto los efectos de la violencia en un país como México, Colombia o Irak, puedes entender muy bien cómo funciona en otros lados. —Violeta se puso la bufanda que tenía en la mochila porque comenzó a tener frío.

—Algo semejante pasa con la violencia sueca, aunque es una violencia diferente.

—¿Diferente cómo?

—Creo que es más discreta que la de otros países y ejecutada con un gran cargo de conciencia. No somos católicos y creo que por eso nuestra culpa es privada.

—¿Son violentos a pesar de ser tan ricos? Muchos pensamos que los países ricos casi no tienen crimen. Piensa en Japón.

—Vista de lejos, Suecia es rica y civilizada, pero tenemos una cultura de la violencia *sotto voce* muy arraigada. Eso lo puedes ver en el cine y en la literatura. Ibsen o Bergman, por ejemplo.

—A mí me gustan Henning Mankell y Camilla Läckberg.

—Son de los más conocidos, pero hay muchos escritores de novela negra. Creo que ahora los escritores suecos y escandinavos están de moda en muchos países.

—Y los directores de cine también.

—También. Supongo que cuando un danés o un sueco hacen una película en el extranjero, sucede algo parecido a lo que pasa con este director mexicano. Ahí tienes el ejemplo de Susanne Bier o Lars von Trier.

—Uno más oscuro que la otra.

—Supongo que sí. Somos un poco oscuros.

—¿Un poco? Tienen al rey de los *darkies*: Søren Kierkegaard.

—A Kierkegaard nunca lo leí. No soy tan sofisticado como tú.

—No se trata de sofisticación. Leer no te hace sofisticado. Viajar no te convierte en una persona sofisticada. Esos son mitos de la clase media.

—¿Qué te convierte entonces en una persona sofisticada?

—El dolor en soledad.

—¿Por qué estás aquí, Violeta?

—Y aquí viene siendo… ¿San Francisco?

—Aquí, en América.

—Querido, América es el continente. No digas América para referirte a un solo país, esto es nada más los Estados Unidos. Yo he estado en América toda la vida.

—Perdón, pero estoy acostumbrado a decir América desde que era un niño. En Europa todos decimos América cuando nos referimos a los Estados Unidos. Suena raro decirlo de otra manera.

—Entiendo, pero imagina que los alemanes o los franceses hablaran de sus países como Europa. ¿Cómo se sentirían el resto de ustedes?

—Completamente de acuerdo.

—¿Por qué?

—¿Por qué estoy de acuerdo?

—Nooo. ¿Por qué te interesa saber por qué estoy aquí?

—Me interesa, nada más.

—La razón oficial es que estoy estudiando mi MFA porque quiero ser escritora. La no oficial, la personal, es que ya no quería vivir en México, aunque esto suene desleal, exagerado o inapropiado. Cada vez que digo esto siento que estoy traicionando algo importante.

—No, de ninguna manera suena inapropiado. Todos tenemos derecho a irnos. La narrativa de que irse de un lugar equivale a huir de uno mismo o de los problemas que no queremos enfrentar es una de las estupideces más grandes y más injustas que he escuchado. Irse es buscar, es comenzar. Nos vamos los que no estamos satisfechos o conformes. A veces creo que muchos de los que se quedan en sus lugares de origen son los que huyen de algo, pero sin ir a ningún lado: huyen de la soledad, del miedo a la muerte, del riesgo de ser quienes quieren ser. No tienes que contarme nada si no te da la gana.

—Mi caso es complicado, pero si quieres que te lo cuente, te lo cuento, Anders.

—Siempre y cuando quieras hacerlo.

—Primero te tendría que contar algo sobre mi novela y sobre mi vida porque las dos cosas, mi salida de México y la historia que quiero contar en mi novela, están relacionadas.

—Nunca me has dicho nada sobre tu novela.

—Estoy escribiendo una novela porque hay cosas que no puedo contarle a nadie. Cosas relacionadas con mi familia, con mi padre, con una mujer que fue asesinada y con mi madre, que nos abandonó a mí y a mi hermano cuando éramos muy pequeños. Te lo voy a contar todo, pero mejor lo dejamos para otro día, ¿vale?

Anders metió la mano en su pequeña mochila de ciclista en la que llevaba lo esencial: una libreta, una bufanda y su iPad mini, entre otras cosas. Sacó una botella de agua de aluminio. Habían llegado caminando hasta las afueras del parque de beisbol donde jugaban los Gigantes de San Francisco. Era un parque hermoso hecho de ladrillo rojo construido al lado de la bahía. De vez en cuando, algún pelotero metía un jonrón que llegaba hasta las aguas heladas del Pacífico. A esa hora del día la zona estaba prácticamente desierta, excepto por algunos turistas que deambulaban sacándose *selfies* y los empleados imberbes de las compañías de *software* de la zona. Violeta y Anders eran dos miembros recientes de esa comunidad y, puesto que carecían de puntos de referencia para comparar ese lugar con el San Francisco de otros tiempos, disfrutaban sin prejuicios de una versión de la ciudad que no correspondía con la de sus habitantes más antiguos. Sabían que la ciudad siempre fue El Dorado de los oportunistas y los aventureros, de los inconformes y las ovejas negras, caja de Petri de experimentos sociales absurdos y fallidos, refugio de genios y criminales, de poetas y artistas que, antes de elegir el suicidio, se dieron la última oportunidad en la orilla izquierda del mundo, pero Violeta y Anders no podían ver nada de eso porque aquella ciudad ya no existía. El San Francisco del 2016 era demasiado rico, impersonal, frívolo y segregado racial y económicamente. Era una ciudad moderna y arrogante, como la torre monumental que se estaba erigiendo en su centro: su tamaño y su nombre, Salesforce Tower, expresaban mejor que nada la vulgaridad de ese nuevo dinero local.

Para Anders, lo mejor de San Francisco era que estaba en otro continente. Hacía muchos años, hubo un niño solitario que soñaba con «otro lugar» en su pequeño cuarto de Södermalm. Ahora, un hombre que no era ese niño, y que tampoco tenía sus ojos en la superficie de un mapa, miraba el cielo limpio de Occidente con ambos pies asentados con firmeza sobre esa superficie real que olía a mar y estaba a miles de días y kilómetros de su pasado. Este hombre, que un día ya no pudo vivir en Estocolmo porque la realidad se le hizo insoportable, se dio cuenta de que la ficción y el futuro no son perfectos: apenas llegó a San Francisco descubrió que no le gustaba el clima y se preguntó si acaso se había equivocado de destino. Consideró seriamente la posibilidad de irse a Los Ángeles o San Diego y alquiló un auto para viajar hasta el sur de California donde el agua del océano no era tan fría y la niebla que castigaba a San Francisco con tanta frecuencia no era una molestia omnipresente. Pero el sur de California no logró convencerle lo suficiente para irse de San Francisco, que era muy diferente a Estocolmo, pero de alguna manera le resultaba familiar.

Para Violeta la distancia más significativa era la emocional. El mismo día de su llegada, la primera noche en el Airbnb de Potrero, un barrio de apariencia mediocre en las orillas de la ciudad, sintió que podía respirar con libertad. La distancia que puso entre la Ciudad de México y su vida era menor que la distancia física entre Estocolmo y California; podía subirse a un avión y estar en México en apenas cuatro horas, pero si olvidaba esa circunstancia espacial y temporal, Violeta podía alimentar la ilusión de que estaba a años luz de distancia y podía olvidarse de que al otro lado de la frontera había un país donde millones de personas vivían vidas tan comunes como las vidas de la gente que ahora pasaba junto a ella y Anders en la plaza al lado del parque de beisbol. Violeta eligió otra normalidad. Una normalidad sin titulares en los diarios que vendieran el conteo de las barbaridades sangrientas cometidas a lo largo y ancho del territorio nacional el día anterior. Un día una compañera de la universidad cuestionó su decisión de irse de México a los Estados Unidos para alejarse de esa violencia con una pregunta sobre la lógica de irse a un país donde los adolescentes perpetraban masacres en sus escuelas y donde solamente unos meses atrás un fundamentalista islámico nacido en Nueva York se metió a un club gay en Orlando, Florida, y mató a cuarenta y nueve personas que bailaban sin hacerle daño a nadie. Violeta no supo responderle. Esa noche, en la soledad de su cuarto, pensó que en México la violencia no era resultado de la enfermedad mental, ni del odio racial o el religioso, pero era muy común que todos los días el recuento de los muertos superase las cifras obscenas de las masacres gringas. Tres muertos en Guadalajara, cinco en Tamaulipas, ocho en Veracruz, tres en Ciudad Juárez y así hasta llegar o superar los cuarenta y nueve muertos que indignaron con toda razón a los estadounidenses cuando aquel demente decidió vengarse por los miles de civiles que ellos habían matado en Irak y en Afganistán. Una violencia no era peor que la otra, pero ambas eran asquerosas. En Estados Unidos, los ciudadanos y el gobierno americano mataban motivados por el odio racial, por el deseo de venganza, por dinero, por prepotencia, por capricho y siempre para proteger su honor patriota y macho, así como sus intereses financieros. Atentar en su contra nunca tenía justificación en su retorcida lógica.

—Está bien, otro día me cuentas lo de tu novela —dijo Anders.

—Gracias.

Violeta no le quiso decir nada a Anders sobre el golpe brutal que le rompió la nariz dos años atrás y que decidió su partida. No le quiso decir nada sobre la muerte de Brenda y su terror de que los rumores sucios que dominaron su infancia fueran ciertos. Había vivido con tanta vergüenza y miedo el acoso de los niños de su calle que se encerró por años para no escucharlos, para no tener que salir corriendo cada vez que esa niña horrible le decía: «Tu papá es un asesino. Tu papá mató a su amante. Eres la hija de un asesino». Y lo peor de todo era que no podía hacer nada para quitarse de encima el miedo y la duda de que todo fuese cierto porque ella y Sebastián se juraron que nunca hablarían con nadie de esa cosa tan sucia e inconcebible que les robó, junto con el abandono de Marcela, la infancia. Habría sido inconcebible que dos niños de esa edad se acercaran a su padre para hacerle esa pregunta. Tal vez otros niños lo habrían podido hacer, pero no ellos. La desaparición de su madre dejó paralizado emocionalmente a Sebastián y, para complicarlo todo, un psicólogo infantil tuvo la indecencia profesional de endilgarle el diagnóstico de autista, cuando lo que tenía el niño era falta de madre, miedo a la vida y un dolor que no podía entender a los cinco años. Violeta, por su parte, desconocía la naturaleza cruel del corazón humano y su asombrosa capacidad de destrucción. La vecina que le dio a su hija el veneno del rumor infundado para que ella lo distribuyera entre los niños de la calle era una mujer que tenía podrido el corazón. La vecina que le contó a quien estuvo dispuesto a escucharla que el arquitecto de la casa de la esquina había matado a su amante porque estaba embarazada fue una razón poderosa para encerrarse y no salir, para irse lo más lejos posible en cuanto pudiera hacerlo. Y ahora Violeta no podía contarle nada a su amigo Anders, porque ¿cómo puede empezar uno a contar ese tipo de historia?

10

Södermalm, 2006

Cuando Rolf murió, los fines de semana volvieron a ser largos y aburridos. Era la edad de salir a comer pizzas al Primo Ciao Ciao después de ver una película de acción en el Biopalaset, pero con frecuencia Anders no tenía las coronas suficientes para hacer esos gastos y no le gustaba que su amigo Kurt, el niño rico que hasta hace unos años iba al pretencioso colegio Lundsbergs antes de que lo expulsaran, pagara hasta los *Banana skids* o los *S-tags* cada vez que salían. Anders no era el único chico de su escuela que era criado por una madre soltera. Tampoco era el único que carecía de la ropa deportiva de moda, las vacaciones en el extranjero o los artefactos electrónicos más codiciados. El problema no era que su padre se hubiera borrado de su vida y que antes de morirse hubiese sido un pobre diablo, un *loser* que únicamente pudo darle una bicicleta. Lo que más le molestaba a Anders a los quince años era que su madre fuera tan mediocre y tan incapaz de encontrar una manera más lucrativa de ganarse la vida. Malin necesitaba buscarse un trabajo mejor pagado, pero eso no iba a suceder nunca porque ella no iba a cambiar su profesión a esas alturas de su vida. A veces Anders pensaba que el problema no era su profesión; el problema era todo el dinero que iba a la cuenta de ahorros para una jubilación que a su hijo le parecía más lejana e incierta que el planeta Marte. Esa obsesión por el ahorro le impedía gastar en cosas importantes que ella consideraba frívolas y superfluas:

pizzas, tenis Nike, un Nintendo nuevo y camisetas de la selección nacional sueca.

La vida entera de Anders transcurría en Södermalm. Ese era el principio y el fin de su universo. Anders no tenía motivos para quejarse del viejo barrio, porque al menos no estaba tan lleno de turistas como otras partes de Estocolmo, o como Gamla Stan, la ciudad vieja que era un verdadero circo internacional, sobre todo los fines de semana y todo el verano. Sin embargo, algo le faltaba. Ese algo adolescente, profundamente amargo e indefinible. Algo. Le hubiera gustado tener un poco más de esa cosa que en ese momento de su vida no podía identificar: ese objeto o sustancia misteriosa que frunce el ceño de los adolescentes y los convierte en seres desagradables e inseguros. Anders no era un pequeño capitalista a quien únicamente le interesara el dinero. No era como Kurt Fogelström, quien en teoría era su mejor amigo, pero que con frecuencia lo trataba con tanta displicencia que Anders se preguntaba por qué razón seguía pasando tanto tiempo con él. De acuerdo con su madre, Anders tenía «absolutamente todo y más» de lo que era necesario para tener una adolescencia «sana». Su madre usaba esa palabra idiota todo el tiempo: quería que él tuviera una dieta sana, actividades deportivas sanas, lecturas e inquietudes intelectuales sanas, una imaginación sana y una manera sana de entender y vivir la vida. Anders escuchó con resignada paciencia el monótono sermón materno hasta que tuvo once años. A partir de esa edad, cada vez que ella decía la palabreja, Anders mascullaba, cuidándose de que Malin no lo escuchara: «Caca de rata sana, mierda verde, pedos apestosos, orines ácidos, vómitos de perro, escupitajos asquerosos y sanos». Malin no entendía la insatisfacción de su hijo: su bicicleta, la que sustituyó a la que le dio su padre, era prácticamente nueva; su ropa, tal vez anticuada, pero a los ojos de ella («¿Qué diablos sabe ella de ropa?») era igual a la que usaban los otros chicos del colegio. El refrigerador siempre tenía comida sana en abundancia. «Si tienes hambre, hay sopa de lentejas, apio y brócoli».

Su primer acto de rebelión abierta tuvo lugar a esa edad, cuando fue y le dijo a Malin que no quería jugar más en el equipo de futbol de la liga infantil de Södermalm: se aburría y el entrenador era demasiado severo; prefería concentrarse en sus clases de piano y el trabajo escolar que ahora era más intenso. Malin era enemiga de abandonar los compromisos que uno se había echado a cuestas. Según ella, uno siempre debe terminar de leer el libro que comienza, completar hasta el último minuto la hora de ejercicio físico, ver las películas hasta el final, concluir absolutamente todas aquellas cosas que uno inicia; estaba convencida de que, si su hijo dejaba el equipo de futbol, acabaría abandonando la universidad y a su familia cuando fuera grande. Sin embargo, Malin recordó que los resultados de Anders en la última evaluación de matemáticas no habían sido muy buenos y que le vendría bien tener más tiempo para sus estudios. Además, reconoció que ya estaba cansada de tener que ir a ver los juegos de futbol todos los fines de semana durante los largos meses que duraba la temporada. Así que dijo que lo pensaría y que al día siguiente le daría una respuesta. Ya en su cama, Malin consideró que a partir del año entrante Anders tendría que ir a jugar a todas las municipalidades de Estocolmo para enfrentarse con equipos de otras ligas y, francamente, no tenía ni tiempo ni ganas de correr un domingo a Sollentuna y, al siguiente, a Haninge o a Solna para ver los juegos de su hijo. Los fines de semana los tenía llenos y mal no le vendría sacarse una cosa más de su apretada rutina. Sábados y domingos arreglaba la casa, lavaba ropa, calificaba exámenes, iba al supermercado y se ponía a cocinar porque le gustaba dejar preparada la comida para la semana. Además, se las arreglaba para ir al cine. Ese era su premio semanal: una barra de chocolate Marabou sentada en la oscuridad del Biopalaset. Se durmió pensando que al día siguiente le daría a su hijo la alegría de dejar el juego que ya no disfrutaba. Sin embargo, al despertarse, pudo más su sentido de orden y disciplina.

—Tomé una decisión, Anders —dijo Malin mientras él desayunaba—. No puedo permitirte que dejes el equipo y, bajo ninguna circunstancia, quiero que dejes las clases de piano, las de natación o cualquier otra actividad con la que te hayas comprometido. No quiero que te acostumbres a dejar las cosas a medias. Una persona emocionalmente sana siempre tiene que cumplir con las cosas que se propone hacer. Los compromisos son sagrados.

«Pedos de perro sarnoso, caca sagrada de astronauta, orines podridos, vómito de borracho, verrugas purulentas, gargajos verdes, puta mierda sagrada y sana».

—Como tú digas, *mamma*. Tal vez el próximo año.

Anders siempre fue un niño transparente y honesto. Malin sabía que su hijo no mentía y que siempre le contaba lo que le pasaba. Después de la muerte de Rolf, cuando ella decidió que no tendría más parejas «formales», su relación con él se volvió más sólida y cercana. Las ocasiones en que venía a su lado y la abrazaba con la ansiedad de aquellos que piensan que en cualquier momento pueden perderlo todo la asustaban.

—Siempre, siempre vamos a estar juntos. Te lo juro.

A veces, cuando Anders dormía, Malin se daba el lujo de llorar. No lo hacía por Aleksandr, que era un fantasma que se desvaneció por completo de su vida. Tampoco lloraba por Rolf ni porque su muerte la hizo romper con Dios, a quien ya no necesitaba puesto que sus muestras de deslealtad habían sido demasiadas. Lloraba por su soledad y porque se dio cuenta de que Anders se había convertido en un adolescente solitario como ella, un hombre que se marcharía de su lado en cuanto fuera lo suficientemente grande para irse.

11

Como la mayoría de los niños suecos, Anders comenzó a patear un balón de futbol tan pronto dio sus primeros pasos. En la década de los noventa, todos los niños del barrio querían ser Stefan Schwarz o Henrik Larsson cuando crecieran. Soñaban con portar algún día la camiseta del equipo nacional. Eso querían también Anders y Kurt desde que se conocieron y comenzaron su amistad a los seis años: ser estrellas de la selección sueca de futbol y anotar un gol en un Mundial.

Un día inolvidable de 1998, el padre de Kurt los llevó a ver su primer partido de futbol al Söderstadion. Los hinchas del Hammarby IF venían abarrotando las butacas del estadio cada fin de semana porque el legendario equipo local había logrado volver a la primera división después de pasar dos años amargos en el infierno de la segunda. Los muchachos del Hammarby estaban jugando esa temporada como si los mismos dioses nórdicos inspirasen cada movimiento suyo en la cancha. El equipo ocupaba ahora el tercer lugar en la tabla general y, puesto que ese día se enfrentaban a su rival local, el odiado AIK, el señor Fogelström les compró camisetas idénticas del Hammarby antes de entrar al estadio para que los chicos pudiesen participar de una manera total en el ambiente de regocijo del Söderstadion. Anders y Kurt eran muy chicos para darse cuenta de que la calidad de esos juegos no justificaba el ambiente de mundial de futbol, pero ese año no era como los anteriores. Por lo general, los juegos contra el AIK no atraían más de quince mil espectadores, pero ahora habría alrededor de treinta mil, haciendo evidente que a pesar de no haber ganado nunca el campeonato de la liga nacional de *fotboll*, la *Allsvenskan*, Hammarby tenía los aficionados más fieles y apasionados de toda Suecia. A partir de aquel mediodía glorioso en que entonaron junto a miles de espectadores los versos de «Just idag är jag stark» mientras los jugadores del Hammarby entraban a la cancha luciendo sus colores verde y blanco, Kurt y Anders se hicieron tan inseparables como si hubiesen hecho un pacto de sangre.

Erik era un hombre cariñoso que lo trataba como si fuera su sobrino, pero al paso del tiempo Anders se dio cuenta de que el señor Fogelström tenía un carácter duro y explosivo. Fue en la casa de Kurt donde Anders escuchó por primera vez al padre de su amigo hablar en contra de los inmigrantes, que cada vez eran más visibles en las ciudades de Europa.

—No vas a creer lo que me pasó ayer en Östermalm después de mi comida con Mats. Caminábamos rumbo a su auto cuando un puto árabe que venía caminando en nuestra dirección tiró la colilla de su cigarrillo en la calle como si estuviera caminando por una calle mugrosa de Bagdad. Lo agarré del brazo y le dije que se regresara a levantarla, pero evidentemente el tipo no me entendió o no me quiso entender por más que se lo repetí y le señalé con la mano el cigarrillo. Mats intervino para que lo dejara en paz, pero te juro que lo hubiera reventado a golpes. Estoy harto de esa gente que trae sus hábitos puercos a Estocolmo. Esto es lo que ninguno de esos mugrosos negros y árabes entienden: que esta es *nuestra* ciudad y que ellos no tienen ningún derecho de estar aquí, ensuciándola y convirtiéndola en un gueto de Europa. Pero los funcionarios del gobierno socialista son todos unos hipócritas. Ninguno de ellos se atreve a defender a Suecia porque todos tienen miedo de que los acusen de racistas.

Anders tendría once o doce años cuando escuchó al señor Fogelström quejarse con su esposa de esta manera tan amarga. No pasó mucho tiempo antes de que Kurt comenzara a repetir cosas parecidas en la escuela. Anders y Kurt ahora estaban juntos todo el día porque Kurt fue expulsado del Lundsbergs luego de que llevara una rata muerta que encontró en un parque y la pusiera en el bolso de mano de su maestra de literatura. Su madre, de castigo, lo registró en la misma escuela pública donde Anders iba desde los seis años. Un día, a la hora del almuerzo, Kurt le dijo que se levantaran de la mesa donde todos los días se sentaban a comer y volvieran al salón de clases.

—¿Por qué quieres que volvamos?

—Ya lo verás. Vamos.

Sin que nadie les prestara atención, los dos salieron del salón donde los estudiantes más grandes de la escuela comían su almuerzo. Los niños de los primeros grados lo hacían en otro comedor. No había nadie en los pasillos y, sin que nadie los viera, pudieron volver al aula vacía donde estaban todas las mochilas. La puerta estaba abierta y, una vez que estuvieron adentro, Kurt le pidió a Anders que la cerrara.

—Mientras yo reviso las mochilas de Ahmed uno, Mohammed y Elmaz, tú encárgate de las de Mbutu y Ahmed dos.

—No entiendo, Kurt. ¿Por qué vamos a revisar sus cosas? ¿Qué estamos buscando?

—Mierda, ¿eres tonto o te gusta parecerlo, Anders? Lo que estamos buscando son armas de cualquier tipo o bombas. Ten cuidado, porque dentro de las mochilas puede haber cuchillos o navajas escondidas. Mi papá dice que los terroristas a veces tienen agujas hipodérmicas que pueden contener el virus del SIDA o de alguna otra enfermedad que pueda causar una infección que mate a miles de personas.

Anders no puso en duda lo que el padre de Kurt decía, pues estaba acostumbrado a creer que los adultos siempre dicen la verdad. Además, adoraba a Erik Fogelström porque tenía un BMW 525i negro y parecía un actor de cine, siempre vestido de manera impecable y orgulloso de su buen físico. Si Erik decía que Al-Qaeda estaba infiltrándose en Suecia, tenía que ser cierto. Si los refugiados de la guerra del Golfo y los inmigrantes de África estaban determinados a destruir la cultura de Suecia, como había comenzado a repetir Kurt, tenía que ser cierto. Un día Kurt explicó que lo que les habían enseñado en la clase de Historia cuando estudiaron la Segunda Guerra Mundial no era del todo correcto. Era cierto que Hitler odiaba a los judíos, pero no era verdad que el Holocausto hubiera sucedido de esa manera. Los judíos, alegaba Kurt, habían contratado actores para filmar el supuesto exterminio. Lo que Hitler quería en realidad era recuperar el control económico de Alemania, que estaba concentrado en manos judías. Erik afirmaba que lo más importante para cualquier ciudadano sueco que se respetase a sí mismo y amara a Suecia, era proteger a la familia y a la patria de los intrusos extranjeros; todo esto Kurt lo repetía. ¿Cómo se le podía reprochar a alguien que amara de esa manera a su país y a los suyos?

Ese día no tuvieron suerte. Los hijos de los terroristas no habían llevado nada que amenazara la seguridad de la escuela. Pero, antes de irse, Kurt le pidió a Anders que lo ayudara a poner todas las mochilas y las chamarras juntas. Cuando terminaron de hacer la pequeña pila, Kurt se sacó el pene diminuto de la bragueta y orinó un chorro poderoso sobre las cosas de sus compañeros, cuidándose de que todas las mochilas quedaran cubiertas con el líquido amarillento.

—Que los terroristas sepan que estamos listos para proteger a Suecia. —Kurt hablaba en serio.

Ahora que era más grande, Anders hacía el esfuerzo consciente de olvidar muchas de las cosas que había hecho con Kurt durante su infancia, pero sabía que, aunque evitara pensar en ellas, las recordaría con vergüenza el resto de su vida.

En algún momento de su tortuosa adolescencia, Anders se descubrió más solo que nunca. Malin desapareció en su vida de académica porque estaba tratando de conseguir un ascenso dentro de la universidad y se había ofrecido como voluntaria en varios comités administrativos. Después de Rolf, Malin decidió matar el virus del romance y el sexo con el poderoso anticuerpo del trabajo, una cura garantizada que elimina los síntomas inconvenientes de estar vivo. Se resignó a que Anders no la necesitara más que de una manera técnica y logística: ella seguía a cargo de los alimentos y su ropa, así como de los gastos de todo lo que su hijo pudiera necesitar, pero la relación cambió para siempre y la puerta de la habitación de Anders se cerró en las tardes, las noches y los fines de semana.

Una tarde, Kurt, que en esos años estaba enloquecido por los autos, convenció a Anders de que fueran en sus bicicletas desde la isla de Gamla Stan, donde estaban sentados viendo pasar a los turistas y burlándose de ellos por cosas que nadie más entendía, hasta la estación del metro de Rådmansgatan, porque en la calle Sveavägen (de memoria infame porque en ella fue asesinado el primer ministro Olof Palme en 1986), más o menos a la altura de la estación del metro, había un evento que todos los años organizaba un club de automovilistas de Estocolmo. Por dos días podrían ver la exposición de *dragsters*, autos antiguos, *lowriders*, autos de carreras y toda clase de coches arreglados de manera profesional. Visto bien, era un espectáculo un poco deprimente, pero Kurt todavía no se percataba del patetismo de los viejos suecos que se disfrazaban de rebeldes americanos para escuchar a todo volumen música de los años sesenta en los estéreos de sus autos antiguos mientras fumaban cigarrillos o marihuana en los bares y cafés de Sveavägen en los que se reunían para crear la ilusión de que no estaban en Suecia, sino en Los Ángeles o Miami. Las mesas de estos establecimientos estaban llenas de robustas rubias cincuentonas con demasiado maquillaje y de viejos sexagenarios calvos, con chalecos de cuero y diabetes.

Kurt y Anders se desplazaron en sus bicicletas a toda velocidad hasta Rådmansgatan. Una vez allí entraron a Picard, donde Anders se compró una botella de agua y Kurt un helado, y de inmediato se pusieron a recorrer la larga fila de autos estacionados a lo largo de Sveavågen.

—Cuando cumpla dieciocho años le voy a pedir a mi papá que me compre un Mustang igual a este. Mi papá ya me dijo que me va a comprar el auto que quiera, siempre y cuando me esté yendo bien en el colegio.

Este era el típico comentario de Kurt que enfurecía a Anders. Una ocasión, más o menos un año antes, le había reclamado que fuera tan insensible. Si sabía que él era huérfano de padre, puesto que el puto ruso nunca se mereció ese título y luego se murió, no entendía por qué Kurt siempre presumía de lo que su padre y su dinero podían ofrecerle.

—*Fuck,* Kurt. Piensa en lo que dices antes de abrir la boca.

Kurt se disculpó y le prometió que no volvería a hacerlo, pero Anders sabía que al día siguiente su amigo se olvidaría de su promesa.

Después de una hora, los amigos se aburrieron de ver autos y decidieron volver a Södermalm. De vuelta en la isla se quedarían un rato en la Medborgarplatsen para ver si en alguno de los bares y restaurantes de la plaza algunos de sus amigos estaban matando tiempo como ellos. Puesto que Kurt siempre tenía dinero para una pizza o un *shawerma,* se sentarían a comer algo antes de volver a sus casas. El plan era perfecto. Eran las cinco de la tarde, podrían quedarse allí hasta la hora de la cena. Se subieron a sus bicicletas y, en vez de volver por la misma ruta, se metieron a una calle transversal para evitar el tráfico, cruzaron a toda velocidad el parque Tegnerlunden para bajar hasta la Vasagatan, cruzar el puente Vasa de regreso a Gamla Stan y, tras pasar al lado del Palacio Real, atravesar la isla para volver a casa. El problema surgió en el enorme cruce de la Vasagatan y Tegelbacken, una intersección que debían transitar con mucho cuidado porque había muchos carriles y demasiados turistas en esa época del año.

Los tres chicos árabes no estaban cruzando la calle en el lugar equivocado, pero uno de ellos, el más alto, se bajó al carril de las bicicletas de manera distraída justo en el momento que Kurt venía tan rápido que iba a ser imposible que pudiera detenerse antes de golpearlo. Su instinto fue más poderoso que sus prejuicios raciales. Kurt metió los frenos con tal fuerza que la bicicleta dio un reparo como un potro en un rodeo, causando que volara unos metros antes de caer sobre el pavimento. El golpe fue brutal. Anders alcanzó a frenar sin dificultad para ver con asombro el vuelo de Kurt, la caída estrepitosa y el espectáculo de la bicicleta tirada sobre el pavimento como un caballo muerto sobre una pradera de asfalto. El chico árabe que causó el accidente se apresuró a ayudar a Kurt, quien por unos largos segundos no se movió. Anders comenzó a experimentar un ataque de pánico y pensó en llamar a una ambulancia. Ninguno de los dos tenía teléfono celular.

Los tres chicos árabes no eran extranjeros, eran tan suecos como ellos. Eran hijos de inmigrantes árabes y hablaban sueco sin ningún tipo de acento. Uno de ellos le preguntó a Anders si quería que fuera a algún lugar a llamar a una ambulancia. Kurt estaba boca abajo y comenzó a darse la vuelta poco a poco. Su cara estaba roja y pasaron unos segundos antes de que Anders, de rodillas al lado de su amigo, se diera cuenta de que estaba perfectamente bien y que el color de su cara no tenía nada que ver con el dolor físico, sino con la rabia.

—¿Quién fue?

—¿Quién fue qué? —preguntó Anders.

—El hijo de puta que se metió al carril de los ciclistas.

—No fue nadie, Kurt. Fue un accidente.

Kurt se levantó cogiéndose el codo izquierdo. El chico que tenía el teléfono le preguntó cómo se sentía y si quería que llamara a alguien o que pidiera una ambulancia. Tres o cuatro adultos que habían visto la aparatosa caída se acercaron a ofrecer ayuda.

—Fuiste tú, perro árabe.

El chico que había provocado la caída de Kurt de manera accidental se quedó helado. Anders y los otros dos muchachos árabes se quedaron igualmente estupefactos.

—Lamento que te caíste, que tal vez fui yo quien provocó que te cayeras y te ofrezco una disculpa, pero yo soy tan sueco como tú y no tienes derecho a insultarme de esa manera.

—Ninguno de ustedes son tan suecos como yo, hijo de puta. Mi sangre es sueca desde hace siglos y ustedes llegaron ayer. No tienen ningún derecho de estar aquí, viviendo de nuestros impuestos, sin hablar nuestro idioma y contaminando todo con sus costumbres tercermundistas. Ni siquiera saben cómo cruzar la calle y por eso yo ahora tuve un accidente.

Uno de los chicos árabes, el que parecía ser el más joven de los tres, comenzó a pedirle a sus amigos que se fueran. Anders sintió mucha vergüenza. Estaba acostumbrado a escuchar las cosas terribles que Kurt decía en privado sobre los inmigrantes y los extranjeros, pero esa era la primera vez que insultaba a alguien de esa manera tan vil frente a él. Kurt se acercó al chico árabe con la clara intención de golpearlo cuando uno de los adultos que se habían acercado a ofrecer su ayuda, un viejo cuarentón con pinta de *hippie*, intervino y le exigió a Kurt que dejara de decir barbaridades. Kurt le dijo que se fuera a la mierda y el hombre les pidió a los tres amigos que estaban sufriendo esa humillación pública que se fueran cuanto antes para evitar que todo terminara en una pelea a golpes. Anders se acercó a Kurt con las dos bicicletas y, sin decir nada, le hizo un gesto para que se fueran.

—Un día voy a matar a uno de estos perros —dijo Kurt—. No soy el único en Suecia que no los quiere aquí. No soy el único que quiere protegernos.

12

San Francisco, 2016

—¿Y tú qué hiciste?

—Me subí a la bicicleta y me fui con Kurt, pero me empecé a sentir muy mal por lo que había pasado, así que me di la vuelta y regresé a alcanzar a los tres chicos, que se habían ido caminando rumbo a la estación central del tren.

—¿Y Kurt qué hizo?

—Nada. Se bajó de la bici y se quedó sentado en el puente viéndome. No dijo nada. Supongo que sabía por qué me regresé.

—¿Los encontraste?

—Sí. Cuando me vieron, dos de ellos intentaron atacarme porque pensaron que iba a insultarlos o hacerles algo. El que había provocado el accidente de manera involuntaria tenía los ojos muy rojos porque había llorado. Supongo que los insultos de Kurt lo lastimaron mucho. Los otros dos estaban muy enojados. Les dije que yo no tenía ningún problema con ellos ni con el hecho de que fuesen árabes. Me disculpé, pero no por Kurt, sino por no haber hecho más. Uno de ellos me preguntó por qué Kurt los había insultado de esa manera y yo no supe qué responderle. Tal vez les tendría que haber dicho que Kurt había sido criado por un padre racista y que su abuelo, a su vez, había criado a Erik con un antisemitismo extremo y un nacionalismo podrido porque era uno de los miembros originales de la Liga de Combate Nacionalsocialista de Suecia, que fue la filial sueca del movimiento nazi en Escandinavia en los años cincuenta. El fundador, Göran Oredsson, y su esposa eran amigos íntimos de los abuelos de Kurt y, según me dijo él, recibieron el apoyo financiero de su abuelo durante muchos años. Era una familia con un odio histórico: el bisabuelo de Kurt fue miembro de la Unión Antisemita Sueca en los años veinte y treinta. La familia estaba podrida desde hacía mucho tiempo. Cuando el incidente tuvo lugar yo no sabía nada de esto, simplemente les dije que Kurt había sido criado con veneno en el cerebro y en los sentimientos.

—¿Y Kurt?

—Kurt no me perdonó que yo les pidiera disculpas. Me quería mucho porque siempre fuimos como hermanos y supongo que me continuó aceptando por esa razón, de la misma manera que yo lo aceptaba por muy repugnantes que me parecieran sus opiniones y sus acciones ocasionales en contra de gente de otras razas. No pienses que esto sucedía todos los días, Violeta. El odio de Kurt era profundo, pero estaba guardado y no era tan evidente como el de un *skinhead* que lo anuncia con su ropa y sus tatuajes: jamás se tatuó una suástica en la frente, no era ese tipo de persona y creo que por eso era más peligroso, porque parecía una persona normal, porque era una persona normal.

—¿Una persona normal que odia a los refugiados y a los inmigrantes negros y árabes?

—Normal en Suecia y en muchos lados entre las personas que son así, Violeta. En Suecia las organizaciones neonazis y de extrema derecha están esperando con ansiedad que Trump gane las elecciones para fortalecer su presencia en Europa. Todo mundo dice que Trump no ganará, pero yo no menospreciaría la habilidad de este tipo corrupto de apelar al lado más oscuro del votante americano con su discurso antiinmigrante y nacionalista. Si ha pasado en otros lados, no veo por qué razón no puede pasar aquí. Una tribu siempre se unirá para atacar a otra si hay un líder que los convenza de que su supervivencia depende del exterminio de aquellos a quienes percibe como sus adversarios.

—Tal vez eso sea cierto, pero mi problema con ese imbécil es que, como mexicana, en este momento yo soy parte de la otra tribu. Estoy tan asqueada de todo este discurso antiinmigrante que estoy arrepentida de haberme venido a estudiar aquí. Me tendría que haber ido a Europa.

—No creas que en Europa las cosas son tan diferentes, Violeta. Los refugiados sirios que están tratando de llegar a Alemania y al norte de Europa les han arrancado a los europeos la máscara de gente abierta, civilizada y liberal. Paradójicamente, en vez de invitar a la solidaridad, la llamada crisis de los refugiados no ha hecho sino radicalizar a la ultraderecha. Yo creo que la crisis no es de los refugiados sino de los europeos, que no saben cómo reconciliar los valores humanitarios de los que siempre se han jactado con su racismo profundo. En Suecia, por ejemplo, hay un tipo que se llama Jimmie Åkesson que parece la persona más normal del mundo y que es líder del partido Demócrata Sueco; este hombre es el ejemplo más interesante de la transformación del neonazismo: pasaron de ser grupos de marginados que se reunían en sótanos y bares patibularios a ser activistas públicos y políticos que se han disfrazado de «demócratas» y nacionalistas inocuos. Si vieras a este nazi disfrazado de *hipster* jurarías que es un profesor de ciencias políticas o de literatura, pero es una hiena vestida de cordero. Hasta el momento, los neonazis suecos no han tenido el arrastre que necesitan para asegurarse un lugar de influencia en el congreso, pero si la crisis de refugiados continúa usarán eso como pretexto para proteger la inocencia y la virtud de la cultura nacional del avance de las hordas de inmigrantes y refugiados que vienen, según ellos, a vivir de nuestros impuestos y a violar a «nuestras» mujeres. A Suecia ya llegaron como doscientos mil refugiados, muy visibles para un país de nuestro tamaño. Yo creo que, a final de cuentas, todo esto no es más que una suerte de *Juego de tronos* de la vida real: una guerra entre reinos, tribus y sectas.

—El mundo se está volviendo cada vez más pequeño, Anders. Más pequeño y más indiferente. La muerte de Alan Kurdi en esa playa turca… ¿cuándo fue? ¿Hace poco más de un año, en el 2015? Esa muerte fue un mal presagio para toda la humanidad. Si Trump gana, habrá Alan Kurdis mexicanos y centroamericanos. Cuando eso suceda, yo no sé qué voy a hacer. Tal vez me tendré que ir a otro país. Si Trump gana la elección, voy a perder mucha fe en la humanidad.

13

Esa noche, Violeta y Anders tuvieron relaciones sexuales. Al día siguiente se bañaron por separado, se vistieron en privado y salieron a las calles de la Misión a buscar café y alguna cosa para desayunar porque él no tenía nada en su cocina.

Cuando dos cuerpos se unen por primera vez en el ritual animal de la cópula pueden suceder muchas cosas: hay aquellos que descubren en ese encuentro algo único e irrepetible; el reflejo de la codicia entra en acción y deciden que se pertenecen mientras intercambian en la cama adverbios imposibles: siempre, nunca, eternamente. Hay otros que disfrutan con entusiasmo el conocimiento de un cuerpo nuevo. Salen del cuarto satisfechos pero listos para irse cada uno por su lado a disfrutar eventualmente la próxima experiencia sexual que la vida les depara; entienden que el placer mutuo no obliga a un compromiso formal entre cuerpos y mentes. Para otros, el primer contacto físico es torpe y confuso; los deja inseguros, insatisfechos y con el deseo apremiante de encontrar la puerta que los lleve de vuelta a su vida cuanto antes; buscan una excusa para desaparecer apenas ha concluido el apareamiento. Para unos más, lo recién sucedido es simple y sencillamente desagradable y ni siquiera se molestan en disfrazar su enfado; esos encuentros son motivo de reproche personal y arrepentimiento.

Lo que sucedió entre Violeta y Anders fue una cosa completamente diferente. Desde hacía unas semanas los dos sospechaban que su relación terminaría a la larga en un lugar emocional y físico complicado. No lo habían discutido de una manera abierta, pero ambos habían indicado de una manera discreta que el sexo no era importante en sus vidas. Esa noche el sexo entre ambos fue inevitable, reticente y apresurado: fue la expresión de un afecto mutuo que no sabía cómo tenía que ser demostrado.

Violeta llegó tarde al sexo. Perdió la virginidad a los diecinueve años con un amigo y a los veinte tuvo una serie de experiencias muy desagradables con su primera pareja, un pintor alcohólico que era hijo de un escritor muy conocido en México y que la manipulaba con amenazas de suicidio. El pintor era impotente un día y al otro era brutal en el ejercicio de su apetito sexual. La relación duró menos de un año, pero bastó para que Violeta pensara en el sexo como algo que le causaba agravio moral y físico. Pasó mucho tiempo antes de que decidiera darle otra oportunidad a alguien. Conoció a Alberto, que era una persona sin cicatrices y sin historia. Iba a ser un médico exitoso, iba a tener dinero, le iba a ir muy bien en todos aquellos aspectos de la vida que a ella no le interesaban: era blanco en un país que favorecía a los blancos, hijo de médico y empresaria, manejaba un auto caro y, ahora que lo veía con la claridad que le daba esa distancia temporal y geográfica, Violeta seriamente se preguntaba por qué razón estuvieron juntos más de media hora en el mismo lugar. En la intimidad, Alberto era como en su vida pública: una persona insegura que quería compensar su pobreza emocional e intelectual con despliegues de pericia sexual y energía física.

—Se coge con el cerebro, no con la pija —se quejaba Violeta con Claudia—. Si vas a coger tienes que entender esta lección básica, y el güero no la entiende.

Claudia se cansó de pedirle que fuera tolerante, que hablara con él, que le diera una oportunidad porque «el Albert es súper buena onda y te adora, güey. No mames, ¿en dónde vas a encontrar otro como él?». Con el tiempo, hasta Claudia reconoció que Alberto era como una tortilla sin sal y dejó de presionar a su amiga. Fue necesario que pasara mucho tiempo para que Violeta le confesara a Claudia que ni Alberto ni nadie consiguieron suscitar en ella aquello misterioso y evasivo que se había esforzado en sentir durante tantos años: un apetito sexual normal que, según su amiga y el universo entero, era imprescindible para tener una buena vida. Violeta pensaba que era una tragedia que no pudiera decirle a nadie que simple y sencillamente no le gustaba el sexo.

Claudia llegó a San Francisco pocos días después de que Violeta y Anders comenzaran a pasar sus primeras noches juntos. Las dos estaban en el Caffe Puccini de North Beach cuando Violeta por fin tocó el tema, después de que su amiga le dijera que lo que más quería ahora era encontrar a alguien con quien pudiera comenzar a imaginar un futuro. Claudia se enamoraba demasiado pronto de tipos que no la merecían y ya estaba comenzando a sufrir las consecuencias de tanto desgaste emocional. Violeta le tomó la mano con mucha fuerza y le dijo que no había nadie más en el mundo que se mereciera más que ella, su amiga, su hermana, tener lo que quería.

—Gracias, Vio. Ya sabes que siempre he sido muy cursi y muy pendeja con todo eso.

—No digas eso, Clau. Si hay alguien que merece hijos, marido y felicidad absoluta, eres tú.

—¿Y tú, Vio?

—¿Yo qué?

—Hijos, pareja, feliz hasta que la muerte los separe.

—¿En serio?

—¿En serio qué, chaparra?

—¿En serio me estás preguntando eso?

—A ver, ¿por qué no te lo voy a preguntar en serio? Ya sé que la relación con Alberto no funcionó y entiendo que cualquier relación con un hombre va a ser súper difícil porque, bueno, la mayoría son unos ojetes o unos cobardes, pero tiene que haber alguien, ¿no? Lo que me has contado de Anders es muy prometedor. Y si no es él, Vio, tiene que haber alguien para ti y alguien para mí en algún lugar del mundo.

—Pero no creo que en San Francisco. Aquí la mayoría de los hombres están obsesionados con inventar la puta aplicación que va a salvar a la humanidad o con empezar la compañía que le van a vender a Google por doscientos millones de dólares. Te juro que he conocido tipos que se quieren jubilar a los treinta años para irse a plantar árboles a Hawái o a vivir en alguna isla en el sur de Asia. ¡Es una pinche hueva!

—Guau, lo que te encuentras en el primer mundo. Tal vez sea una hueva, pero al menos están haciendo algo creativo, algo chingón que ayude al mundo.

—Eso que se los crea su abuela o su tía Chona. Lo que yo creo es que todos estos tipos que trabajan en Silicon Valley en Google y Facebook, o aquí en Twitter o donde sea, lo único que quieren es hacerse billonarios de una manera «limpia», es decir, sin contaminar el mundo y sus consciencias y sin explotar a nadie. Hace como un mes fui a una charla sobre el futuro de la tecnología y me impresionó mucho que estos cuates realmente creen que son los nuevos mesías que van a salvar a la humanidad con un teléfono celular y acceso a internet, cuando a mí me parece que lo que todos necesitamos es justo lo contrario. ¿Cómo va el dicho? «El camino al infierno está lleno de aplicaciones». Y ni Zuckerberg ni ninguno de estos billonarios tienen la visión ni la calidad moral para «salvar» al mundo. A mí me da mucha flojera cuando en la escuela vienen y nos hablan de la puta «disrupción tecnológica» como algo positivo para la humanidad, como si esa idea justificara los fines de una industria que, si la examinas de cerca, es igual a todas las otras del mundo. A final de cuenta todas estas empresas son corporaciones que no pagan impuestos, que esconden su dinero en paraísos fiscales y no producen nada.

—Qué buena eres para cambiar de tema, Vio.

La expresión de la cara de Violeta delataba que de verdad no sabía por qué razón Claudia le acababa de decir eso.

—Estábamos hablando del futuro padre de tus escuincles. ¿Tú crees que la onda con Anders va en esa dirección? —Claudia sabía que la carne de Violeta se erizaba cuando alguien discutía su maternidad hipotética, pero sus privilegios de amiga más cercana le permitían bromear con ella de esa manera.

—¿Sabes qué, Clau? Te lo digo porque ya es hora de que se lo diga a alguien: no sé qué me pasa, pero creo que en algún momento se me atrofió la libido. No sé si sea normal, no sé si soy la única, si tengo un desbalance hormonal, si todo es psicosomático o filosófico o simplemente una extravagancia de mi cerebro o de mi cuerpo, pero ya tiene un buen rato, años tal vez, que no tengo ganas de coger, ni de masturbarme ni de estar con nadie en la cama. Es como si se me hubiera desconectado un cable y todo el equipo me hubiera dejado de funcionar de un día para otro.

—Pero ¡acabas de estar con Anders! ¡Me lo contaste cuando llegué!

—Con Anders es diferente, Clau. Es como si hiciera el amor, pero sin hacerlo. No sé cómo explicártelo.

Claudia no dijo nada. La quería mucho y sabía que Violeta no era como sus otras amigas; nunca lo fue, nunca lo sería, y esa particularidad tenía mucho que ver con su deseo de estar siempre en contacto con ella: Violeta le impedía caer en el pozo del lugar común, en la monotonía, en la obviedad. Si había alguien que podía distinguir las cosas valiosas y poco apreciadas en la vida de todos los días era Violeta, que tenía el don de la claridad de pensamiento y la inquietud creativa que produce la insatisfacción. Para Claudia lo más importante era que su amiga se sintiera medianamente satisfecha y contenta, porque la conocía demasiado bien como para creer que algún día Violeta podría declarar haber encontrado la felicidad absoluta.

—¿Y no extrañas nada de eso, Vio?

—No, Clau. Por el contrario, el celibato, bueno, ahora con Anders lo he roto un poco, me ha venido muy bien. ¿Sabes qué descubrí el otro día que estuve piense y piense sobre el asunto? Que antes, cuando pensaba en coger o cuando ni siquiera lo pensaba, el cuerpo me recordaba que mi sexualidad era una parte de mi vida que no podía ignorar. Me di cuenta de que esa energía me distraía y hacía que me pusiera de mal humor porque había un desacuerdo entre mi mente y mi cuerpo. ¿Me explico? El cuerpo decía una cosa y mi cerebro otra. Ahora esa tensión no existe. Nada me distrae, nada desvía mi atención de donde yo quiero ponerla. Es más, la última vez que viví una experiencia sexual como las que tuve hace ya mucho tiempo fue en un sueño y estaba con una mujer.

—¿Y no has pensado que tal vez por ahí va la cosa? ¿Que tal vez tendrías que explorar ese lado de tu sexualidad?

—Bueno, ya lo intenté, pero no te dije nada porque estaba esperando que vinieras para contártelo en persona.

—¿Valeria?

—Valeria.

—¿Y?

—Y nada. Valeria es una divina, la quiero mucho, pero no. Creo que no hay hombre o mujer que en este momento de mi vida me interese sexualmente.

—...

—¿Te molesta que no te dije nada de Valeria?

—No, para nada. Por supuesto que no. Nada más estoy pensando en todo lo que estás diciendo porque todo es nuevo, no me lo esperaba.

—Te veo medio sacada de onda.

—¡No, corazón! Para nada. Lo único que quiero es que seas feliz.

—Okey, mamá...

—No, no de esa manera.

—Ya lo sé, nada más te estoy cargando.

—Te salió lo argentina.

—Ups. Culpa del Sebas.

—Tal vez todo esto es parte de estar en un lugar nuevo y diferente y explorar tus límites.

—Estoy de acuerdo. Creo que nada de esto me habría pasado si me hubiera quedado.

—Si te hubieras quedado yo estaría muy feliz, pero me habrías roto el corazón. Qué curioso, ¿no?

14

Estaba terminando el mes de octubre, pero el sentimiento popular era que, por favor, ya se terminara el pinche año. La gente tenía razón al desear que llegara diciembre cuanto antes, porque en el décimo mes de ese año ingrato al mundo le estaba yendo muy mal. La realidad les daría la razón a los pesimistas: dos meses después, los diarios y las revistas de todos los países proclamaron al 2016 como el peor año en décadas en la memoria de la gente. Con toda certeza pasaría mucho tiempo antes de que padeciéramos un año tan infame como ese.

Por lo general, los desastres tienen dos puntos de vista: el público y el personal. Muchos opinaron que lo peor del año fueron las muertes de Muhammad Ali, Prince, David Bowie y Leonard Cohen. Violeta pensaba que lamentarse por la llegada de la muerte era una estupidez: la gente se muere, los genios y los idiotas se mueren, los grandes poetas y los criminales se mueren. Para otros lo peor fueron las masacres, las persecuciones religiosas, la crisis de los refugiados, el voto a favor del Brexit, la institucionalización de las llamadas *fake news* o el establecimiento de Siria como la representación fiel del infierno mismo en la Tierra. En México las cosas estuvieron peor que nunca: se cometieron veinticinco mil asesinatos bajo la mirada inepta de Peña Nieto y, para acabarla de joder, se murió Juan Gabriel. Estas noticias, entre muchas otras que empeorarían el año durante los nefastos meses de noviembre y diciembre, hicieron del 2016 un verdadero *annus horribilis*, que en latín quiere decir «puto año de mierda».

Para Violeta, el 2016 tuvo que haber sido el año de la emancipación y del principio de una vida nueva, pero el país que encontró no era el Estados Unidos que esperaba. La radicalización de la derecha americana, la constatación del racismo arraigado de millones de blancos norteamericanos y la visión de los miles de *homeless* en San Francisco le hicieron pensar que en cuestión de unos pocos años el país terminaría imitando la visión post apocalíptica de Alfonso Cuarón en *Children of Men*. La realidad copiando al arte. Todo esto contribuyó a que resurgiera con más fuerza su posición antinatalista.

—No soy depresiva —se defendía Violeta cada vez que alguien la acusaba de ser negativa y de buscar o encontrar siempre el lado oscuro de las cosas—. Soy alguien que no quiere crear un simulacro de bienestar y normalidad en una realidad que todos los días nos da motivos para cuestionarnos si vale la pena seguir invirtiendo energía en este proyecto de mundo. Creo que sería mejor no nacer, que los beneficios de estar vivo no son tantos como para compensar por todo lo que los humanos sufrimos y hacemos sufrir en el planeta.

Sus amigos, familiares y conocidos reconocían que algo tenía de razón, que las cosas estaban mal y que Violeta tenía el valor de llamar a las cosas por su nombre. Pero la mayoría de estas personas, empezando por Eduardo, pensaban que Violeta era depresiva, amarga y conflictiva. Menos Claudia y Sebastián.

Después del ataque, Claudia vio con el corazón encogido el rostro de Violeta que nunca más iba a volver ser el mismo. El puñetazo brutal le dejó la nariz fracturada de tal manera que tuvo que someterse a una cirugía plástica que le devolvió de manera creíble el perfil imperfecto y hermoso que su nariz aguileña le daba, pero no existía cirugía capaz de devolverle la confianza en su ciudad y en los millones de hombres desconocidos del mundo. Fue muy difícil convencerla de volver a salir sola a la calle. Para ser más precisos, fue muy difícil que ella se convenciera a sí misma de que era posible volver a transitar por las calles de México sin temor a ser agredida físicamente.

La mayoría de las mujeres mexicanas están acostumbradas a un nivel constante de violencia que por lo general es verbal y en ocasiones física. Violeta, como sus hermanas mexicanas, sabía que la agresión a la mujer era endémica en su país. Le parecía que siempre había existido, desde los tiempos prehispánicos hasta los años ingratos de los presidentes más pendejos e inútiles de la historia contemporánea de México: Fox, Calderón y Peña Nieto. Las redes sociales hicieron público lo que siempre existió: la violencia y la crueldad masculina, las miles de mujeres golpeadas, violadas y ultrajadas. Las miles de mujeres asesinadas. En los años más recientes, desde que el imperio de los cárteles de las drogas recrudeció aún más la crisis de impunidad y violencia, la posibilidad de ser víctima de un ataque machista, que podía ir desde una golpiza o una violación hasta un asesinato, había aumentado de manera alarmante en todo el país. En gran parte, esta vulnerabilidad era determinada por factores geográficos y económicos. Las mujeres más afectadas eran las más pobres, las que vivían en lugares más expuestos a la corrupción policial y al crimen organizado. Lo que le pasó a Violeta en la colonia Roma con toda certeza le pasó, en alguna versión más perversa y sexualizada, a cientos de mujeres en Ecatepec, Neza y el resto del país ese mismo día.

No hablaron nada de eso. Claudia no hablaba del ataque a menos que Violeta lo mencionara. Violeta la había ido a buscar al aeropuerto el día anterior y, ahora que habían dejado el Caffe Puccini, caminaban por North Beach. Comerían alguna cosa en el Barrio Chino y volverían temprano a casa para descansar y tal vez dormir una siesta porque la noche anterior se habían desvelado platicando hasta las tres de la mañana.

—Este parque lo vi en alguna película —dijo Claudia cuando llegaron a Washington Square.

—El parque y la iglesia, Clau. A mí me pasó lo mismo cuando llegué. Me pareció que ya había visto cada parte de San Francisco en alguna película.

—¿Cuál es tu película favorita de San Francisco?

—A ver, déjame ver. Mmm. Creo que *Entrevista con el vampiro.* Y el libro me gustó tanto como la película, pero no sé si la volvería a ver. Hay experiencias que es mejor no repetir por si las dudas. ¿Y la tuya?

—Uff. No me acuerdo de ninguna. Creo que hay una muy vieja que hizo Alfred Hitchcock, pero no me acuerdo de cómo se llama. ¿Sabes qué? Me siento como si estuviera en una película en tu ciudad.

—Creo que aquí, Clau, siempre siento que estoy en medio de una película.

—Si lo piensas, en la peli de nuestras vidas el *casting* fue perfecto, pero el guion fue una mierda.

15

Una bruja asiática de pechos desnudos, pezones pintados de negro y cigarrillo humeante las invitó a que entraran al bar cuya puerta semejaba la entrada a un pequeño infierno en la tierra. Claudia observó que las personas que pasaban frente a ella parecían ofenderse por el humo del cigarro, pero no por la desnudez de la bruja fumadora. Observó que los hombres hacían un esfuerzo extra para que su mirada no tocara esa piel desnuda. La mujer era bella más por su actitud que por sus atributos físicos. Por un instante Claudia, Valeria y Violeta sintieron el deseo de sucumbir a la tentación de una bruja de rostro interesante y cuerpo medio desnudo que invitaba a la aventura desconocida. No iba a ser posible: se habían prometido que no entrarían al primer bar que se les atravesara; la noche era larga y Claudia tenía ganas de bailar. Las tres caminaban por la calle Valencia porque el plan era llegar hasta un club ubicado al otro extremo del barrio de La Misión, donde las esperaban unas amigas de Valeria. Sus disfraces eran modestos en comparación con los que muchos sanfranciscanos lucían por las calles de la ciudad: Valeria iba disfrazada de Bettie Page con el fleco coqueto, las medias negras, el corsé apretado, el látigo pequeño y las botas de cuero ajustadas de la reina del *pin-up* de los años cincuenta. Violeta iba vestida de monja zombi y Claudia, que cambió de opinión en el último minuto, iba disfrazada con la peluca rubia y la indumentaria de Daenerys Targaryen, madre de dragones y khaleesi protectora de los Siete Reinos.

Valeria sugirió que primero fueran al edificio Armory de la calle Misión porque esa noche se celebraría una fiesta sadomasoquista en los estudios de una empresa productora de películas porno llamada Kink y ella se la había pasado muy bien en la fiesta del año pasado, cuando vino a San Francisco a visitar a una amiga y pedir informes en la universidad sobre el programa de creación literaria. Violeta le dijo que no podía ir a ningún lugar que pudiera descolocarla emocionalmente. El porno de Kink era muy agresivo y ella no quería ser testigo de ningún tipo de violencia, menos de la violencia sexual del BDSM, que en San Francisco parecía ser tan común como el surfeo y las margaritas en Los Ángeles.

Claudia caminaba con la desconfianza natural de una persona que recorre en la oscuridad una ciudad desconocida llena de indigentes y drogadictos. Violeta le aseguró que nada malo le iba a pasar en San Francisco. Le contó cómo ella, en contraste con el miedo que le impedía salir a las calles de México en la noche, salía a caminar a cualquier hora o se subía a su bicicleta para ir a todos los lugares que le daba la gana y nunca había visto ninguna agresión a ninguna mujer ni a nadie.

—Lo más común aquí es la indiferencia absoluta. No le importas a nadie, nadie te mira, nadie te habla, nadie te dice nada nunca; es como si fueras invisible o como si no existieras. Es lo opuesto de México, donde siempre hay gente observándote, midiéndote, embarrándote los ojos por todos lados del cuerpo y la cara como si…

La voz de Violeta se quebró y no terminó la oración. Claudia no necesitaba voltear a verla para saber que de pronto el monstruo del miedo se le había aparecido, había mostrado su rostro en un lugar en donde no tenía derecho a estar, pero el monstruo no necesitaba pasaporte ni estaba sujeto a las reglas de la lógica para insinuar su presencia insidiosa y su poesía nefasta, envenenada: «No puedes huir de mí porque vivo en tu pecho, en el espacio diminuto entre tus ojos, en la punta de tus dedos. Me llevas a todos lados y en todos lados tengo el derecho de escaparme de la sombra donde intentas recluirme para que no me ignores. Ah, cómo necesito sentir el pulso de tu sangre, que se enfría cuando te das cuenta de que estoy contigo. No puedo vivir sin ti y por eso insisto en recordarte mi existencia. Me acusarás de ser posesivo y celoso, pero yo simplemente quiero que me sientas cuando estás sola y a veces cuando estás acompañada, a lo largo del día y a veces cuando sueñas, porque no me gusta que me olvides y me relegues al cuarto más oscuro de la inconsciencia. Por eso entro a tus sueños, y te abrazo y te beso la punta de la nariz y las mejillas con un amor que no entiendes. No quiero que me abandones porque vivo en un lugar muy frío, sin espejos y sin calor humano. Nunca nadie me ha querido, pero yo sé que tú me entiendes y que no vas a permitir que me quede solo, aquí, en este lugar oscuro cuando lo que más quiero es estar contigo».

Claudia le tomó la mano y se la apretó con fuerza.

Valeria no dijo nada, pero se acercó a Violeta y le pasó un brazo por el hombro. El abrazo de Valeria era solidario y nada más; no quería interferir ni inmiscuirse en algo tan privado. Ella tenía sus propios monstruos porque ¿qué mujer no los tiene? Sus amigas en Nueva York y ahora estas chicas mexicanas tenían en común el diálogo privado con los monstruos del miedo. Su madre nunca habló de ellos. Sus tías y sus abuelas nunca hablaron de ellos, aunque ella sabía que todas los conocían muy bien, alguna de ellas desde su infancia más temprana. Pero Valeria jamás aceptó el silencio y, a pesar de entender por qué razón las mujeres de su familia habían decidido nunca decir nada, ella sabía que su lugar en el mundo era otro, que su vida era diferente y que nunca iba a quedarse callada. No era la única. Violeta era como ella y ahora, caminando por las calles de la Misión rumbo a una fiesta de Halloween donde otras mujeres celebrarían con ellas su aquelarre exquisito, se dio cuenta de que la ciudad de San Francisco parecía haber sido tomada esa noche de brujas por mujeres tan hartas del silencio que por fin decidieron que no iban a quedarse calladas. Mujeres que entendieron que había llegado la hora de mandar muchas cosas a la mierda, o mejor aún, mandar a la mierda al patriarcado mismo con sus ejercicios mezquinos de poder. Algo había de mágico en la noche de Halloween de la ciudad más al occidente del mundo, porque en ese momento tres chicas más jóvenes que ellas, una negra, una asiática y una latina, las tres la imagen poderosa de tres diosas urbanas, caminaban en dirección opuesta disfrazadas de amazonas y portando en sus manos tres cabezas de hombres, una de las cuales era la inconfundible cabeza color naranja del candidato a la presidencia, Donald J. Trump, el enemigo número uno de las mujeres del universo.

Claudia, Violeta y Valeria celebraron la ocurrencia con elogios y risas y se perdieron en la noche, rumbo al club donde las esperaban sus otras hermanas.

16

De la noche a la mañana, Donald Trump se apropió de las pesadillas del mundo. La sociedad americana comenzó a dividirse de una manera irreconciliable porque al aspirante a la candidatura del Partido Republicano únicamente se le podía odiar o apoyar de una manera absoluta. Su presencia en la contienda electoral destapó una cloaca que había permanecido oculta por mucho tiempo. De la cloaca salieron como un vómito blanco los demonios, esperpentos y los adefesios que habían sobrevivido en la sombra y en la ignominia durante algunas décadas; surgieron de su exilio en el submundo de la vida civil con una fuerza insospechada los engendros del racismo, los de la xenofobia, el de la supremacía blanca, el de la corrupción y la usura, el del sexismo y la prepotencia, el de la explotación sin escrúpulos de los pobres y los más desprotegidos.

Trump, después de todo, fue el patán que en el 2011 desafió la legitimidad de la presidencia de Obama manufacturando la primera mentira del nuevo juego político: Obama, el musulmán, no nació en territorio estadounidense y, por lo tanto, su ascensión al poder ejecutivo no era legítima. Con este ataque y otros que estaban dirigidos a individuos que no eran blancos, ricos o racistas como él, Trump inauguró la era de las noticias falsas y la post verdad: los mexicanos son violadores y asesinos, los musulmanes son terroristas, los demócratas quieren abrir la frontera, los chinos estafan a los americanos, soy un billonario *self-made* con una inteligencia superior, soy un genio estable. El agujero negro del hocico pestilente de la bestia estaba devorando al mundo, y nadie podía hacer nada al respecto.

Hasta hacía un par de años a Violeta no le había importado mucho la política, pero ahora su sentido básico de la decencia le impedía cerrar los ojos y cubrirse los oídos. Anders evitaba hablar de la elección, bajo ninguna circunstancia quería discutirla. Para los primeros días de noviembre del 2016, las encuestas anunciaban que Trump estaba a punto de sufrir la derrota más humillante de la historia de las elecciones norteamericanas. Si el propósito de Trump era convertirse en la súper estrella que nunca pudo ser cuando era el anfitrión patético de un *reality show*, ahora estaba en una posición delirante. Desde hacía muchos años había jugado con la idea de lanzar su candidatura a la presidencia, pero más como maniobra publicitaria que por un interés honesto en la política; ahora tenía sed de venganza y, según sus estrategas, posibilidades reales de ocupar el lugar del presidente negro que lo humilló en público en aquella famosa cena de corresponsales de prensa en el 2011. Si ese negro arrogante podía ser presidente, ¿cómo era posible que él no pudiera serlo? Trump, incluso antes de que la elección se realizara, ya había ganado lo que más le importaba: la atención del planeta entero. Esa victoria era un triunfo mayor que ser un billonario o una celebridad, porque solamente César o Jesús pueden ostentar un poder semejante.

Al fin llegó el 8 de noviembre, el día de la elección más absurda en la historia de los Estados Unidos. Era un evento inimaginable que, de tanto ser discutido, comentado, analizado y vuelto a manosear, ahora no sorprendía a los estadounidenses, quienes en algún momento perdieron la capacidad de asombro que bajo circunstancias normales les hubiese obligado a plantearse lo tragicómico y surreal de esa contienda democrática: se disputaban la presidencia del país una mujer corrupta, esposa de un expresidente narcisista y mujeriego, y un bufón analfabeto, arrogante, megalómano, racista y misógino. Los expertos culpaban a las redes sociales de ese momento histórico; otros como Violeta y Valeria, a la estupidez humana.

A pesar de que algunos escépticos sostenían que la elección de Hillary no era cosa segura, el ánimo de la gente en la universidad y en la ciudad de San Francisco era de gran optimismo y alegría. Mientras Violeta y Claudia se tomaban el primer café de la mañana, Valeria entró a la cocina del pequeño apartamento que ella y Violeta compartían para avisarles que los planes habían cambiado y que esa noche, en vez de ir a un bar de la Misión a ser testigos de la victoria de Hillary y festejar luego en la calle, se juntarían en la casa de su profesora favorita, Indu Sharma, que quería celebrar en grande la llegada de Hillary Clinton a la Casa Blanca. Violeta le envió un texto a Anders para preguntarle si quería venir con ella a la reunión, pero apenas lo hizo se arrepintió porque se acordó de que Valeria había mencionado que en la celebración de la victoria de Hillary nada más habría mujeres. Anders no respondió de inmediato, pero cuando lo hizo le dijo que ya le había prometido a un amigo, un noruego que tampoco quería nada que ver con la elección, que esa noche se iría al cine con él y luego a comer algo. A Anders el entusiasmo colectivo lo deprimía, lo hacía sentirse lleno de sospechas oscuras.

En la casa de Indu únicamente había mujeres y todas estaban poseídas por un espíritu festivo desbordante. En todo el país grupos de mujeres como el suyo, compañeras de trabajo, amigas de la infancia, vecinas, maestras y estudiantes blancas, latinas, afroamericanas, musulmanas y asiáticas, lesbianas, mujeres transgénero, todas ellas ciudadanas serias, brillantes, responsables y trabajadoras estaban reunidas para celebrar que por primera vez una mujer iba a ser elegida como la persona más poderosa del planeta. Iban a celebrar en grande que Hillary Clinton vencería esa noche al hombre blanco, poderoso y despreciable que era la encarnación del patriarca heterosexual, responsable de su opresión y de los males del mundo.

—Esto que ven es el legado de Obama —dijo Indu alzando su copa de *prosecco*—. Este entusiasmo por la participación en el proceso democrático, este optimismo radical en el futuro, esta confianza en que nuestro país al fin entendió las lecciones de aquellos que se sacrificaron en el movimiento de los derechos civiles, de los ecologistas, las feministas, los hermanos y hermanas LGBTQ y de todos aquellos que queremos la paz y la igualdad en el mundo. Obama cambió al país para siempre e hizo posible que esta noche Hillary se convierta en la primera presidente mujer de América y la mujer más poderosa del mundo. Qué momento histórico. Nunca olvidaremos este día, brindemos por el futuro y porque estamos juntas para celebrarlo.

Todas levantaron sus copas y brindaron, se abrazaron y experimentaron el éxtasis anticipado de la victoria. Hasta Violeta sintió por un breve instante que era parte de algo importante, por mucho que ella no hubiera votado por ser extranjera.

Lo mejor de todo era que la campaña presidencial había terminado y, después de su humillante derrota, Trump podría volver a encerrarse en su ridículo *penthouse* dorado a ver Fox News en la televisión, comer hamburguesas, enviar tuits pendencieros y mezquinos, dedicarse a jugar al golf y hacer las tonterías ostentosas que los ricos del mundo hacen ante la fascinación del resto de los mortales. Trump (que nunca trabajó porque heredó más de cuatrocientos millones de dólares de su padre, otro hombre de negocios corrupto que, cuando Trump tenía tres años, comenzó a pagarle un sueldo de doscientos mil dólares anuales para evadir al fisco, de tal manera que a los ocho años su hijo ya era millonario) dejó a su paso por la campaña presidencial una pestilencia inmoral a la que poco a poco todos se acostumbraron, como uno se acostumbra al olor de la putrefacción o al de las heces.

La cocina era el centro de la reunión. En la superficie de un mueble había un televisor pequeño donde Indu había sintonizado por primera vez en su vida el canal Fox, cuyo apoyo a Trump rayaba en lo vergonzoso. Fox era el canal perfecto para entender la división que existía en el país. Sus voces más estridentes provenían de hombres que, de no haber llegado a Fox, estarían en ese momento vendiendo condominios de tiempo compartido o autos usados en un pueblo de Alabama: Tucker Carlson, Sean Hannity y Lou Dobbs, entre otras celebridades de la derecha que oficiaban de sacerdotes supremos del odio.

Valeria quiso saber por qué razón Indu tenía a Fox News en la cocina y a CNN en el televisor grande de la sala.

—Muy simple. Quiero verles la cara a esos tipos a medida que cada estado del país le va enterrando la daga a Trump. Jamás veo ese canal, pero hoy no he podido resistir el concederme el placer oscuro del *Schadenfreude* y gozar con el sufrimiento de los republicanos.

—¿Y si es al revés? ¿Te imaginas qué pasaría si Hillary pierde y Trump se convierte en presidente? —Violeta hizo la pregunta porque el tono de optimismo desmedido le parecía un mal augurio. Una de las lecciones del subdesarrollo es que del plato a la boca se cae la sopa. La pregunta estaba fundamentada en la certeza de Violeta de que Trump era un candidato digno de una república bananera al que los gringos no estaban acostumbrados y eso volvía todo resultado impredecible; la alquimia del proceso electoral ofrecía el riesgo de que todo explotara en cuestión de horas porque los gringos votarían con el hígado y no con el cerebro. La pregunta misma la horrorizaba, porque, como a millones de votantes y no votantes, la sola idea de que el agente naranja llegara a la Casa Blanca le producía un pavor semejante al de una invasión de extraterrestres.

Indu y Valeria la vieron como si estuviera loca o como si fuera una niña ignorante que no sabía de qué estaba hablando. Esa mirada la hizo sentirse profundamente incómoda. «Ah», pensó Violeta, «la mirada pura de los que poseen la verdad, la misma mirada de los fundamentalistas de la derecha y la izquierda».

—Bueno —dijo Indu, como si estuviera en medio de una de sus clases—. No te preocupes, querida. Lo que vamos a ver ahora, a partir del momento en que las casillas comiencen a cerrar del otro lado del país, es nada más una formalidad. El mismo

Trump sabe que Hillary va a ganar y, si escuchas a la gente de Fox, te vas a dar cuenta de que también ellos lo saben. No hay poder humano o sobrenatural que impida que mañana por la mañana los titulares de todos los diarios anuncien que Hillary Clinton será la primera mujer presidente de los Estados Unidos, así que cojan su margarita y vamos a acomodarnos a ver la masacre de republicanos.

Las seis o siete mujeres presentes (llegarían otras diez en el curso de la tarde) levantaron sus copas y brindaron al unísono.

—¡Por Hillary! ¡Por la primera mujer presidente de los Estados Unidos!

Y todas se fueron a la sala a presenciar la masacre histórica que se estaba transmitiendo en vivo a todos los rincones del mundo, aunque la que vieron no fue la misma que habían anticipado.

17

Parque Nacional Yosemite, 2017

Llegó diciembre del 2016 y Violeta decidió que no iría a México para las vacaciones de invierno de la escuela. Claudia intentó convencerla de que necesitaba irse de los Estados Unidos aunque fuera un par de semanas para alejarse de la angustia y la depresión que le estaban comiendo las entrañas a millones de americanos, convencidos de que Trump muy pronto cometería alguna estupidez que desencadenaría la Tercera Guerra Mundial o una catástrofe económica como la de la Gran Depresión de 1929. Tarde o temprano, estaba segura, Trump iba a destruir, primero su país y después el resto del mundo. ¿Qué otra cosa podía esperarse de un niño malcriado, ignorante y berrinchudo de setenta años? Paralizada por la incertidumbre, Violeta no fue a México; prefirió la soledad de San Francisco y la compañía de Anders.

En toda su vida, Violeta jamás había ido a un bosque ni había estado en contacto cercano con la naturaleza. Anders le prometió que él se encargaría de enseñarle a disfrutar los montes, arroyos y árboles gigantes de Yosemite antes de que algún incendio causado por el calentamiento global los destruyera, y se la llevó unos días a su refugio favorito en la sierra nevada de California. La única condición que le puso Violeta fue que no la hiciera escalar una montaña.

En Yosemite, Anders intentó convencer a Violeta de que se animara a subir al menos una parte de la montaña para que entendiera por qué a él le gustaba tanto esa experiencia.

—Cuando estás en la cumbre, la altura te produce una especie de intoxicación que es perfectamente explicable porque tiene que ver con que la calidad del aire se adelgaza, pero hay un elemento simbólico o poético del ascenso que se combina con esa intoxicación y te hace sentir algo que muchos describen como una experiencia religiosa. En la montaña te sientes como un feligrés insignificante en el templo de una entidad poderosa que no es un ser sobrenatural, no es Dios; es la montaña misma, que es lo opuesto de una abstracción, de una idea. Supongo que la intensidad de la experiencia demanda la repetición y por eso los montañistas se apasionan tanto por esa actividad: buscan una y otra vez el *thrill*, poder repetir lo delirante de esos segundos que se alargan por horas y que son tan poderosos como un orgasmo, aunque se trata de un orgasmo del espíritu y no del cuerpo.

Violeta escuchó con atención y melancolía. Los dos eran animales citadinos. Södermalm estaba más cerca de esa naturaleza elusiva porque era una isla pequeña rodeada por las aguas frías y limpias del Mar Báltico, que quedaba a menos de cinco minutos del departamento donde Anders creció, aunque en las calles del barrio era relativamente fácil olvidar que uno estaba junto al mar. Como él, ella había crecido en un ambiente estrictamente urbano, aunque su acceso a la naturaleza había sido muy limitado. La naturaleza de Violeta no era el mar, era un parque gigantesco: el Bosque de Chapultepec. La diferencia en la relación que guardaban con ella era cultural: los suecos aman y respetan a la naturaleza; los mexicanos, salvo honrosas excepciones, no.

Estaban sentados sobre un tronco. Anders quería que Violeta descansara un rato para que pudiera aguantar el ritmo de la jornada.

—Creo que para los suecos, y en general para los escandinavos, la naturaleza es nuestra verdadera religión. Tal vez esto tiene que ver con la idea de que los dioses viven en las montañas y con el mito nórdico de Yggdrasil, el poderoso árbol que une a los nueve mundos que forman el universo. No me acuerdo de todos los nombres de estos mundos, pero sí tengo muy clara la imagen del fresno descomunal cuyas raíces entran a la profundidad de Asgard, que es la casa de los dioses donde vive Odín. Imagínate las raíces enormes del fresno entrando a la profundidad de Helheim, el mundo de los muertos, y extendiéndose en sentido contrario hasta llegar a Niflheim, el de la niebla. El mundo del fuego se llama Muspelheim, y por supuesto está Midgard, que es el nuestro, el de los humanos. Hay otros, pero supongo que el que a ti te gustaría más sería Asgard, el de los dioses, porque Odín es la deidad de la poesía, la sabiduría, la muerte y la guerra.

La voz le producía un efecto casi hipnótico. En ocasiones Anders dejaba de hablar porque no estaba seguro de que Violeta le estuviese prestando atención, pero se equivocaba; la concentración de Violeta era tal que parecía abstraerla de la conversación misma.

—Yo no fui criada con ninguna religión. Debo ser una de las pocas mexicanas que no es católica o evangelista, pero me gusta mucho la idea de una deidad pagana de la poesía, la muerte y la guerra. Suena muy azteca.

—Creo que los dioses nórdicos y los aztecas tienen mucho en común, pero tal vez todos los mitos y todas las culturas tienen cosas en común. En algún lado leí que los humanos tenemos una especie de instinto que nos conduce a la religión o, si no a la religión, sí a la búsqueda de lo sagrado.

—No sé, Anders, eso suena muy interesante, pero culpo a la religión y a ese instinto que mencionas de muchos de los padecimientos del mundo.

—De acuerdo, pero con frecuencia lo sagrado no tiene nada que ver con la religión tal y como se practica en muchas culturas.

—Fundamentalismo, extremismo, fanatismo, ignorancia, miedo, paranoia, apocalipsis, Armagedón, supremacía, terrorismo: los nombres de Dios en el siglo XXI.

—No en todos lados, Violeta.

— Quizá, pero el catolicismo, por ejemplo, fue una de las cosas más nefastas que le pudo haber pasado a la gente de mi país.

Lo único que produjo que realmente vale la pena es aquello relacionado con el arte religioso popular, pero el legado de la Iglesia católica es una mierda: abuso sexual, superstición, explotación y sobrepoblación, para mencionar lo que se me viene de inmediato a la cabeza.

Violeta se dio cuenta de que otra vez se estaba quejando. «Pinche yo, qué hueva». Cuando esto sucedía, cuando lograba darse cuenta de que estaba revolviendo otra vez la mierda del mundo con el palito de la queja barata, metía de inmediato el freno y cambiaba de tema.

—Me estabas hablando de la naturaleza, Anders.

—Pensaba en el catolicismo, pero no sé mucho de esa religión. En fin. Mi madre nunca fue una aficionada al montañismo ni hizo un gran esfuerzo para que saliéramos de la ciudad a estar en contacto con la naturaleza, pero a su manera me enseñó a amarla y respetarla. Con frecuencia, y esto sucedió hasta que yo tuve unos doce años, antes de que las hormonas y mi amistad con Kurt me separaran de ella, me llevaba a caminar por los alrededores de la isla. Muy cerca de la casa había un parque al que íbamos muy seguido. Ese parque tenía acceso a la costa; me acuerdo de que cada vez que salía un poco de sol la gente de la ciudad llegaba en masa, caminando o en sus bicicletas, para tirarse junto al mar a tomar el sol. Nosotros íbamos con una canasta con pan, mantequilla, salmón, pepinos cortados y alguna otra cosa con la que mi madre preparaba *smörgås*, que son unos bocadillos que hacemos con una sola rebanada de pan. Eran días de algo muy parecido a la felicidad, sobre todo cuando era muy chico.

—¿Qué mar era?

—El mar Báltico.

—¿Sabes de qué me di cuenta el otro día? De que Lisbeth Salander, la chica justiciera de Stieg Larsson, es tu vecina en Södermalm.

—¡Claro! Se me había olvidado. ¿Leíste las novelas?

—Nada más la primera.

—Mucha de la acción sucede en el barrio de mi infancia. Creo que por eso me gustaron las dos primeras novelas de la serie. No deja de tener su encanto que mi ciudad tenga una chica justiciera.

—Claro, por eso me gustó, porque Lisbeth Salander es la primera mujer *punky hacker* bisexual postfeminista del siglo XXI. Normalmente no leo novelas de suspenso, pero esa novela la devoré en tres días. ¿Extrañas Estocolmo cuando lees algún libro ambientado allá?

—Sí. Pero nada más algunas cosas de Estocolmo. Es un lugar con un lado muy oscuro.

—Como mi ciudad, como mi país.

—¿Ves? La inmovilidad conduce a la melancolía.

Anders se puso de pie para continuar la caminata.

—Y ya lo dijo Robert Burton en el siglo XVII: «No hay nada más dulce, más amargo, más divino o más maldito que la melancolía».

—¿Seguimos?

—Claro.

Esa noche Violeta quiso quedarse en el departamento de Anders porque no quería estar sola. Valeria estaba en Nueva York visitando a su familia en el Bronx, y su depa se la iba a comer viva si volvía con ese estado de ánimo. Pensó que estaba cayendo en la trampa del miedo a la soledad, el responsable más grande de la miseria humana porque este miedo hace que los humanos busquen la compañía de aquellos que no son necesarios para convertirlos con el paso del tiempo en imprescindibles. Anders no tenía ningún problema cuando Violeta se quedaba con él, aunque esto no era frecuente.

La austeridad de Anders era desconcertante. Violeta, cuya excentricidad la había convertido en una persona desinteresada en los objetos con que las personas generalmente nos rodeamos para simular o recrear nuestras escenografías de normalidad, no se imaginaba que alguien pudiese ejercer un desapego tan extremo a lo material. Anders tenía una mesa plegable de madera, una silla, dos vasos, dos cucharas, dos tenedores, dos cuchillos, una cama de una sola plaza, no tenía cuadros ni fotos en las paredes y ni siquiera una repisa para los libros que se apilaban al lado de su cama. La superficie de la mesa estaba ocupada por su computadora, libretas, papeles sueltos, y ejemplares de *Wired*, *Harper's* y el *New Yorker*. Cuando Violeta comenzó a venir a verlo, Anders compró en Amazon una cama inflable más grande. La primera noche durmieron sin tocarse. Les llevó un tiempo crear una intimidad en la que tuviese cabida lo sexual, pero el ejercicio de esa sexualidad era apenas una formalidad, una especie de encuentro furtivo de los cuerpos que no interfería en su relación de amigos, que cada día era más profunda. Al día siguiente, Anders se fue a su trabajo porque tenía una reunión con los compañeros de su equipo para discutir los últimos avances del proyecto en que venían colaborando desde hacía un par de meses: un *software* para neutralizar los ataques de los *hackers* que intentaban apropiarse de la información personal de los usuarios de teléfonos celulares a través de textos de WhatsApp en apariencia inofensivos.

Violeta se fue caminando a la librería City Lights en North Beach desde la calle Jones, donde vivía Anders, en la frontera del barrio Tenderloin con Nob Hill, porque unos días atrás había leído una reseña del libro más reciente de Neil Gaiman, titulado *Mitos nórdicos*. Adoraba a Gaiman y sabía que Anders también era un fan de sus novelas. Enterarse de que Gaiman escribió un libro sobre los dioses paganos de los vikingos después de la conversación en Yosemite era una coincidencia afortunada. Violeta visualizó de inmediato el volumen en la pila de libros que Anders tenía al lado de su cama. «Un libro de dioses vikingos para mi vikingo nerdo», pensó Violeta mientras se ponía los audífonos para que Spotify la protegiera de la agresión del mundo.

18

San Francisco, 2017

Llegó enero y las clases del semestre de la primavera comenzaron. Anders y Violeta vivían vidas separadas, pero encontraban siempre la manera de hacer cosas juntos. Una noche de la tercera semana del mes, cuando salían de Basil, un pequeño restaurante de comida tailandesa que a Violeta le gustaba mucho, Anders dijo que hacía muchos años que no pensaba en Tromsø ni en el Círculo Polar Ártico, ni en Odín, ni en Thor, ni en los libros de Gaiman y Pullman, ni en las montañas o fiordos del norte de Noruega.

—Es tu culpa, Violeta. Tú eres responsable de que ayer soñara con Rolf y con el Círculo Ártico. Despertaste mis fantasmas.

—A mí no me culpes, vikingo; si todas estas cosas se te han venido de pronto a la cabeza es porque siguen siendo importantes, ¿no crees? Si tu pasado no tuviera que comunicarte algo, no lo habrías recordado.

Anders había mencionado a Aleksandr y Rolf, pero esta era la primera vez en mucho tiempo que volvía a invocar uno de esos nombres.

—Me imaginé… No, no me imaginé: me vi enfrente de una casa en Sommarøy, en el patio enorme de la casa donde vivían los padres de Rolf. Yo estaba solo, jugando con los perros en la nieve. Ha pasado tanto tiempo desde que estuve en ese lugar que no sé si los padres de Rolf viven todavía. Por una semana fueron los abuelos cariñosos que nunca tuve. Me acuerdo del olor del suéter de lana de la vieja porque cada vez que me veía me abrazaba, me estrechaba contra su pecho y su cuello como mi abuela nunca me abrazó, pero por más esfuerzos que hago no me logro acordar de su nombre y eso me está frustrando mucho, me hace sentir culpable. También me vi entrando a la librería del centro de Tromsø donde Rolf me regaló un atlas. Era una edición portátil que todavía tengo en alguna caja en Estocolmo. Tendría que ir a Tromsø y a Sommarøy, y tú tendrías que acompañarme.

—¿A Sommarøy? ¿En serio?

—Creo que lo estoy diciendo en serio.

—Pff. Qué miedo.

—¿Viajar?

—No, viajar no. Qué miedo pensar en hacer algo así contigo, viajar a Europa juntos. Qué miedo hacer planes que no se cumplan.

De pronto Anders se quedó inmóvil como si hubiese recordado o visto algo terrible. Su cara adquirió una palidez que asustó a Violeta, la palidez de alguien que va a desvanecerse.

—Perdón, Violeta. La verdad es que no quería hacerte sentir incómoda ni presionarte.

—No, para nada, no es tu culpa. Yo soy la que se resiste a creer que uno puede hacer planes con alguien porque eso implica un tipo de intimidad a la que no estoy acostumbrada. Me gusta pensar que no necesito a nadie para viajar y me descoloca un poco que de pronto me invites a viajar contigo. Anders, ¿te sientes bien? ¿Quieres que pida un Uber?

—Estoy bien. Lo que pasa es que... Bueno, todo esto es muy precipitado. Se me acaba de ocurrir apenas y tal vez tendríamos que pensarlo unos días y ver si es posible, si queremos hacerlo, cuándo y cómo. ¿Sabes qué? Perdóname por decir todo esto sin pensarlo.

Violeta vio que, por primera vez desde que lo conocía, algo ominoso y oscuro se apareció en el rostro de Anders y lo transformó por un par de segundos en otra persona, un hombre que ella no conocía.

Estaban caminando por la calle Folsom rumbo a la Misión. Anders la miró de una manera extraña y le dijo que no había dormido bien y que era mejor que él se fuera solo a su casa a descansar. Violeta le dijo que no se preocupara, que podrían continuar la conversación al día siguiente.

19

Esa noche Violeta no pudo conciliar el sueño y se impacientó tanto que para poder dormir se puso a leer una novela de Jonathan Franzen que uno de sus profesores incluyó en su curso de novela contemporánea. Todos los autores en la relación de lecturas del curso eran hombres blancos norteamericanos, excepto por el dominicano gringo que era el inevitable escritor de color de todas las listas de lectura. Valeria protestó con vehemencia apenas el profesor repartió su *syllabus* para el semestre.

—Es increíble —les dijo Valeria a Violeta y a otros compañeros cuando terminó la clase—, que en pleno 2017 un profesor ignore la existencia de todos los escritores que no son de los Estados Unidos y de todas las novelistas del mundo.

»*Fucking little-dick asshole* —remató Valeria».

Violeta no protestaba. En algún momento de su vida decidió que protestar era importante, pero que otros eran mucho mejores que ella para hacerlo.

La novela de Franzen era pesada, temática y físicamente. Mientras se esforzaba por leer y subrayar las cosas que le parecían interesantes con una mitad del cerebro, con la otra Violeta le daba vueltas a la idea de un viaje al norte de Noruega con Anders. El dinero que su abuela Olga le dejó para que estudiara lo que quisiera era suficiente para ese y otros viajes. La abuela dispuso que a su muerte las ganancias de la venta de su casa se dividieran entre sus tres nietos por partes iguales. Su prima Sonia, hija única de su tío Ramón, y Sebastián recibieron su parte y la metieron al banco. Ella prefirió gastarse todo en su educación en el extranjero y, aunque estaba pagando la colegiatura en dólares y la vivienda era muy cara en San Francisco, la herencia había sido lo suficientemente generosa para cubrir todos sus gastos, incluyendo, si así lo decidía, los de un viaje como el que Anders propuso de esa manera tan espontánea. Esa espontaneidad contaba a su favor. Si Anders le hubiera dicho que había estado pensando que los dos podrían hacer un viaje juntos, posiblemente Violeta habría dicho que no en el momento, tal vez habría encontrado una excusa creíble para declinar la invitación. Pero la idea del viaje se dio frente a sus ojos, sin premeditación, sin ninguna intención que no fuera la de hacer algo juntos.

Violeta puso a un lado la novela y se metió a Google Flights a buscar información sobre los vuelos de San Francisco a Tromsø en mayo. Podrían irse apenas ella terminara el semestre. No había vuelos directos a un lugar tan pequeño como Tromsø. Para llegar al Círculo Polar Ártico primero tendrían que volar a Oslo. Los precios eran sorpresivamente bajos porque en mayo todavía no comenzaba la temporada alta de verano. El más accesible era un vuelo que salía del aeropuerto de Oakland, a menos de una hora en el BART. Costaba poco más de quinientos dólares de ida y vuelta. El pasaje a México en diciembre costaba más de seiscientos dólares. A esos precios tendría que ir, aunque fuera sola. Buscó alojamiento en Oslo y encontró departamentos muy baratos en Airbnb. No eran de lujo, pero quedarse en Oslo por menos de cien dólares la noche le pareció razonable, acostumbrada como estaba a los precios de San Francisco. A Tromsø todavía no había llegado Airbnb, pero había hoteles de toda clase y precio. De Google Flights pasó a Google Maps. Quería ver dónde estaba Tromsø, dónde estaba Sommerøy, cómo eran las calles de la ciudad, cómo era el paisaje de la aldea pesquera. Abrió otra pestaña en el buscador y entró a Wikipedia, donde leyó lo más relevante sobre esa región cuya existencia desconoció toda su vida. Le asombró enterarse de que la temperatura invernal era benigna comparada con otras partes del Ártico y que en ese mismo momento el invierno de Chicago era más severo que el de Tromsø. Le sorprendió que Tromsø no fuera el pueblito remoto y pintoresco que ella había imaginado. Era una ciudad con museos, una universidad importante y mucha industria pesquera y petrolera. Hizo otra búsqueda para saber si había artistas importantes que hubiesen nacido en la ciudad y encontró un nombre que la intrigó: Sara Fabricius, una mujer nacida en 1880 que, además de haber sido artista plástica, escribió tres novelas: la primera la publicó en 1926 y se llamaba *Alberta & Jacob*. Según la información de la página web, la trama sucedía en Tromsø, donde ella llegó muy chica porque su padre aceptó un trabajo a principios del siglo xx en ese lugar remoto que noventa años atrás tuvo que haber sido un pueblo pequeño y aislado. Abrió otra pestaña y entró a Amazon. Tecleó «Cora Sandel», que era el pseudónimo que Sara Fabricius usaba como escritora, y vio que había solamente un ejemplar usado disponible de una edición británica de *Alberta & Jacob*, reeditada en el 2005. Al parecer, los editores norteamericanos llevaban casi cien años sin haberla descubierto. Hizo clic y compró la novela. En dos días a más tardar la novela llegaría a su departamento porque tenía Amazon Prime. Volvió a buscar más cosas relacionadas con Tromsø. Algunas páginas web ofrecían todo tipo de excursiones para recorrer las islas y los fiordos de la zona. Otras ofrecían el espectáculo inigualable de la aurora boreal a precios exorbitantes. Si iban en mayo no podrían verla; era visible únicamente de septiembre a principios de abril. Qué lástima.

Según Wikipedia, la ciudad se encuentra a trescientos cincuenta kilómetros al norte de la línea del Círculo Ártico. A Violeta le vino desde muy lejos en el tiempo la imagen diáfana de un globo terráqueo dividido en circunferencias perfectas cuyos mares estaban pintados de un azul profundo. Era el mismo que estaba todavía en su cuarto de infancia en la casa de Eduardo. La casa que había sido su casa. Se pudo ver veinte años atrás y por primera vez en su vida experimentó el azoro brutal que es recordar algo que sucedió una veintena de años antes. Sintió un estremecimiento. Vio su mano niña sobre el globo terráqueo, su dedo diminuto recorriendo la superficie. Su mirada en las líneas que dividían la esfera de una manera precisa e imposible porque el planeta no tenía ni necesitaba esas líneas inexistentes y, sin embargo, allí estaban: alguien las había impuesto sobre ese modelo asible de la inmensidad. Su dedo recorrió la línea ecuatorial y se detuvo sobre un archipiélago llamado Kiribati. Sus ojos bajaron hasta el sur de su propio continente, el americano, y vieron con emoción el extremo austral donde comenzó todo, donde su piel tuvo su origen, donde el color de la piel de un hombre del norte de África se mezcló con el de la piel de la nieta de un inmigrante alemán en la Isla Grande de Tierra del Fuego hacía más de cincuenta años. Ese color nuevo estaba en su piel y ella estaba ahora entre los dos extremos del planeta. Si todo comenzó en Ushuaia, tenía sentido pensar que ahora la vida la estaba llevando al extremo opuesto, al otro lado del mundo. Los dos, lugares de islas. Los dos, territorios del frío. Los dos lugares lejos de su vida, de México y de San Francisco.

Cuando se dio cuenta, ya había transcurrido más de una hora desde que se puso a buscar vuelos a Noruega. Se le ocurrió que, en vez de Tromsø, podría irse con Anders a Ushuaia. Ingresó en el buscador de Google Flights el nuevo destino, San Francisco-Ushuaia, pero antes de realizar la búsqueda decidió posponerla para el día siguiente. Cerró la laptop y cogió de nuevo el libro, pero la sola idea de volver a meterse en el mundo irritante de Franzen después de soñar con islas le produjo náuseas y lo tiró al suelo. Violeta cerró los ojos y trató de imaginar cómo era un fiordo, preguntándose si sería cierto que la blancura de la nieve era de un blanco incomparable con ningún otro blanco en el mundo. ¿Quién fue el poeta que escribió sobre la blancura de la nieve? ¿Había sido Yeats? ¿O fue Keats? Siempre se confundía. Abrió los ojos, se levantó y fue al librero a buscar la antología de poesía inglesa que estaba leyendo en uno de sus cursos, pero no encontró nada. ¿Google otra vez? «Dios mío», se dijo mientras abría de nuevo la laptop, «siempre acabo con el puto Google».

Ni Keats ni Yeats: «No hay arte humano que pueda emular la blancura de la nieve». Fue John Donne quien escribió el ensayo o meditación acerca de lo que el profeta Isaías (¿era Isaías un profeta? No. No iba a googlear la respuesta) dijo a propósito del pecado: «Aunque tus pecados sean escarlatas, los haré blancos como la nieve. Aunque sean rojo carmesí, los haré blancos como la lana». «Si estuviera aquí, Valeria diría que todo ese cuento de la pureza del color blanco era parte de una conspiración supremacista blanca», pensó Violeta.

No era una coincidencia que su llegada a San Francisco la hubiera hecho más consciente de lo que significaba el haber tenido un abuelo africano. En los Estados Unidos era imposible dar un paso sin ser absolutamente consciente de tu raza, a menos que fueras blanco, y ella nunca lo fue, por mucho que Eduardo siempre insistiera que tenía la piel color de oliva porque su sangre era mediterránea. Cuando Violeta le contó a su amiga la relación de la abuela Isabel con el joven científico de Argelia, Valeria se lo dijo muy claramente:

—Aquí todavía existe la ley del uno por ciento. Si tienes una gota de sangre negra, eres negra. —Luego agregó—: Qué cosa más extraña, una mujer afroargenmex.

Y, pensando en todo esto, Violeta se quedó dormida entre voces de fantasmas y nombres de islas lejanas.

20

Al día siguiente, Anders no respondió a sus mensajes de texto. Violeta supuso que algún compromiso de trabajo, uno de esos proyectos urgentes que debía ser entregado de inmediato o un día lleno de reuniones laborales le había impedido ponerse en contacto con ella. El primer mensaje de Violeta decía: «Estoy pensando en el Círculo Ártico». El segundo era una foto de Tromsø que encontró en la red. Todo el día Violeta estuvo inquieta y de mal humor. En la clase del profesor Testosterona dijo que la novela de Franzen había sido escrita con la seguridad absoluta de un hombre convencido de la importancia incuestionable de sus palabras, cosa que a ella le producía la necesidad imperiosa de abandonar la lectura. El comentario provocó una discusión entre los hombres, que se sintieron ofendidos, y las mujeres, que aprovecharon la oportunidad para ventilar su descontento con la lista de lecturas de la clase. Todo terminó mal cuando Valeria le dijo a un compañero del bando contrario que su rechazo al comentario de Violeta confirmaba que el legado del machismo era tan insidioso que ahora los hombres se proclamaban víctimas en cuanto su privilegio era cuestionado.

Valeria se salió de la clase. Violeta la siguió muy molesta porque jamás pensó que su vida en la academia norteamericana iba a consistir en una sucesión interminable de discusiones idiotas sobre la identidad racial o sexual y sensibilidades heridas por las palabras y los actos de terceros. «Odio estar atrapada en esta telaraña», se dijo. No pudo seguir pensando en eso porque su preocupación principal era otra. Buscó el celular para ver si Anders había respondido a sus textos. Ya eran las seis de la tarde y nunca habían transcurrido tantas horas sin que él respondiera. Una vez más, Violeta se molestó mucho consigo misma por haber caído en la trampa de asumir que otra persona era imprescindible y por haberse dejado engañar por el espejismo de la necesidad. Luego se arrepintió y se dijo que ese juicio no era justo, que estaba siendo demasiado severa consigo misma y que si estaba de mal humor era porque se preocupaba por la integridad física de Anders. Los dos estaban solos en San Francisco.

Anders tenía un amigo, Jens, un arquitecto noruego a quien ella conoció brevemente. Sabía que era profesor en una escuela de arte que se llamaba California College of the Arts porque asistió con Anders a una charla que el cineasta alemán Werner Herzog tuvo con un profesor de la escuela en su auditorio principal. Allí Anders se lo presentó, pero no tuvieron la oportunidad de platicar porque después de la charla Jens se fue a cenar con Herzog y un par de artistas que daban clases en la escuela. Recordaba que, cuando se fueron caminando a buscar un lugar dónde cenar, ella y Anders tuvieron un desacuerdo porque a Violeta no le gustaba Herzog o le gustaba, pero con reservas. Las películas que el alemán hizo en las selvas de América Latina, *Fitzcarraldo* y *Aguirre, la ira de dios,* la habían horrorizado por el maltrato a los indígenas que Herzog contrató como extras. En algún lugar leyó que el alemán se había comportado con una gran brutalidad con ellos, a quienes obligó a empujar un barco gigantesco de un lado de una montaña al otro durante la filmación de *Fitzcarraldo* provocando la muerte de algunos de ellos. Anders no estaba de acuerdo. Para él estos dos filmes de Herzog eran un tributo al poder de la voluntad humana. Según él, cuando Herzog se negó rotundamente a la petición de los productores de la película de que la escena donde el barco tiene que ser cargado por los indígenas de un lado de la montaña al otro fuese hecha con efectos especiales o con un modelo en miniatura del barco, lo que hizo fue crear un verdadero manifiesto de honestidad artística.

—Sí —dijo Violeta—, pero quien pagó el precio de su puta honestidad artística fueron los pobres hombres que murieron o fueron mutilados en la filmación de esa escena de locos. Herzog será un gran director, pero es también un tipo peligroso con licencia para abusar de sus subordinados.

Él dijo que eso no le restaba nada a su genio. Y ahora Anders, que a veces la irritaba con su puta honestidad nórdica, llevaba desaparecido casi veinticuatro horas. Esa noche Violeta se refugió en una serie francesa que encontró en Netflix hasta que cayó dormida.

A las cuatro de la mañana Violeta se despertó y buscó el celular. Nada. Tenía un texto de Valeria, que se estaba quedando demasiado en la casa de su nuevo amante, y otro de Sebastián. Nada importante. Respondería después para no molestar con el sonido de la notificación a esa hora.

Se volvió a despertar a las seis de la mañana. Se levantó de la cama y puso agua a calentar para hacerse un té. Se dio un baño rápido para sacarse de encima la sensación de pesadez, producto de una noche larga de sueño interrumpido, y se sentó frente a la computadora mientras tomaba su té de jengibre.

Ese día era el aniversario de bodas de sus padres y, como cada año, Violeta haría un esfuerzo especial para no pensar en Marcela. Ya casi no la recordaba. Ya no la odiaba ni sentía tristeza cada vez que pensaba en ella. Si Anders no hubiera desaparecido era posible que Violeta no hubiera recordado a Marcela. La recordó, pensó, porque estaba demasiado vulnerable.

Violeta visualizó a Anders en su bicicleta bajando a toda velocidad una de las colinas empinadas de San Francisco. «¿Le habrá pasado algo?». Una vez que su mente le dijo que era posible que Anders hubiese sufrido un accidente, lo primero que se le vino a la cabeza fue que un auto lo había atropellado. «¿Y si está muerto?». Violeta respiró hondo y trató de calmarse. Estaba actuando de una manera irresponsable e histérica. Hasta hacía apenas dos meses la relación con Anders era mucho menos íntima que ahora. Les gustaba estar juntos, pero no existía la expectativa de que se tenían que llamar por teléfono o comunicarse todos los días. ¿Quién comenzó a enviar mensajes todos los días? ¿Había sido ella? Tal vez Anders estaba tratando de decirle algo con su desaparición. Quizá estaba poniendo un poco de distancia entre los dos. Violeta no tenía manera de saber si él había leído sus textos porque ella usaba un iPhone y Anders un Samsung. Ella no usaba WhatsApp desde que se enteró que Facebook compró la compañía de mensajes y tanto ella como Anders despreciaban Facebook. Culpaban a los idiotas de Facebook de ayudar con su irresponsabilidad a que Trump fuera presidente y nunca serían parte de ese culto que sacrificaba toda su información personal a los dioses de Silicon Valley. «Con WhatsApp», pensó Violeta, «al menos sabría si leyó mis mensajes y que está vivo o sabría que no está tirado en algún hospital».

Violeta pensó que estaba cometiendo un error al invertir tanto tiempo y angustia en Anders. El resto del día transcurrió como si caminase dormida. Fue a clases, pero cuando iba de vuelta a su casa se dio cuenta de que no recordaba nada de lo que se dijo y se discutió en esas tres horas que estuvo en la escuela.

Llegó a su casa y encontró en la puerta un paquete de Fedex. Supuso que sería el libro de Cora Sandel y cuando lo abrió se dio cuenta de que, en efecto, la novela de Sara Fabricius, *Alberta & Jacob*, estaba dentro del sobre. Pero este no venía de Amazon, porque el libro estaba escrito en un idioma que ella no entendía y entre sus páginas ilegibles había una carta de Anders.

21

Enero 29, 2017. *San Francisco*

Violeta:

Lo correcto sería decirte en persona todo esto, pero cuando recibas esta carta y este libro ya será demasiado tarde para hacerlo porque yo ya no estaré en California.

Nuestra breve conversación sobre el viaje imposible a Noruega me despertó de un sueño muy extraño. La posibilidad de ir a Tromsø juntos me hizo darme cuenta de que a un cierto punto todas las mentiras caen por su propio peso. Sé que cualquier excusa que te ofrezca por mi desaparición no la va a volver aceptable ni digna. Me queda muy claro que te estoy traicionando y que estoy traicionando nuestra amistad de los últimos meses. Te pido que me perdones a sabiendas de que no puedes hacerlo porque no lo merezco.

Puesto que no merezco tu perdón, te ofrezco como última prueba de respeto a tu amistad y a tu inteligencia la verdad de mi partida, que explicará otras verdades importantes que te he ocultado. La historia es muy larga, pero intentaré ser breve para no hacerte perder mucho más tiempo del que ya has perdido conmigo.

Hace muchos años un jovencito de diecisiete años recibió un empujón que hizo que su cuerpo cayera en las vías del metro de Estocolmo un segundo antes de que el tren entrara a toda velocidad a la estación. El golpe terminó con su vida de una manera brutal e instantánea que nadie, y él menos que nadie, se merecía. El chico que lo empujó no intentó matarlo; simplemente estaba defendiendo a su amigo de mi ataque y, en la confusión del momento, mi amigo Anders intervino para que yo no golpeara a ese chico iraquí que no nos había hecho nada. Es muy obvio que el accidente pudo haberse evitado y, por más que a través de los años yo he reconstruido de mil maneras diferentes lo que pudo haber sucedido si en vez de tomar el metro hubiésemos ido a nuestro destino en bicicleta o si yo no hubiese provocado la pelea, el hecho es que Anders murió a una edad en la que nadie tendría que morir. Lo peor de todo es mi convicción de que la causa de su muerte no fue ese empujón, sino mis prejuicios racistas en contra de unos adolescentes iraquíes cuyo único crimen fue haber nacido en familias que buscaron asilo en mi ciudad huyendo de la guerra en Irak.

Quizá porque todos éramos menores de edad, la policía no culpó a nadie de esa muerte; cuando concluyeron la pesquisa dijeron que nadie tuvo la intención de cometer un crimen, que todo había sido un accidente lamentable. Los chicos iraquíes ni siquiera denunciaron mi ataque racista y declararon que el altercado fue el resultado de un malentendido entre adolescentes. Tal vez entendieron que la muerte de mi mejor amigo ya era un castigo suficiente: dos de ellos iban al mismo colegio que nosotros y sabían que Anders y yo éramos inseparables. Cuando Anders murió, yo me perdí en el laberinto más oscuro y amargo que puede existir en la mente de una persona: el de la culpa y el remordimiento. Me convencí de que yo, Kurt Fogelström, también había muerto, de que una parte mía había muerto con Anders. Me repetía todos los días al despertar y al irme a dormir que tendría que haber muerto yo y que, si yo era el culpable de la muerte de mi amigo, no tenía ningún derecho a seguir con vida.

Para evitarme la vergüenza de responder por mis actos o para protegerme del asco de mis compañeros, mi padre me sacó de esa escuela de inmediato. Eso me ayudó a no tener que encarar los rostros de los supervivientes de la tragedia. Me matriculó en una escuela privada en una zona al otro lado de Estocolmo de la que muy pronto fui expulsado por mis inasistencias y mi mala conducta. El colegio siguiente fue lo mismo. Comencé a drogarme y a tomar alcohol. En un bar conocí a un grupo de skinheads mayores que yo que me adoptaron con entusiasmo cuando se enteraron de que mi abuelo y mi bisabuelo habían sido miembros importantes de organizaciones fascistas y neonazis. Mi relación con ellos duró muy poco. Me repugnaba verme reflejado en ellos. Dejé a los skinheads de manera definitiva cuando en una borrachera conocí a una mujer mayor que yo que me llevó a vivir a su casa y que permitía que me drogara y bebiera todo lo que quisiera con tal de que no me fuera de su lado. Yo tenía diecinueve años y ella treinta y siete. Era una inmigrante de Somalia que había perdido a su esposo y a su hijo en un accidente de auto y estaba muy mal de la cabeza. Un día me dijo que estaba embarazada, pero no era cierto. Otro día, que había comido veneno para ratas. Otro, que se drogaba porque su hijo muerto venía a visitarla cada vez que ella se inyectaba heroína. Yo le pedí que tuviéramos un hijo porque ya no me importaba nada y pensé que un niño me podría salvar. En mi desesperación, me convencí de que, puesto que yo debía una vida, mi obligación era devolverle otra vida al universo y qué mejor que ese niño o niña fuera el resultado del amor entre una mujer negra y un hombre blanco consumido por la culpa. Su respuesta fue tajante. No sólo no se quedó embarazada, sino que al mes se suicidó ahorcándose en un árbol junto al mar Báltico. Me dejó de herencia una maleta vieja llena de cartas escritas en un idioma extraño pero cuya caligrafía era la más hermosa que jamás vi en la vida, fotografías de una familia feliz cuyos integrantes estaban todos muertos y que, en el momento de sonreírle a la cámara pocos años atrás, no se imaginaban que un ex-skinhead viudo lloraría por tanta muerte mientras las estrujaba en sus manos como si fuera lo último que le quedase sobre la tierra. No quiero decirte cómo se llamaba porque no quiero dejarte otro nombre en la memoria, pero era una mujer buena, una mujer cuyos nobles sentimientos no fueron destruidos por la muerte de su familia, pero que no pudo aguantar el dolor de estar viva sin ellos. Es curioso que lo que más recuerdo de ella es su olor. A veces en medio de la noche me despierta el fantasma de su olor y me hace llorar. Cuando ella murió, me refugié por una semana en la habitación que compartimos durante ese año que estuvimos juntos. No recuerdo más cosas porque todos esos días estuve drogado y ebrio. De allí salí para tomar un avión a Copenhague porque quería irme lejos, necesitaba irme a un lugar donde pudiera pasar desapercibido, donde nadie que viera mi cara pudiera pensar «Ese que va ahí es el nazi Caín, el asesino de Anders, su hermano, su mejor amigo».

Toqué fondo en Dinamarca. Encontré un lugar barato donde vivir en el barrio Nørrebro, al lado del cementerio Assistens, y de pronto me vi rodeado de inmigrantes musulmanes. Un día un grupo de adolescentes árabes me golpearon y me enviaron al hospital. Fue mi culpa por exigirles a gritos que me mataran porque mi padre y mi abuelo eran sus peores enemigos en Europa. Dos meses después de mi llegada a Norrebrø mi padre me cortó la última tarjeta de crédito y viví en la calle por muchos meses hasta que me adoptaron unos viejos que se apiadaron de mí. Mart y Eiki eran una pareja gay que logró escapar de Estonia muchos años atrás después de haber sufrido golpizas y amenazas de muerte por ser homosexuales. Hasta los primeros días del invierno, yo había estado durmiendo en las estaciones del metro, en autobuses, escondido detrás de los monumentos del cementerio, en autos que encontraba abiertos, debajo de las bancas de los parques, pero el frío puede ser peor que la culpa o el dolor moral. Antes de que ellos me recogieran de la calle, estuve a punto de morir por sobredosis en tres ocasiones, pero sobreviví a mi pesar, porque lo único que quería era que la culpa dejara de torturarme. Mis padres adoptivos eran muy pobres; Eiki estaba enfermo y ya no podía trabajar en el restaurante donde era lavaplatos. Los dos sobrevivían con el salario de Mart, que era jardinero en unas casonas que estaban en los suburbios de Sydhavnen. Mart y Eiki me dieron el pan y la carne que no tenían con la condición de que dejara las drogas. Me permitieron tomar alcohol de una manera moderada hasta que se dieron cuenta de que yo tampoco podía controlar esa adicción y lo único que me quedó fue fumar cigarrillos. Viví con ellos por unos meses hasta que logré dejar definitivamente todas las drogas y creo que lo hice más por no romperles el corazón que por que yo quisiera salvarme. En las mañanas me iba a trabajar con Mart a cortar el pasto de las casas de Sydhavnen. Disfruté aprender todo lo que él me enseñó de su oficio. Memoricé los nombres de los árboles, las plantas y las flores. Aprendí en qué época de año hay que podar los rosales y los arbustos y cuándo sembrar las legumbres. Paso a paso, dejé de ser yo, el yo que era el responsable de la muerte de mi amigo. Uno a uno, compré y leí los libros que Anders siempre llevaba en su mochila: los de Pullman, los de Borges, los de Dickens, los libros de poesía. Me obligué a entender todas aquellas cosas que para mí siempre fueron un misterio: las cosas que definían la naturaleza de mi amigo muerto. Un día me sorprendió que aquellas cosas que Anders disfrutaba, como sus lecturas y su música favorita, comenzaron a ocupar el lugar de las mías.

Cumplí veinte años sobrio, y vi en eso y en el hecho de que me había dejado crecer de nuevo el pelo, una señal para volver a Estocolmo. Hablé con mi padre y le pedí que me pagara los estudios. Accedió, pero me dijo que esa era la última oportunidad que me daba. Para demostrarle que podía cumplir mi palabra, terminé la preparatoria en un programa online en menos de un año. Después solicité ingreso en la Universidad de Estocolmo, donde estudié ingeniería electrónica. Mi llegada a la compañía de software de San Francisco me permitió poner una gran distancia física entre mi vida nueva y mi pasado. Poder irme de Suecia fue como cumplir un compromiso. El otro, el que le debía a Anders, lo comencé a cumplir en el diminuto departamento de Nørrebro gracias a Mart y Eiki, o tal vez entre los brazos de mi amante de Somalia, cuando abandoné para siempre el credo de odio de los hombres de mi familia.

Pasé toda mi infancia con Anders, Violeta. Éramos tan diferentes que no sé por qué razón nos queríamos como hermanos. Anders y yo fuimos juntos al jardín de niños y desde el primer día que nos vimos nos volvimos inseparables. Nuestras primeras diferencias se hicieron obvias cuando tendríamos unos diez años. Su padre fue un ruso que dejó embarazada a su madre cuando ella era muy joven, pero nunca se casó con ella; supongo que, porque no tenía a nadie más que a su madre y sus abuelos, que eran muy cerrados y religiosos, Anders buscó integrarse a mi familia. Mi padre nos llevaba de paseo o a ver juegos de futbol los fines de semana. Todos pensaban que éramos hermanos, que mi padre era el papá de los dos. Un día Anders se dio cuenta de que tanto mi padre como yo fuimos criados con un odio profundo hacia los extranjeros y la gente que no era sueca y blanca como nosotros. Era un odio disfrazado de amor a la patria. A mí jamás se me ocurrió cuestionar algo que me fue presentado como lo más natural: Suecia era de los suecos y los suecos somos blancos, descendientes de los vikingos, de guerreros nobles, valientes y poderosos. Nadie, decía mi abuelo, nadie tiene derecho a venir y usurpar un lugar que no le pertenece. El odio de mi padre no era tan violento como el de mi abuelo, pero supongo que en ningún momento quiso o pudo rebelarse en contra del viejo porque le tenía miedo. Yo heredé ese miedo a mi abuelo, que me gritaba cada vez que me veía llorar por algo y me exigía que no fuera un maricón, que aprendiera a sufrir como los hombres, que nunca dejase de respetar a mis padres, a la familia, al Dios cristiano, que llevase los colores patrios con orgullo y sobre todo que nunca se me ocurriera hacerme homosexual o casarme con una judía porque él mismo iría a mi boda para estrangularme con sus propias manos. Mi abuelo tenía un cajón en su escritorio donde guardaba objetos nazis. ¿Te acuerdas de una película que se llama American Beauty en la que el padre de uno de los personajes colecciona platos nazis y otros objetos del Tercer Reich? Bueno, esto era parecido, con la diferencia de que mi abuelo había sido un nazi sueco en la vida real. En ese cajón tenía insignias, documentos, medallas, una pistola y fotos de su adolescencia donde estaba vestido con el uniforme de los suecos nazis y documentos que lo identificaban como miembro del Partido Nacionalsocialista Sueco.

Cuando uno es joven todo es performance, y yo tenía que actuar mi parte para poder crear la ilusión de que sabía quién era y qué quería. En la escuela, en la calle, en el equipo de futbol, comencé a adquirir una reputación de racista y violento. Anders se alejó de mí, pero yo lo manipulé emocionalmente y le prometí que cambiaría, aunque para poder hacerlo necesitaba su ayuda. Y era cierto que yo necesitaba a Anders porque nadie más quería ser el amigo del niño rico, hijo de puta y racista que yo fui en aquellos años. Él era todo lo contrario: era un jovencito gentil, Violeta; era una persona dulce, sensible y generosa. El libro que te envío era de Anders. Es el que le dio la madre de Rolf en aquella isla a la que yo no puedo ir porque el gramo ínfimo de decencia que aún me queda me lo impide. Un par de semanas antes de morir, Anders me lo prestó para que lo leyera. Me dijo que, aunque estaba escrito en noruego, él había entendido casi todo. Me rogó que no lo perdiera. Este libro es lo único que me ha quedado de él y ahora es tuyo.

Esto que sigue es lo más difícil de explicar. Siempre supe que Anders tenía una lista de ciudades que quería conocer, porque como todos los niños del mundo también nosotros soñábamos con irnos lejos. Yo quería ir a África a matar elefantes y leones. Anders quería viajar al Perú, a la Patagonia, quería venir a California. Uno de los nombres de esa lista era el de esta ciudad. Cuando me ofrecieron el trabajo en San Francisco pensé que esa oferta era una ironía terrible, una jugada de muy mal gusto del destino. Yo no tenía derecho de estar aquí, pero acepté porque en algún lugar de mi cerebro enfermo y culpable imaginé que mi amigo muerto habría querido que yo viniera. El mismo día de mi llegada a San Francisco comencé a presentarme como Anders. Al principio fue un impulso que quiso ser un homenaje a mi amigo muerto, una excentricidad. Muy pronto ese acto espontáneo se convirtió en otra cosa. A la gente del trabajo y la que conocía le decía «Me llamo Kurt, pero prefiero que me digan Anders, que es mi otro nombre». Ya sabes cómo son los americanos: aquí puedes hacer todas esas cosas sin que nadie se extrañe de nada ni te pida explicaciones. Por eso tampoco te expliqué nada a ti. No quise asustarte con el relato de mi pasado, mi crianza llena de odio, mi culpa, los años que perdí en el laberinto de la heroína y el alcohol. Menos en este lugar, donde todos viven obsesionados con la salud física y mental, donde todos quieren ser perfectos y felices, aunque saben, pero no se lo confiesan, que eso no es posible. Ahora sé, entiendo finalmente que todo aquello, el fraude, la mentira, tenía que terminar mal, Violeta.

Tuvieron que pasar muchos años desde aquel día horrible en Södermalm para que me diese cuenta de que caminé en un círculo perfecto que me hizo volver al punto de partida. La verdad amarga es que no puedo salir de esa plataforma en la estación del metro de Estocolmo donde sigo atrapado. Todavía escucho el silbato del tren en la soledad de mi cuarto. Las pesadillas se han filtrado a las horas del día con el sonido brutal del choque del metal del tren y el cuerpo de Anders. Ahora mismo, mientras te escribo en la madrugada de una noche más de insomnio, me parece que su fantasma está sentado a mis espaldas, pero no me dice nada; únicamente me observa y vigila para cerciorarse que yo cuente la verdad. Sus ojos, los del verdadero Anders, son dos cuencas vacías y negras que me siguen a todas partes y me exigen que no vuelva a mentir, que nunca más le cause ningún daño a nadie porque él me espera en algún lugar que yo todavía no conozco, para que cuando todo esto se acabe yo rinda cuentas por mis actos.

Me llamo Kurt Fogelström, Violeta, y he llegado a este punto en el camino lleno de dolor moral, de arrepentimiento. Te quiero mucho porque has sido mi amiga y mi hermana y has estado conmigo cuando me sentía más solo, pero no puedo imponerle a nadie, y a ti menos que a nadie, mi vida y mi pasado. Si yo hubiera sido Anders Mårtensson, todo sería diferente. Él te podría dar lo que yo no puedo. Pero Anders es mi fantasma. Sé que si no me voy ahora caeré nuevamente en la grieta que me conduce al infierno.

Los antidepresivos que me han dado no me sirven. Por el contrario, me invitan a que vuelva al laberinto que dejé en Copenhague gracias a esos viejos. No me volverás a ver, Violeta, pero sé que estarás bien porque eres fuerte, porque estás llena de vida y todavía estás a tiempo.

Perdóname, por favor, cuando puedas hacerlo,

K. F.

IV

LA PUERTA DEL CÍRCULO POLAR ÁRTICO

Desear la felicidad en este mundo es simplemente
estar poseído por un espíritu rebelde.
¿Qué derecho tenemos a la felicidad?

Henrik Ibsen

Para mí una isla desierta no es una tragedia,
tampoco lo es un planeta desierto.

Peter Wessel Zapffe

El insomnio, a mi parecer, ofrece lo contrario de la lucidez
y la maravilla, deposita en mi cuerpo por minutos u horas
una dosis de la soledad de los moribundos.

Sergio González Rodríguez

1

Tromsø, Noruega, 2018
Ciudad de México, 2016-2018

El cuarto del Hotel Aurora era modesto y pequeño, pero estaba frente al mar. Eduardo podía ver desde su ventana el muelle, tres barcos pesqueros de tamaño mediano con la bandera de Noruega ondeando en sus mástiles y las montañas nevadas al otro lado del estrecho de Tromsøysundet. Estaba agotado después de casi veinte horas de viaje.

El día anterior dejó la Ciudad de México rumbo a Frankfurt, a donde llegó exhausto después de catorce horas y media en la incómoda clase turista. No padecía de claustrofobia, pero hubo dos ocasiones en las que sintió que le faltaba el aire y tuvo que hacer un esfuerzo serio para controlar un conato de ataque de pánico y poder respirar con normalidad. En Frankfurt aguardó tres horas antes de subirse al avión que lo llevó a Oslo, donde tuvo que esperar nada más una hora para abordar el que lo llevó a Tromsø. Como por arte de magia, estaba ahora en el norte más remoto de Noruega a una hora en la que tendría que ser de noche y tendría que haber oscuridad, pero durante el mes de mayo en el Círculo Polar el sol brilla durante las veinticuatro horas del día. Eso Eduardo no lo sabía.

Al otro lado de la isla estaba Violeta, a poco más de una hora en auto al oeste de Tromsø, en otra isla llamada Store Sommarøya. Noruega es un país de islas frías y fiordos de belleza inasible, de montañas nevadas y prósperos descendientes de vikingos. El fin del camino estaba cerca, en el último extremo del norte de la península escandinava. La semana anterior Eduardo extendió un mapa de Europa sobre la mesa del comedor de su casa. Tan solo desdoblarlo, abrir el pliego azul y gris y desplegarlo en la superficie de la mesa, le pareció una extravagancia, un anacronismo poético en esta era de mapas digitales, pero él tenía guardados todos los mapas de su infancia y quería ver dónde estaba ese lugar cuyo nombre jamás había escuchado en más de cincuenta años de vida. Le asombró que hubiera vida humana en un lugar tan remoto. Se imaginó a Sommarøy y a Tromsø como dos aldeas pequeñas, un par de lugares insignificantes y helados, perdidos en la inmensidad del Círculo Ártico, donde la gente seguramente convive con osos polares y renos. ¿Cómo era posible que Violeta estuviese tan lejos? ¿Qué había en ese lugar tan lejano que fuera tan importante para ella?

Después de viajar durante tantas horas lo más lógico era dormir, descansar. Al día siguiente podría alquilar el coche y manejar hasta Sommarøy, donde según Sebastián vivía Violeta, pero desde el diagnóstico se sentía débil, extenuado después de la actividad física más nimia, como si el diagnóstico mismo y no la enfermedad fuese el responsable de su deterioro físico. Además, estaba de mal humor. Eduardo estaba enojado porque se iba a morir y su legado iba a ser amargo: sus hijos no le hablaban, sus colegas del trabajo no le tenían afecto. En el trabajo Eduardo era un viejo más, un dinosaurio a los ojos de esos *millennials* mexicanos, esos esclavos digitales atados a sus pantallas y a la ignorancia voluntaria de su generación. Ahora que volviera a México, quizá lo más sensato sería renunciar para pasar los últimos ¿años?, ¿semanas?, ¿meses? de vida en la tranquilidad de su casa. Sabía que esa decisión significaba soledad absoluta, pero desde hacía tiempo se venía entrenando para una vejez solitaria que ahora también le parecía incierta, porque el colapso físico se acercaba con los pasos firmes y lentos de una hiena al acecho, una bestia de sonrisa sardónica que por el momento se movía con lentitud, aunque en cualquier instante se arrojaría sobre él para terminar de una vez con todo. La hiena se llamaba cáncer.

Cómo le hubiera gustado que su hijo estuviera con él. Antes de comprar su boleto le ofreció a Sebastián pagarle el viaje para que los dos fueran juntos a buscar a su hermana. Pero la relación con él se enfrió aún más desde que Violeta se fue a San Francisco. Sebastián vivía con su pareja desde hacía... ¿cuántos años? Antonio era un hombre de casi cuarenta a quien Eduardo conoció muy de paso un día que los dos coincidieron afuera de la casa. Casi un año después de ese encuentro se le ocurrió que tendría que invitarlos a comer, pero el día que él propuso Antonio no estaba disponible. Luego Sebastián sugirió otro día y Eduardo fue el que no podía. No hubo otro intento. «Soy un idiota», pensó Eduardo, «tuve que haber puesto más energía en ese acercamiento». Ahora ya era tarde.

Eduardo sabía que su hijo era gay, aunque Sebastián nunca se lo dijo; nunca tuvo la iniciativa ni la confianza de venir a decirle: «¿Sabes qué, papá? Soy gay, es importante que lo sepas». Él no era el tipo de padre que iba a negarse a aceptar la sexualidad de su hijo y por eso le dolía saber que si eso nunca sucedió fue simplemente porque entre ellos no existía la confianza necesaria para que Sebastián le hablase de su vida personal. Su hijo no quería relacionarse con él de esa manera. Su homosexualidad era demasiado personal como para andarla discutiendo con un padre al que tal vez todavía quería, pero ya no respetaba.

Para Sebastián la perfección externa de su padre, el esfuerzo teatral que hizo toda la vida para crear una imagen pública de respetabilidad, bonhomía y generosidad con todas aquellas personas que se le cruzaban en el camino, era un acto detrás del cual se ocultaba una persona egoísta e insegura, incapaz de interesarse por él y su hermana. Era muy posible que Sebastián exagerase un poco, que a lo largo de los años hubiese sido demasiado severo en el juicio del carácter de su padre, pero después de tanto tiempo de frialdad de sentimientos los dos se habían acostumbrado a no tener contacto más allá de lo necesario. Cuando Eduardo, después de muchos días de duda y de varios borradores, al fin se decidió a enviarle por correo electrónico el mensaje donde le informaba que había sido diagnosticado con cáncer de próstata y que, antes de que su cuerpo le comenzara a fallar, le gustaría verlo, pasar tiempo con él, se sorprendió de que en cuestión de horas Sebastián le respondiera diciéndole que iría a «la casa» el fin de semana. El encuentro fue tenso porque la cercanía de la muerte no soluciona nada. La muerte misma no soluciona nada: mueve de su sitio los conflictos, reacomoda el rencor y la culpa, pero no los soluciona.

Cuando Violeta se fue a California, Eduardo quiso convencer a su hijo de la importancia de estar unidos, de verse con más frecuencia y pasar tiempo juntos. Ahora que estaban frente a frente para hablar de su enfermedad y su muerte, los dos sintieron que estaban en presencia de un desconocido. Sebastián seguía siendo el mismo hombre delgado que no pasó del metro sesenta de estatura, con un físico que parecía haberse estancado en los dieciséis años, pero su mirada y su carácter eran otros, se habían endurecido. Esa mirada pétrea apenas cambió cuando Eduardo le dio los detalles de su enfermedad. Se dio cuenta con terror de que la reacción de su hijo fue de lástima y no de dolor, el tipo de dolor que un hijo que ama a su padre tendría que sentir cuando su mortalidad se manifiesta como algo inminente. El tipo de dolor que él sintió al enterarse del cáncer de pulmón de su propio padre cuando tenía dos años menos que su hijo. Sebastián preguntó qué habían dicho los médicos, en dónde se estaba atendiendo, si había hablado con el doctor Guerra, el médico de la familia. Por último, quiso saber si tenía todos sus asuntos en orden y cuánto tiempo le quedaba de vida. Eduardo respondió a todas las preguntas con la tristeza de quien se ha dado cuenta de que la ficción del amor filial había sido sustituida por algo más parecido a la obligación y la cordialidad.

—¿Quieres que yo le comunique todo esto a Violeta?

—En realidad preferiría ser yo quien se lo diga, hijo, pero sabes muy bien que no tengo ninguna información sobre su paradero y tú me la has negado cada vez que te la he pedido.

—No te la he dado porque Vio me pidió que no lo hiciera, no porque yo no quiera dártela.

Eduardo recordó que, muchos años antes de abandonar definitivamente la casa para irse a vivir con Antonio, Sebastián le dijo que jamás le perdonaría que lo hubiera dejado sin madre cuando más la necesitaba, y supuso ahora que su hijo lo odiaba como se odian a los que nos han causado daño.

—Yo sé que me vas a decir que antes de darme esa información tienes que hablar con tu hermana para pedirle su autorización, pero también sé que ella te va a decir que no quiere verme. Mira, Sebastián, a mí el cuerpo ya me está comenzando a decir que me queda poco tiempo y, si decido hacer quimioterapia, supongo que no voy a poder viajar ni ir a ningún lado. Lo único que quiero hacer antes de irme es ver a tu hermana por última vez y pedirle perdón por todo lo que... —Eduardo tuvo que hacer una pausa porque se le quebró la voz—. A ti te tengo acá, hijo, y como quiera que sea tendré la oportunidad de verte, pero a tu hermana no la veo ni he hablado con ella desde agosto del 2016 y ya estamos en mayo del 2018. Quiero verla una vez más, aunque sea por cinco minutos. Si tú le dices que quiero ir a San Francisco, estoy seguro de que va a desaparecer antes de que yo llegue. Por favor, te lo suplico: dime dónde está, dame una dirección para que yo vaya a buscarla, pero no le digas nada.

Sebastián escuchó a su padre y se sintió culpable porque la culpa es, en ocasiones, consecuencia indeseada de la fortaleza, pero antes de demostrarle a Eduardo que sentía algún tipo de dolor por su enfermedad y su muerte inminente, le dijo que lo pensaría y, alegando un compromiso en el centro de Coyoacán, se fue en cuanto pudo. Se subió a su coche y se detuvo una cuadra adelante porque tenía que llorar. Lloró mucho, como cuando era un niño y hablaba por teléfono con Marcela y le pedía que volviera a casa. Lloró pensando que era muy triste no querer a su propio padre y sentirse como un huérfano antes de que Eduardo y Marcela estuvieran muertos. Pasaron dos días en los que Sebastián intentó sin éxito no pensar en el cáncer que ese mismo instante, mientras él hacía un esfuerzo para no pensar en él, minaba el cuerpo de Eduardo y lo consumía. Por fin, al tercer día se levantó, se preparó una taza de café y le envió un mensaje de texto a su padre que decía: «Prestvikvegen #25, Sommerøy. A poco más de una hora en coche de un lugar que se llama Tromsø, en el norte de Noruega. No le dije nada». A los cinco segundos de haberlo enviado, Sebastián se dijo en voz alta: «Soy un pelotudo, Violeta me va a matar».

Eduardo no vio el texto de Sebastián hasta un par de horas después, mientras desayunaba solo en un restaurante. «¿Noruega? ¿Qué carajos hace Violeta en Noruega? ¿Desde cuándo, cómo, por qué? Y yo todo este tiempo pensando que estaba en los Estados Unidos, estudiando su maestría en San Francisco, escribiendo sus libros». La noticia lo desconcertó porque no tenía sentido; era absurdo que la vida de su hija hubiese tomado esa dirección, por mucho que se tratara de alguien impredecible como Violeta. ¿Y la maestría? ¿Noruega? La última vez que pensó en Noruega había sido unos años atrás, cuando un demente masacró a decenas de jóvenes en la isla de Utøya después de detonar una bomba en el centro de Oslo. No había vuelto a tener noticias de ese país desde entonces; uno no piensa en los países donde nunca pasa nada. Pensaba en Noruega cada Navidad cuando iba a La Europea a comprar bacalao noruego, pero el adjetivo del pescado no lo remitía a su país de origen más de lo que el vino español o italiano que compraba para acompañarlo lo hacía pensar en España o Italia. Noruega era un país tan lejano que nunca entró en sus planes de viaje cuando visitó Europa. Para él Europa eran Francia, Italia, España, tal vez Inglaterra o Alemania, pero no el norte escandinavo en el que no pensaba nunca, un norte donde la gente hablaba idiomas difíciles que nadie entendía, un norte blanco y frío, inaccesible, inhóspito. No tenía a nadie más a quien pudiera preguntarle qué hacía Violeta en Noruega cuando tendría que estar en San Francisco. Estaba Claudia, pero las dos o tres veces que la llamó para pedirle información acerca de su hija ella nunca devolvió sus llamadas. Violeta en Noruega. ¿Desde cuándo? ¿Haciendo qué cosa? Pero, sobre todo, ¿por qué?

A pesar de que sabía que era inútil, le envió a Claudia un mensaje de WhatsApp que ella leyó, pero nunca respondió. Sebastián también ignoró el texto que le envió para invitarlo a comer ese mismo día. Porque tenía que hablar con alguien, Eduardo buscó el consejo de César y Santiago, sus dos amigos de la infancia, y se volvió a quejar con amargura de que sus propios hijos no querían hablar con él, que no respondían sus mensajes, que estaba solo y que a ellos parecía no importarles. Cada vez que esto pasaba, César y Santiago lo escuchaban y decían que cómo era posible, que eran unos descastados, que la culpa era de él por no haberlos educado con más valores tradicionales, que los jóvenes de ahora, que las nuevas generaciones, que esto y lo otro. Pero él sabía, lo sabía muy bien, por qué estaba solo y por qué Sebastián no quería verlo. Sabía por qué Violeta había dejado México sin decirle «Adiós, papá. Te quiero, ven a visitarme». Tal vez Eduardo no podía explicarlo de una manera lógica y detallada, pero él, como todas las personas del mundo que no se atreven a reconocer y a confesarse a sí mismos sus faltas o sus crímenes, conocía las razones oscuras de su soledad y su miseria personal.

Sobre el escritorio del cuarto del Hotel Aurora estaba la libreta que había traído para sus apuntes de viaje. Aquel no era un viaje de placer. Era un viaje que Eduardo temía, pero no pudo evitar. Le tenía miedo a Violeta, a su probable rechazo, a su propia incapacidad de encontrar las palabras correctas para decir, explicar, pedir perdón. «¿Qué voy a hacer aquí?», se preguntó, consciente de que no sabía nada de ese pueblo de setenta mil habitantes ubicado a trescientos cincuenta kilómetros al interior de la línea del Círculo Polar Ártico. Durante el vuelo de Oslo a Tromsø escribió en la tercera página de su libreta de apuntes: «Hace casi dos años que no veo a Violeta. No me quiero morir sin verla».

La última vez fue el 13 de agosto del 2016 en la comida anual para celebrar el cumpleaños de la difunta abuela Olga en la Hostería de Santo Domingo, recordó Eduardo. Imposible olvidar esa reunión, que empezó mal gracias a las pendejadas de su hermano Ramón y terminó peor gracias a las suyas.

—Pues a mí me parece que los americanos tienen mucha suerte —dijo Ramón con la boca llena de chile en nogada— de que un empresario exitoso como Trump se esté postulando como candidato para la presidencia. Lo que más me gusta de él es que dice lo que toda la gente piensa: no le tiene miedo a decir algo que sea políticamente incorrecto y por eso los demócratas lo odian y le temen. A ver, ¿desde cuándo a los negros hay que decirles «afroamericanos»? ¿Por qué está prohibido decirles «indios» a los indios o «travestis» a los transexuales? Ya falta poco para que los policías gringos se pongan a multar a todo aquel que se atreva a llamar a las cosas por su nombre.

—A ver, un momento, tío —respondió Violeta—, si ser «políticamente incorrecto» es ser misógino, racista y xenófobo, me parece muy normal y sano que la mayoría de los gringos estén ofendidos por las barbaridades que salen de la boca de un tipo de tendencias fascistas. Además, no hay billonarios honrados e inocentes. Las grandes fortunas del mundo están íntimamente conectadas a la corrupción. Ah, y los transexuales se cambian el sexo, no nada más la ropa.

—¿Cuál corrupción, Violeta? ¡Estás hablando de los Estados Unidos, no de Veracruz o Tamaulipas! Allá no es como en México o como en toda América Latina, donde los políticos se roban todo, sobre todo si vienen de las clases bajas. Esos politiquillos que ganan las elecciones porque vienen del pueblo, como les gusta presumir para justificarse, son los peores. Como nunca han tenido nada, enloquecen con el poder y el dinero. Apenas consiguen un hueso del gobierno ya se están comprando trajes de Armani y tomando champán de la viuda. ¿Ejemplos? Miles, pero te pongo tres casos: el de Venezuela con Chávez y Maduro, el de Nicaragua con Ortega y los sandinistas, y el de Argentina con los Kirchner y sus secuaces peronistas. Todos estos dizque políticos de izquierda saquearon los fondos públicos y dejaron a sus respectivos países en ruinas. En México ni te cuento. Te puedo dar miles de ejemplos de priistas y perredistas que salieron de la nada y ahora son empresarios con mansiones en San Antonio, en Houston y en Madrid. Con gente como Trump uno no tiene de qué preocuparse porque ya son ricos y no les interesa robar. Ahí está el ejemplo de Macri en Argentina, otro empresario honesto y muy exitoso que va a sacar al país adelante. Lo que de verdad necesitamos en México y en todos los países tercermundistas para salir del pinche agujero son más Trumps.

—Trump siempre fue un niño rico y racista que jamás va a ser presidente —le respondió Violeta al hermano mayor de su padre, que era un abogado que se enriqueció trabajando para uno de los sindicatos más corruptos de México, el de los maestros—. No va a llegar a presidente porque los gringos son caprichosos, pero no son suicidas. Con Trump todo lo que se ha logrado en cuanto a protección al medio ambiente con Obama se vendría abajo en unos pocos años. Además, Trump odia a los inmigrantes, sobre todo si son mexicanos. Acuérdate de lo que dijo cuando anunció su candidatura, que todos los mexicanos eran violadores.

—Bueno, Viole, ahora que estés instalada en California ya te darás cuenta de que no todos los inmigrantes son una maravilla, sobre todo los mexicanos. Yo viajo mucho a los Estados Unidos por cuestiones de negocios y cuando veo paisanos mexicanos, que por lo general no son de aquí del D. F., sino de la provincia, gente de rancho, pues, siempre están lavando platos o coches, construyendo casas; las mujeres cuidando niños, empujando carriolas o de sirvientas; no están diseñando cohetes para la NASA ni dando clases en Stanford.

—¡Exacto! Los mexicanos y los centroamericanos hacen todo lo que los gringos no quieren hacer. Y eso no sucede únicamente en los Estados Unidos. En México, ¿quién te lava el coche y te limpia la casa? ¿Quién te cocina la comida? Mexicanos indígenas o mestizos como la mayoría de nosotros. Los más pobres, los que no tuvieron alternativas, son los sirvientes. Son los mismos que un día se cansan de que otros mexicanos como tú los traten como perros y les paguen una miseria y se van a trabajar a los Estados Unidos porque allá al menos les pagan un salario más o menos digno y sus hijos o sus nietos algún día podrán dejar de ser tus criados. Esa es la lección de la migración, que la gente que se va sufre pobreza, malos tratos y discriminación, pero sus hijos y sus nietos salen adelante, cosa que nunca sucede en sus propios países.

—Pues mira, Viole, yo pienso que los seres humanos no somos iguales. Ya sé que tú eres una idealista y una intelectual que cree que el mundo y sus injusticias tienen solución, pero ni madres: unos nacimos para ser empresarios, profesionistas o patrones y otros nacieron para cocinar, lavar carros y obedecer órdenes.

Eduardo se levantó con la excusa de ir al baño en cuanto se dio cuenta de que la conversación no iba por buen rumbo y volvió cuando ya era demasiado tarde para hacer o decir algo que rescatara a la reunión familiar del desastre. Volvió justo para escuchar a Violeta, que a esas alturas estaba lívida y con la voz alterada por la frustración que le provocaba la arrogancia y el racismo de su tío.

—Dices todas estas barbaridades porque estarías feliz en un mundo donde las mujeres, los indígenas y todos aquellos a quienes desprecias te rindieran pleitesía por ser más o menos blanco, más o menos de clase alta y más o menos miembro de lo que ustedes llaman la gente «decente» de este pinche país racista y machista, pero eres nada, cabrón: no has hecho nada en absoluto que te haga merecedor de todo eso a lo que crees que tienes derecho. Explotar a los que tienen menos es una pinche mierda asquerosa que todos tus putos domingos en misa jamás podrán limpiarte del alma, y no digo conciencia porque dudo que sepas qué chingados es eso.

La frialdad con que Violeta le dijo esto a Ramón asustó a los pocos comensales que la rodeaban: su padre, la tía Maru, su tía Esperanza, esposa de Ramón, y su prima Sonia. Sonia levantó la voz para exigirle a su prima que de ninguna manera se atreviera a hablarle de esa manera a su padre. Su tía Esperanza dijo:

—Vámonos ahora mismo, Ramón. Esto es un abuso intolerable.

Violeta tenía en la mano derecha el vaso de agua de horchata que había ordenado y estaba a punto de arrojarle el líquido a la cara al tío que había sido su favorito cuando ella tenía menos de diez años. Se pudo contener, pero la mano le temblaba al dejarlo de nuevo sobre la mesa. En vez de pedir la disculpa que su tío no se merecía o dedicarle una hora de su vida a intentar reformarlo, cosa que no iba a suceder en una vida entera, Violeta eligió levantarse de la mesa del restaurante y marcharse para irse a caminar por el centro de la ciudad. Estaban en ese restaurante del centro porque a la abuela Olga le gustaba ir allí a comer chiles en nogada todos sus cumpleaños y ese día habría cumplido otro más. Así era Violeta: su manera de rendirle homenaje a su abuela muerta fue mandar a la chingada al idiota de su hijo, algo que a la abuela Olga le hubiera gustado hacer, pero nunca hizo, porque las señoras mexicanas de esa generación no se comportaban así en la mesa familiar.

Eduardo siguió a su hija y la alcanzó en la entrada principal del restaurante para rogarle que se calmara y fuera un poco más tolerante.

—Vio, no te vayas. Es el aniversario de tu abuela, estamos en familia. Por favor, regresa y pídele una disculpa a tu tío.

—Quc él se disculpe conmigo.

—Vio, por favor.

—Es que ya no aguanto al pendejo de tu hermano, papá. Si lo sabes muy bien. Cada vez que abre la boca le sale lo imbécil y lo arrogante. Si la abuela tampoco lo aguantaba cuando se ponía así. Es un viejo insoportable. Mi tía y la pendeja de mi prima no dicen nada porque le tienen miedo y capaz que están de acuerdo con lo que dije. Bueno, no creo que eso sea posible, pero igual, ya no lo aguanto por racista, misógino y panista.

—No pendejees a tu tío, por favor, Violeta.

—¿Y por qué no lo voy a pendejear si eso es lo que es? Un pendejo, un pinche viejo hipócrita y culero. Por mí que se vaya a la chingada y que se meta a Trump por el culo.

La bofetada fue completamente inesperada. La empleada del restaurante, que en ese momento estaba tomando una reservación por teléfono en el mostrador de la entrada, abrió la boca y se dio la vuelta de inmediato para evitar inmiscuirse en un asunto de familia que se acababa de poner violento. Eduardo nunca había golpeado a Violeta. O, si lo hizo, fue muchos años atrás cuando ella era muy chica y en aquel momento el golpe no pasó de una nalgada. Aquellas nalgadas de su infancia Violeta no las perdonaba porque ningún tipo de castigo físico le parecía aceptable, pero podía entenderlas o incluso justificarlas como un intento idiota de disciplina formativa. Pero la bofetada era otra cosa: era una transgresión imperdonable. Eduardo supo que había cometido uno de los errores más grandes de su vida cuando vio la expresión de Violeta, que se llevó la mano a la mejilla y le clavó los ojos con una combinación de indignación, miedo, enojo y asco.

—Perdón. No sé lo que me pasó, Vio. Perdóname. No quise lastimarte.

Violeta no dijo nada. No quiso prolongar la discusión, no quiso pelearse con su padre. Había accedido a acompañarlo sabiendo que la comida familiar acabaría mal, porque desde hacía muchos años las comidas familiares habían dejado de ser eventos disfrutables. Se mordió el labio inferior como para impedir que alguna palabra saliera de su boca, se dio la media vuelta y se fue. Esa fue la última vez que la vio. Ese mismo día, Violeta hizo sus maletas y se fue a casa de Claudia. A los pocos días dejó México sin despedirse de él. Cuando su hija se fue, Eduardo recordó que Marcela también se había marchado de su vida sin decirle nada. Sebastián le dijo, el día que fue a verlo para entregarle una carta que Violeta había dejado para él, que hay hombres que jamás van a entender ni poder escuchar lo que tiene que decir, o lo que piensa y a veces no dice una mujer. Seguramente él era uno de esos hombres.

2

Ciudad de México, 2001-2016

Una niña de once años con la mirada perdida en el infinito gris de una ventana no sabe que su mirada está «perdida en el infinito» ni necesita saberlo. Su padre no puede saber lo que ella ve, ni lo que piensa. La verdad de lo que piensa un niño es un misterio para todos aquellos que no tenemos hijos, pero es posible que este padre que observa a su hija sublime esa imagen, porque eso hacen los adultos: ven a los niños y a los viejos del mundo e imponen en ellos las cosas que su deseo arbitrario cree posibles.

El padre supone, por ejemplo, que la niña imagina las cosas que podría hacer si ella también tuviera alas como el pájaro que en ese momento pasa frente a su ventana. «Esta es una suposición cursi pero apropiada», piensa el adulto que encuentra consuelo en la creencia de que hay niños que miran el mundo e imaginan que pueden volar, alto, muy alto, para verlo desde arriba de las nubes. El padre no imagina que lo que más desea esa niña es irse lejos. ¿Por qué no estamos dispuestos a aceptar que hay niños que quieren desaparecer, huir de la mirada vigilante de los adultos, de su indiferencia, de su amor asfixiante o de su violencia? Dichosos aquellos que pueden imaginar que tienen alas y que pueden emprender el vuelo para marcharse. Dichosos aquellos que crecerán y podrán irse, tan lejos como un pájaro que desaparece en el horizonte más allá de todos los cuartos asfixiantes donde un niño que ha descubierto el mundo gracias a las ventanas y a los mapas se siente prisionero.

Cada uno tiene la imaginación que se merece, los sueños y las pesadillas que se ha ganado. Merece lo que sueñas, lo que tu imaginación te permita imaginar, lo que tu mirada interior te deje construir, catedrales de ideas o calabozos de silencio. Merece tus miedos, tu ansiedad, la libertad de tus pensamientos. Merece tus deseos. Ser libre significa ser dueño de tus pensamientos. Ser libre es concederse el derecho a usar todos los recursos de la imaginación.

Si la imaginación es una casa grande, un palacio o un laberinto, aquellos que tienen la osadía de explorar todos los rincones de esta residencia imposible tendrían que estar dispuestos a abrir todas las puertas y atravesar todos los umbrales. El peligro, porque hay un gran peligro escondido en sus rincones, es que los ojos vean cosas atroces que van a causar asco o dolor, o experimenten sensaciones que van a provocar miedo y posteriormente pesadillas. Hay cosas que un ser humano no tendría que ver nunca porque las cosas que uno ve quedan grabadas para siempre en la memoria, ¿y quién puede vivir con un basurero de imágenes a cuestas? ¿Quién puede vivir con sangre, pus, heridas abiertas y todos los horrores que los hombres (sí, los hombres, generalmente, mayormente los hombres) son capaces de concebir y realizar? Abres la puerta y en un cuarto te observas cometiendo actos innombrables. Cierras los ojos y los sigues viendo. Imposible borrar la suciedad y la violencia de las cosas que uno imagina que puede cometer, no porque quieras hacerlas sino porque una persona normal es capaz de imaginar las cosas más perturbadoras, las que más le horrorizan: en el apocalipsis cercano un grupo de hombres violan a tu mujer, decapitan a tu hija, te destrozan a machetazos y le tiran los restos de tu cuerpo a una manada de perros hambrientos. En otras imágenes tú eres el criminal, el asesino. Cada uno tiene la imaginación que se merece. Nuestras mentes son la cámara de torturas más aterradora y eficaz que nadie pueda concebir. El infierno es la mente propia, no la mente de los otros. El infierno es uno mismo, no los otros.

Cuando Violeta se fue a California en agosto del 2016, Eduardo comenzó a tener pesadillas. Soñaba que su hija era otra vez una beba que no pasaba de los cinco años y que, sin que nadie se diera cuenta, se caía en una alberca profunda. La alberca estaba en un hotel de Puerto Vallarta que le gustaba mucho a Marcela y al que iban cuando Violeta y Sebastián eran muy chicos. El hotel era grande, con veredas diseñadas para que atravesaran la vegetación selvática de la costa de tal manera que cuando uno caminaba para ir de su habitación a la playa era muy difícil ver qué había del otro lado del follaje de los árboles y las plantas, que en esas latitudes crecen de una manera exuberante. Violeta se había alejado sola por una de esas veredas sombrías y en algún momento Eduardo escuchó sus gritos y el chapoteo de sus brazos en el agua. Supo que su hija había entrado sola a la alberca, que era igual a muchas de las albercas de los hoteles del mundo, aunque la de ese hotel estaba llena de tiburones. Los cuatro tiburones por lo general permanecían en la parte más honda del agua y Eduardo les había enseñado a los niños cómo nadar de un lado de la alberca al otro sin manotear mucho para que los animales no se dieran cuenta de su presencia. En sus pesadillas recientes Eduardo escuchaba a Violeta haciendo demasiado ruido en el agua, pero algo, ese algo incomprensible que nos paraliza en los sueños y nos impide reaccionar de manera ágil, le impedía correr hasta la alberca y sacar a su hija.

Los peores eran precisamente esos sueños donde algo terrible les pasaba a los niños y él no podía hacer nada para protegerlos: accidentes en auto, secuestros, violaciones, asaltos, violencia típica y real en lugares como Somalia, Honduras, México o Venezuela. Eduardo sufría mucho cuando tenía que aguantar el castigo de sus sueños, pero nunca se le ocurrió suponer que tal vez él era el responsable de sus propias pesadillas. Un día a Eduardo se le ocurrió preguntarse si un padre holandés sufría pesadillas tan terribles como las que él, un padre mexicano, tenía que sufrir debido a los problemas que su país padecía día con día. «¿Cómo serán las pesadillas de un padre o una madre que vive en un país del primer mundo como Japón, Corea del Sur o Finlandia, donde no hay levantones, secuestros, fosas comunes y decapitaciones al mayoreo? Lugares donde no viene un hijo de su chingada madre y le rompe la nariz a tu hija de un puñetazo. Lugares donde no tienes miedo de que a tu hijo gay lo maten a golpes. Lugares donde es inimaginable que violen a tu esposa o a tu hija en el transporte público, o que a tu hermano te lo maten en la calle por mirar a alguien de una manera «ofensiva». Ciudades lejanas donde una salida nocturna con los amigos del colegio no presenta la posibilidad de que nunca más puedas volver a ver a tus hijos. Si manejar el auto por cualquier avenida de la ciudad no representa un riesgo real de que te despojen del auto y te metan un tiro en la frente. ¿Cómo son entonces las pesadillas de un sueco o de un noruego? ¿Soñarán con monstruos mitológicos? ¿Con bombas que caen sobre sus ciudades? ¿Soñarán que son padres mexicanos o nigerianos?».

Lo peor, sin embargo, no eran esas pesadillas recurrentes. Lo peor era imaginar de una manera activa y morbosa que a sus hijos les pasara algo cuando estaban lejos de él. Cuando eran chicos, Eduardo estaba demasiado ocupado con su trabajo y con sus problemas personales para dedicarles demasiado tiempo al miedo y a la paranoia paterna. Cuando Marcela se fue a la Argentina y nunca más volvió, él se quedó a cargo de todo y entonces comenzaron a trabajar en su cerebro los demonios de la paranoia y la inseguridad. Un día, cuando ya Violeta se había ido a estudiar a los Estados Unidos, Eduardo se dio cuenta de que su falta de atención a los niños cuando estos eran pequeños había sido un regalo inmerecido porque no sufrió mucho preocupándose por ellos. Tal vez fue uno de esos eventos terribles que provocaron la indignación de todo el país, posiblemente el incendio imperdonable y obsceno de la guardería ABC en Hermosillo en el 2009, el que mató a cuarenta y nueve niños, a cuarenta y nueve bebés, a cuarenta y nueve hijos e hijas de personas como él, y que dejó a más de cien niños heridos, quemados, cicatrizados. Posiblemente fue la negligencia hasta entonces inimaginable que resultó en uno de los crímenes más sucios de este siglo vergonzoso en su país, lo que hizo que Eduardo considerase que, al final, ya nadie estaba a salvo y que absolutamente todos los habitantes de la república estaban en una posición vulnerable simple y sencillamente por haber nacido en México. País sangriento, imperio de Coatlicue y Quetzalcóatl, deidades supremas ofendidas y encabronadas por los siglos de idioteces cometidas por sus hijos, donde la muerte por terremoto, secuestro, prepotencia, asalto, o «qué me ves puto», era cosa de mala suerte o de tiempo. «¿Y de qué murió?». «Lo mataron porque vio feo a alguien». «Bueno, entonces es su culpa. ¿A quién chingados se le ocurre mirar a alguien nomás porque sí?».

Como cualquier otro habitante de la ciudad, siempre supo que a todos sus seres queridos tarde o temprano les pasaría algo terrible, puesto que a él ya le había pasado dos veces: la primera vez fue el secuestro exprés, que duró media hora, pero le dejo un daño emocional del que nunca se pudo recuperar por completo; la segunda vez, un hombre le quitó el reloj y la cartera esgrimiendo un cuchillo en una calle del centro. El día que el cuchillo le acarició el cuello, la incertidumbre y el temor profundo, el que nos quita el sueño, comenzaron a tomar posesión de su mente y su cuerpo. Y, cuando a Violeta aquel desgraciado la golpeó y le rompió la nariz y la inocencia, Eduardo supo que finalmente el horror real y el imaginario se unían para confirmar todos sus miedos.

3

Ciudad de México, 1972-1997/1998

Cuando cumplió diez años, una tía le regaló una colección de los cuentos de los hermanos Grimm. La inscripción en una de las primeras páginas decía: «Este libro es para mi querido sobrino Eduardo, el lector más pequeño y más voraz del mundo». Cada vez que recordaba esas palabras, Eduardo se sorprendía de que a esa edad ya gozara de una sólida reputación como lector. Uno de sus libros más antiguos se lo dio su abuela materna; era un volumen grande de tapas duras que se llamaba *Cuentos del país de las nieves*. De todos los cuentos incluidos en la antología recuerda dos en particular, «La novia del invierno» y «Baba Yaga»; este último contaba la historia de una bruja rusa cuyo poder comenzaba con el hechizo de su nombre. La ilustración de la portada, una niña rubia acompañada por un corderito y otros animales, le hacía pensar en paisajes fríos y lejanos a los que un día iría, cuando fuera grande.

Eduardo nunca pensó que la lectura fuera algo positivo ni negativo. Para él los libros eran algo natural porque sus propios padres leían mucho. Puesto que él leía, encontró una pareja lectora. Que Marcela leyera libros de psicología y autoayuda le pareció más una excentricidad que una manifestación de incompetencia cultural. Él pensaba que cada uno de nosotros lee aquello que necesita leer, que cada uno encuentra los autores que necesita encontrar para completar su vida. Si él leía a García Márquez o a Raymond Chandler, ¿por qué ella no podía leer a Paulo Coelho o a quien le diera la gana? Si él se dio el gusto de aprender inglés y un poco de francés para leer en estos dos idiomas, ¿quién era él para criticar los hábitos y los caprichos de otro lector? Con el nacimiento de Violeta y Sebastián, las cosas cambiaron porque la casa se llenó de juguetes y libros infantiles. Eduardo se empeñó en que los niños tenían que aprender inglés desde su más temprana infancia y les buscó la mejor escuela bilingüe de la zona. A veces se iba a las librerías especializadas en la venta de libros importados de los Estados Unidos a buscar los libros del Dr. Seuss, los de cuentos del perrito Spot o las historias del monito Jorge, el curioso. Violeta y Sebastián aprendieron a leer en los dos idiomas y aceptaron estos libros básicos sin muchas quejas, pero cuando llegaron a la saga de Harry Potter se rebelaron y decidieron leer las aventuras del aprendiz de brujo en español.

Algunos años antes de que Violeta y Sebastián llegaran a Harry Potter, el idioma inglés ya había llegado a sus vidas por una vía inesperada: una mujer de veintitrés años de Oakland, California. Como en una historia medieval, la llegada de una extranjera cambió el curso de la historia.

Brenda Robles, o Brenda McGregor, como su marido le exigía que se identificara, puesto que se habían casado en California y en ese país muchas mujeres adoptan el apellido de sus maridos, llegó al D. F. en diciembre de 1996, después de casarse con Roberto McGregor, que era el hermano mayor de una amiga de Marcela. Marcela y Eduardo conocieron a los McGregor en una fiesta y se hicieron amigos. Comenzaron a visitarse mutuamente y a salir juntos, pero la amistad más fuerte surgió entre las dos mujeres. Posiblemente el hecho de que no fuesen mexicanas las unió en su condición de extranjería. Los extranjeros del mundo con frecuencia hablan un idioma emocional exclusivo al que los nativos no tienen acceso.

El matrimonio de los McGregor duró poco tiempo porque Roberto era un hombre inseguro, paranoico y celoso, tanto así que un día atacó a un amigo de Brenda que venía de San

Francisco y estaba de paso en la capital mexicana rumbo a Oaxaca. El único error de este muchacho fue haber ido a su casa a visitarla. Cuando ella intentó defender a su amigo, Roberto la empujó causando que ella se diera un golpe muy fuerte en la cabeza. Antes de que esto sucediera, Brenda había comenzado a sospechar que cometió el error común que las personas cometen cuando se casan: hacerlo sin conocer nada de la persona de quien se han enamorado. El ataque a su amigo, un empujón y una bofetada, desató una racha de peleas y discusiones amargas entre la pareja. Brenda, que no estaba acostumbrada a la violencia física o verbal, comenzó a tenerle miedo a Roberto. Como sucede con frecuencia con los tipos golpeadores, Roberto se mostró profundamente arrepentido y prometió que nunca más le gritaría, ni cometería actos de violencia tan reprobables, pero algo se había roto para siempre y Brenda supo que la relación no tenía futuro cuando él comenzó a pedirle primero, y a exigirle después, que quedara embarazada.

Una mañana que Roberto no estaba en casa porque había salido a Monterrey en un viaje de negocios, Brenda empacó una maleta, cogió su pasaporte y se refugió en la casa de Marcela, quien convenció a Eduardo de que siempre había que ser solidario con los amigos que necesitaban ayuda. Es posible que su estatus de refugiada política en México le hiciera sentir cierta obligación moral con aquellos que se veían forzados a alejarse de una situación de peligro. Los seis meses que duró la estancia de Brenda en casa de su amiga fueron fundamentales para el desarrollo del inglés de Sebastián y Violeta. Durante ese tiempo aprendieron desde el vocabulario y las expresiones más coloquiales del habla hasta cosas sutiles del idioma como la manera en que la boca y los labios tienen que moverse para pronunciar ciertos sonidos que no existen en español. Terminaron asimilando el idioma inglés de una manera afectiva e íntima, puesto que adoraban a Brenda.

Todas las noches ella les leía cuentos hasta que se quedaban dormidos, cuando volvían de la escuela les enseñaba canciones y les hablaba todo en su idioma; de tal manera que, a los tres meses de haberse instalado en su casa, los niños comenzaron a hablar como californianos. Para ellos fue un tiempo de una intensa alegría. Un par de años atrás, en cuanto sus hijos pudieron ir a una guardería, Marcela encontró trabajo en una casa editorial como encargada de las publicaciones de no ficción y viajaba con cierta frecuencia. Eduardo estaba todo el día en el despacho de arquitectura. La novedad de tener a alguien tan simpático y lleno de energía que les cumplía todos sus deseos y que disponía del tiempo que sus padres no tenían para ellos creó en ambos una ilusión imborrable de dicha absoluta. Eventualmente Brenda encontró un departamento y las visitas fueron menos frecuentes, aunque su adoración por los niños, Violeta en particular, la había convertido en su tía honoraria. Si Eduardo y Marcela querían salir al cine o ir a cenar, ella venía a la casa a quedarse con los niños. Cuando la madre de Marcela murió en Buenos Aires, Brenda se instaló de nuevo en su casa para ayudarle a Eduardo con los niños.

Una noche, tres meses y medio después de que Marcela volviera a su país natal dejando atrás a su esposo, a sus hijos y a su vida de los últimos veinte años, Brenda salió a cenar con una amiga suya que vivía en Nueva York y estaba visitando la ciudad en un viaje de negocios. Esa noche Brenda no volvió a su departamento. Gracias a una tarjeta que tenía en su bolsa, donde decía que en caso de emergencia se contactara a Marcela, tres días después la policía judicial tocó la puerta de Eduardo para reportar que su cadáver había aparecido tirado en un lote baldío cerca de Ecatepec. Fiel a los usos y las costumbres de la policía mexicana, los judiciales le exigieron dinero en efectivo para entregarle el cuerpo. Lo primero que hizo Eduardo fue darles información a los agentes sobre los maltratos físicos y emocionales que Brenda había venido sufriendo a manos de Roberto McGregor, quien de inmediato se convirtió en el sospechoso principal en el asesinato de su esposa; los policías sabían que cuando la víctima está casada, con frecuencia la persona responsable del crimen es el esposo, o la esposa. Eduardo quería ver a Roberto en la cárcel lo antes posible. Pero Roberto no era un mexicano cualquiera; era un niño rico del sur de la ciudad y jamás iba a pisar una cárcel. Su padre, que era un abogado de Televisa, se encargó de tirar sacos repletos de billetes a cuanto agente del Ministerio Público, abogado o policía se le acercó para comprarle protección a su hijo. McGregor hijo huyó al día siguiente de que los judiciales visitaran su casa, primero rumbo a España, y de allí a algún lugar de Italia donde se escondió hasta que pudo regresar más de un año después, cuando su inmunidad ya había sido garantizada. Cuando Eduardo se enteró de que en algún momento el crimen le fue endilgado por las autoridades a un par de criminales de medio pelo que la policía aprehendió allá por el rumbo de Tultitlán, en el Estado de México, respiró con alivio.

Para Violeta y Sebastián, lo peor de la desaparición de Brenda fue que sucedió poco tiempo después de la de Marcela, aunque aquel día en que los policías vinieron hasta su puerta con la noticia y la intención de chantajearlo, Eduardo todavía no sabía que Marcela nunca más regresaría a México y que ni él ni sus hijos la volverían a ver. Es terrible entender que para proteger a los niños hay que engañarlos. La primera gran mentira de Eduardo fue convencer a sus hijos de que su madre iba a volver de la Argentina en cualquier momento. Esa era una mentira infame, pero hasta cierto punto razonable. Esta vez, Eduardo les dijo que Brenda se había tenido que volver de improviso a Oakland debido a una emergencia familiar, porque le pareció inaceptable arruinarles la vida a esa edad con una verdad tan repugnante como esa muerte violenta. Violeta era muy pequeña y no estaba lista para escuchar algo que eventualmente escucharía hasta el hartazgo y la náusea: que había tenido la desgracia de nacer en un país donde los hombres matan a las mujeres. Sebastián, por su parte, era un chico demasiado sensible que se derrumbaba emocionalmente con facilidad, pero por alguna razón que nadie comprendió en su momento, pudo recuperarse con más rapidez que su hermana de la desaparición de Brenda. Eduardo supuso que con el tiempo los niños se irían acostumbrando a su ausencia, que su instinto de supervivencia los haría olvidarse de ella.

La ficción que construyó la mentira de Eduardo, y que a los niños les permitió irse a dormir todas las noches con la creencia de que Brenda volvería a sus vidas en algún momento, duró apenas unas cuantas semanas: un día, mientras jugaban en la calle con otros amigos de la escuela que vivían cerca de su casa, una vecina un poco mayor que ellos se acercó a decirles a Violeta y Sebastián que su mamá había dicho que Eduardo mató a Brenda porque estaba embarazada de un hijo suyo y que por eso su mamá los había abandonado. Es posible que fuera en ese momento preciso, como millones de niños que eventualmente descubren que el mundo es un lugar brutal y oscuro, que Violeta y Sebastián perdieron para siempre la ignorancia de la perversidad que pudre el corazón de los humanos, y que por alguna razón inexplicable preferimos mal llamar inocencia.

4

Ciudad de México, 1997

A los niños les obsesiona enterarse de los detalles importantes o banales de la vida de sus padres (¿dónde se conocieron?, ¿qué música les gustaba cuando eran jóvenes?), ya que esta información les permite configurar y ordenar elementos clave de una narrativa clásica que convierten a la madre o al padre en personajes plausibles en la historia de su propia vida. Para que esto sea posible, muchos padres tienen que mentir porque si un hijo tuviera acceso a la información detallada y veraz de todas las cosas que ellos han hecho («Bueno, lo que más disfrutaba a los ocho años era descuartizar lagartijas» o «A los quince estaba enamorada de tu tío José»), la institución de la familia estaría en bancarrota total.

La verdad no libera: nada causa tanto daño como la verdad, y prueba de eso es que la mayoría de los seres humanos somos incapaces de aceptar la simple verdad de nuestros deseos y pensamientos más oscuros. La mente de Eduardo, por ejemplo, era un basurero repleto de memorias de actos nefastos y bajezas típicas de un ser humano normal, es decir, un ciudadano más que dice buenos días mientras imagina actos terribles. Una ciudad es una cárcel abierta, un manicomio sin muros poblado por hombres y mujeres capaces de componer cuartetos de cuerda sublimes o de matar con o sin justificación a otra persona. Nos negamos a reconocernos de esta manera porque ignorar nuestros defectos nos garantiza la paz espiritual del espejo empañado.

A veces un idioma no alcanza a expresar de manera acertada lo que otro logra con una palabra o con una expresión. ¿Como traducir a otros lenguajes palabras como *hubris, jouissance, toska, hyggelig, chingada, hiraeth, dor* o *sanctimony*? Un novelista judío norteamericano, aficionado a señalar las muchas faltas de sus compatriotas y con frecuencia incapaz de ver la propias, como nos pasa casi a todos, hablaba de la pasión americana de acusar y juzgar las acciones de nuestros semejantes con un gran sentimiento de ultraje personal. Este fervor acusatorio es producto de una educación religiosa estrecha y un carácter cultural condenatorio; es también el efecto histórico de un impulso moralista y censor que el autor de *La mancha humana*, Philip Roth, llama, cuando ese impulso inspira a los inquisidores a llevar a su víctima a la hoguera, «el éxtasis de la mojigatería» (*the ecstasy of sanctimony*). La novela es técnicamente impecable. Es una obra maestra de la narrativa contemporánea que sería casi imposible de publicar a veinte años de que Roth la entregara a su editor, porque ¿qué escritor blanco de los Estados Unidos se atrevería a finales de la segunda década del siglo XXI a apropiarse de una voz negra sin que su reputación sea destruida en las redes sociales?

La mancha humana es una novela de indignación como la mayoría de las novelas que Roth escribió en los últimos años de su vida. Parte del desprestigio en el que ha caído su obra en los años recientes tiene mucho que ver con la sospecha que ahora causa esa actitud de hombre blanco y viejo que señala los defectos de sus contemporáneos sin tener la capacidad o la honestidad de ver en el espejo su misoginia, su machismo y su arrogancia (*hubris*). Como Roth, Eduardo padecía de la incapacidad de ver sus defectos más graves (misoginia, machismo y arrogancia) y esto le costó relaciones fundamentales en su vida.

Como Coleman Silk en la novela de Roth, Marcela abandonó a su familia para poder transformarse en otra persona y librarse de su pasado, aunque nunca leyó ese libro porque detestaba sus novelas; presionada por Eduardo, soportó con repulsión *El animal moribundo* y le pareció que, a pesar de su evidente calidad literaria, la historia del ocaso de un viejo profesor incapaz de aceptar su decrepitud física, y que manipulaba a sus estudiantes para tener relaciones sexuales con ellas, era perversa: donde Eduardo leía el drama de un hombre torturado por la mortalidad y el deterioro físico, ella leyó las acrobacias intelectuales con que se justificaba un viejo rabo verde. Además, el ojo crítico de la Marcela editora no le perdonaba a Roth que ni siquiera se hubiera tomado el trabajo de investigar la manera correcta de escribir el nombre de la protagonista del libro, a quien bautizó como «Consuela». «¡Qué burrada!», pensó Marcela. «Nadie se llama Consuela». ¿Tal vez Roth cometió el error de pensar que todos los nombres femeninos en el idioma español deben terminar con la letra «a»? ¿Y los editores de la novela fueron tan ignorantes como el autor? Marcela terminó detestando a Roth por la misoginia de sus novelas, pero también porque el novelista tenía lectores tan fieles como Eduardo que eran incapaces de leer de una forma crítica a autores que parecían escribir con el pene, no con la pluma.

Las discusiones de libros y política con Eduardo y sus amigos eran largas y aburridas. A él le encantaba tener gente en la casa los fines de semana. A ella también le gustaba que sus amigos viniesen a cenar, pero no aguantaba que los amigos de Eduardo, y a veces el mismo Eduardo, tomaran de una manera tan adolescente y descontrolada. Ese deseo de embrutecerse con alcohol le parecía una anomalía del carácter mexicano puesto que no lo vio cuando era chica en su casa. Según sus recuerdos de infancia en Buenos Aires y los de adolescencia en México antes de que Isabel y Gabriel Moretti, el padrastro que la crio como si fuera su hija biológica, se volvieran a Argentina, Marcela nunca vio que los argentinos que ella conocía se embriagaran de esa manera, a pesar de que siempre había botellas de vino en las mesas de las casas. Gabriel almorzaba y cenaba todos los días en la casa con una botella de vino. Cada día, a la hora de la comida se abría una botella de tinto San Felipe, un vino que, en aquellos años, antes de la explosión de la industria del vino mendocino, era considerado como un vino caro; Gabriel se servía dos copas durante el almuerzo, seguidas por una taza de café. El resto de la botella, tres copas de tinto, siempre tinto, lo consumía con la cena. Siempre la misma botella y siempre la misma cantidad de copas. Marcela jamás lo vio ebrio de esa manera descontrolada que era tan común en México. Amaba la cultura de su país adoptivo, pero esa manera de consumir alcohol le desagradaba profundamente, al punto de rogarle a Eduardo, cuando Isabel venía de Buenos Aires a visitarlos, que, por favor, tuviera cuidado de no crear la impresión de que todos sus amigos eran unos borrachos.

Eduardo no era como César y Santiago, sus amigos más cercanos, que se iban de parranda desde el viernes, se curaban la cruda el sábado y seguían la pachanga hasta altas horas de la noche en algún restaurante, bar o en la sala de la casa de Eduardo y Marcela. Los viernes que Eduardo se juntaba con ellos en la cantina favorita de César, el bar Nuevo León de la colonia Condesa, Marcela sabía que llegaría tomado, pero se había acostumbrado a que era inútil enojarse y hacer cualquier tipo de reclamos, porque después de todo su marido era un borracho *light*, un borracho inofensivo, a diferencia de otros borrachos mexicanos que se transforman en machos pendencieros, necios, predicadores de verdades absolutas, seductores, chistositos, autoritarios, melodramáticos, suicidas, melancólicos, románticos, mesiánicos, arrepentidos, sarcásticos o cualquier combinación de esta variedad de efectos producidos por el alcohol ingerido en exceso. César, por ejemplo, era un borracho pedante y seductor, mientras que Santiago era un borracho chistosito y melodramático. ¿Cómo era su marido? A Marcela le parecía que Eduardo era un borracho melancólico, divertido y un poco necio. Agradecía que jamás se pusiera violento, porque eso sí nunca lo habría permitido. Pero Marcela, sin saberlo, sin que nadie nunca se lo hubiera dicho, porque no era el papel de nadie andarle diagnosticando sus fallas de carácter, tenía cierta tendencia a ser mojigata o, como diría el

Roth que ella tanto detestaba, *sanctimonious*. Sin que esa fuese su intención, esta intolerancia a la falla humana contribuyó al colapso de su familia, aunque ella nunca lo entendió así porque el mojigato vive del pecado ajeno.

5

Ciudad de México, 1997 /1998

Para Eduardo, la caballerosidad, más que una obligación social masculina, era una manera de conducirse por la vida. La mayoría de aquellos que lo conocían superficialmente afirmaban que Eduardo era una persona culta y distinguida, otros opinaban que ese afán de distinción era caricatura, imitación burda. Su modo de relacionarse con la gente siempre estuvo definido por la convicción medieval de que la cortesía y la gracia social son indispensables para moverse en el mundo con elegancia y dignidad. Este anacronismo, en ocasiones encantador, las más de las veces ridículo, convertía a Eduardo en un esperpento postmoderno, una anomalía grotesca en una ciudad cada vez más agresiva donde la cortesía estaba en proceso de extinción.

Lo primero que notó Brenda de Eduardo cuando lo conoció fue eso: *his chivalry*, su galanura. Durante su infancia y adolescencia en Oakland nunca nadie la trató así porque en los años ochenta ya prácticamente nadie en California sentía la obligación de actuar de esa manera arcaica y obsoleta. Antes de Eduardo, nadie le abrió una puerta para que entrara o saliera de una casa o de un edificio. Nunca nadie le ofreció el brazo o la mano para ayudarla a incorporarse o a salir de un auto. Nunca nadie le separó la silla de la mesa para que se sentara en el restaurante. El barrio de Temescal, donde ella creció, era un barrio clase media de familias de inmigrantes italianos, irlandeses y algunas familias afroamericanas que comenzaron a llegar a Oakland provenientes del sur en la Gran Migración de los años cincuenta. Era un barrio sin pretensiones donde nadie tenía ni mucho ni poco y donde todos los niños jugaban juntos. Brenda creció acostumbrada a la sencillez de forma y fondo, y por esta razón la excentricidad de un hombre latino que se comportaba como un *dandy* de película le divertía y fascinaba.

Brenda se mostró encantada con las atenciones de Eduardo, que parecía hacer cada una de estas cosas no porque tratase a todas las mujeres de la misma manera cortés, sino porque cada una de ellas era un ser humano especial que merecía esas atenciones. Algunos opinaban que el arquitecto era «un tipo untuoso», o que era «insoportable cuando le da el ataque de abuelo porfirista». Así por el estilo eran las críticas que él nunca escuchó, porque nadie quería herir sus sentimientos. El encanto de Brenda por la gentileza de Eduardo pronto se convirtió en un embelesamiento casi adolescente, un *crush* inofensivo, según se lo describió Brenda a una amiga de San Francisco en una carta. La primera vez que Marcela la invitó a que ella y Roberto vinieran a la casa a cenar, Brenda tenía veintitrés años y era una chica inexperta que había sostenido algunas relaciones sexuales con chicos de su edad más por inercia que por convicción hasta que conoció a su marido mexicano. Roberto McGregor era muy diferente; no era como este hombre treintañero que la hacía sentir como una mujer madura y sofisticada. A Marcela le hacía gracia la manera en que «la yanqui» se ruborizaba cuando Eduardo le besaba la mano.

—¿Qué le diste, Edu? La traes por la calle de la amargura —decía Marcela, que veía a Brenda como una hermana menor a quien debía proteger y guiar en el misterioso laberinto mexicano.

—Debe ser la loción Siete Machos que me regalaste en mi cumpleaños —respondía bromeando Eduardo, que había notado la manera en que Brenda reaccionaba cuando él se dirigía a ella.

Marcela no sospechaba que las cosas venían mal en el matrimonio de su amiga hasta que un día la fue a buscar a su casa para ir juntas a hacer unas compras de Navidad a la avenida Insurgentes. En el momento justo en que ella llegaba a la puerta de su casa e iba a tocar el timbre, Marcela alcanzó a escuchar los gritos de Roberto, que le cuestionaba que se hubiera puesto una falda demasiado corta para salir.

—¡Pareces una pinche puta de Río Pánuco! Seguro que te vas con esa pinche argentina a husmear braguetas en algún bar, no creas que no me doy cuenta de cómo te gusta que te miren las nalgas todos los culeros a quienes les andas tirando el calzón.

Marcela tocó el timbre con aprehensión. Cuando salió Brenda, pálida y con los ojos rasados de lágrimas, se la llevó de inmediato a un café para pedirle que le contara qué diablos estaba pasando en su matrimonio. Marcela le pidió que, por favor, no permitiera que Roberto le pusiera una mano encima y que le avisara de inmediato si necesitaba algo; cualquier cosa que ella o Eduardo pudieran hacer para ayudarla, la harían con gusto. Brenda era tan joven que Marcela, apenas la conoció, la comenzó a tratar como si fuera una hermana menor.

Cuando Brenda finalmente dejó a Roberto y se fue a vivir con ellos, Marcela dijo que se estaba regalando su propia libertad. Eduardo tenía miedo de las represalias que Roberto pudiera tomar en su contra por proteger a su esposa, pero no sucedió nada. Brenda adoraba a los niños y pidió hacerse cargo de llevarlos a la escuela y de recogerlos en la tarde. Todo el tiempo que pasaban juntos lo hacían en inglés. Brenda tenía un horario flexible porque, gracias a su suegro, había logrado conseguir trabajo como traductora para Televisa. Traducía documentos legales, no series televisivas como sus amigos sospechaban. A veces acudía a alguna reunión de trabajo a los estudios de la televisora, pero por lo general todo lo hacía desde su casa, o ahora desde la casa de Eduardo y Marcela, quienes la integraron como parte de su familia. La trataban como si Brenda fuese una sobrina que hubiese llegado de Oakland para vivir con ellos. Cuando se fue al departamento que encontró no muy lejos de su casa, en octubre de 1997, Marcela la extrañó, pero al mismo tiempo se alegró de poder recuperar el espacio al que estaba acostumbrada.

La mañana del domingo 8 de febrero de 1998 hacía mucho frío en el Distrito Federal. Marcela disfrutaba el calor de su cama después de haberse levantado a las 5:45 de la mañana, una hora antes de que sonara la alarma de su reloj, a calmar a Sebastián que lloraba por culpa de una pesadilla. De vuelta en su lecho no había logrado conciliar de nuevo el sueño y ahora pensaba que, ya que estaba despierta, tendría que irse a correr un rato porque hacía mucho tiempo que no hacía ejercicio. Como la mayoría de la gente que en ese momento se despertaba en la ciudad, optó por posponer unos minutos más la desagradable tarea de levantarse y jalaba las cobijas hasta cubrirse el cuello cuando el teléfono sonó como suenan esos aparatos infernales cuando se transforman en los portavoces de la muerte. Eduardo contestó el teléfono porque el aparato estaba de su lado. Era la tía Graciela, la hermana de su madre. Llamaba para informarle a Marcela, que ahora sostenía el auricular con un miedo que crecía cada milésima de segundo, que esa mañana había muerto la abuela Isabel en el Hospital Italiano de Buenos Aires. La tía Graciela pronunció esas palabras con mucho cuidado, porque sabía que estaban rompiendo algo, que estaban destrozando a alguien a quien ella quería mucho. La tía Graciela dijo «mi hermana», no «tu madre», y luego dijo «aneurisma cerebral». No podía ser cierto. La abuela Isabel tenía apenas cincuenta y tres años y no podía morirse a esa edad, pero la gente se muere cuando se tiene que morir, no cuando quiere hacerlo. El día anterior la abuela Isabel había ido a celebrar el cumpleaños de una prima en una quinta de El Tigre y, según la tía Graciela, «se descompuso y sufrió un desvanecimiento». Cuando la ambulancia llegó al hospital, la pasaron de inmediato a un quirófano. Serían como las siete de la noche cuando la llevaron a terapia intensiva. La tía Graciela se fue a su casa a la medianoche, explicó, porque le dijeron que todo estaba bajo control, pero esa mañana, cuando llamó al hospital apenas se despertó, le informaron que su hermana había muerto en la madrugada, sola en su cuarto. Nadie la llamó para decirle que fuera al hospital. Marcela estaba ahora en la cocina de la casa y lo primero que pensó fue en su última conversación telefónica unos días atrás, cuando le había reclamado a su madre que no se subiera a un avión para ir a México a ver a sus nietos en las fiestas de invierno del año pasado. Se sintió terriblemente culpable porque su madre, al recordarla antes de morir, si es que había tenido tiempo de hacerlo, probablemente pensó que su propia hija la odiaba o le tenía bronca. Marcela deseó que alguien, Dios o quien quiera que tuviese el poder de hacer esas cosas, le diera un minuto, treinta segundos de tiempo imposible, para poder pedirle perdón a su madre por ser tan impulsiva y decir las cosas sin pensarlas. Pero las disculpas no pedidas tapizan las paredes del infierno.

6

Tromsø, 2018-Ciudad de México, 1998

La soledad del Círculo Polar fue implacable con Eduardo. El sol ligeramente opaco de la medianoche ártica tuvo efectos inesperados en su cuerpo y en su mente. «Estoy acercándome al final», escribió en su libreta la segunda noche de su estancia, en la que tampoco pudo conciliar el sueño. «A esto me obligó la partida de Violeta: a enfrentarme a mí mismo por primera vez en mi vida. Tendría que darle las gracias por este regalo de honestidad absoluta. Siempre pensé que me conduje de manera honorable a lo largo de mi vida y que nunca le hice daño a nadie de manera consciente. Pero de pronto me asaltaron recuerdos que reprimí por mucho tiempo. Esos recuerdos, que mi cerebro arrinconó en un lugar oscuro y seguro para que no interfirieran con mi vida durante todos los años que estuve ocupado con mis estudios, mi carrera profesional y mi vida de esposo ejemplar, padre amoroso, buen vecino y ciudadano responsable, han vuelto ahora a exigir su derecho a existir. Esas cosas que hice y que decidí olvidar crecen ahora como un monstruo fuera de control dentro de mi mente y llenan mi pecho de amargura».

¿Cómo se llama el momento clave en que el héroe del cuento se encuentra con factores inesperados que afectaran su plan original? De acuerdo con Aristóteles, el punto de inflexión de la tragedia en donde el héroe o heroína de la historia enfrenta una situación que cambia su destino se llama *peripeteia* o peripecia. La caída de Eduardo comenzó con aquella llamada telefónica en febrero del 98. La anunció una voz al otro lado de la línea, un heraldo negro que hizo un esfuerzo para que la noticia brutal no golpeara a Marcela de una manera demasiado cruel. Sin embargo, el tono amoroso de la voz de la tía Graciela no pudo haber cambiado la fea realidad de los hechos: la muerte es una cosa sucia que debe manejarse con cuidado para que su mugre no manche los dedos ni su olor a descomposición repugne al olfato. Marcela le arrancó el teléfono a Eduardo en cuanto pudo deducir que la llamada era de la Argentina; eso significaba que algo terrible le había pasado a su madre y que la voz al otro lado de la línea cumplía con el deber indeseado de comunicar los detalles y responder al cómo y al cuándo, no al porqué, puesto que esa pregunta se la hace el doliente a Dios, si es que cree en su existencia, o a la nada, que como Dios tampoco tiene respuestas.

Un detalle aparentemente pequeño, pero importante del cambio en el destino de Eduardo: sumida en su dolor, Marcela no aceptó el abrazo de su esposo, que se acercó a ofrecerle el pobre pero honesto consuelo de sus brazos. Él jamás entendió que su mujer le diera la espalda: la declaración de desconfianza implícita en ese gesto de rechazo, que parecía decirle «No me quités el tiempo, no me estorbes, tengo que vestirme, buscar la valija, prepararme para irme al aeropuerto, mejor sé útil y llamá a la aerolínea, conseguime un boleto en el primer avión que salga a Buenos Aires, pero no me abracés porque tu contacto es inútil, no sirve, no tiene nada que ofrecerme». Ahora Eduardo se preguntaba si un abrazo habría cambiado todo y pensaba que lo que sucedió dos noches después en esa habitación tal vez no habría sucedido si Marcela hubiese aceptado sus brazos y sus palabras de consuelo.

—Decile a Brenda que, por favor, no se olvide de que Sebas tiene natación después de la escuela los martes y los miércoles; ah, y que Vio tiene cita con el dentista la próxima semana. No sé cuánto tiempo voy a estar allá. No tengo la mínima idea de cómo estaba organizada mamá para este momento, si tenía todos los documentos de la casa y del campo en orden.

Por el resto de su vida, Eduardo se sintió culpable por no haber tomado la decisión de irse con Marcela a enterrar a su madre. Se sintió profundamente mezquino por haberse enojado con ella, primero cuando no aceptó su abrazo y luego cuando dijo que era mejor que viajara sola. Sabía que su deber de pareja, de esposo, era acompañarla, estar con ella en el momento que el ataúd de su suegra fuera depositado en la fosa. Pero su orgullo le impidió contradecirla y hacer lo correcto: subirse al avión con su pareja, hacer el viaje. Cuatro horas después, la despidió en el aeropuerto. La abrazó y esta vez no hubo rechazo porque ella ya no estaba en México ni en ningún lado. Estaba en ese lugar frío y desolado en donde los muertos nos dejan cuando se van sin haber tenido tiempo de revelarnos la razón de su partida o cuando nos dejan sin una estrategia para entender la soledad que viene, pesada como un yugo, oscura como la boca de sus tumbas, vacía como su mirada.

Eduardo manejó de vuelta a casa sintiéndose culpable porque, apenas Marcela entró a la zona de seguridad del aeropuerto, él supuso que la muerte de la suegra podría beneficiarlos económicamente. Isabel tenía algunas propiedades: el campo de Rauch, cuentas de banco y dinero guardado en cajas de seguridad y fuera del alcance del gobierno. ¿Cómo separar las finanzas de la muerte?

Mientras manejaba de vuelta a casa, decidió que lo mejor era decirles la verdad a sus hijos: que mamá se había ido a Buenos Aires porque la abuela murió la noche anterior. Sebastián y Violeta lloraron mucho porque la muerte de una abuela es uno de los eventos más traumáticos en la vida de los niños, aunque ellos no hubieran vivido muchas experiencias con la abuela lejana, que venía a México una vez al año y prefería quedarse en un hotel cerca de los museos y sus restaurantes favoritos. Su muerte les dolió porque la gravedad de un evento tan definitivo como la desaparición irrevocable de una persona querida impresiona de manera permanente la mente de los niños.

Esa noche Eduardo no recibió ninguna llamada de Marcela, quien fue devorada por el huracán del dolor familiar en cuanto llegó y no tuvo cabeza para pensar en México. Eduardo se fue a dormir y soñó que un gran terremoto, como el de 1985, reducía a escombros los puentes y los edificios de su ciudad matando cientos de personas. Al día siguiente buscó a Marcela sin éxito. Para no pensar en cosas que le hicieran enojarse aún más, se ocupó con asuntos del trabajo. Al mediodía fue a comprarse una camisa al Palacio de Hierro, y asumió que si Marcela no llamaba era porque todo estaba «bien» al sur del continente; es decir, asumió que la muerte de su suegra había causado una fractura normal en el orden de todas las cosas que rodeaban su vida en Argentina, de tal manera que Marcela, como hija única, tendría que reordenar el caos para que este volviera a tener sentido.

Dos cosas sucedieron la noche del segundo día en Buenos Aires. Marcela se reunió con unos primos de su madre que vinieron de Mendoza para el sepelio y, después de cenar con ellos en Puerto Madero, fue a encontrarse con Jacobo, su primer novio de los años distantes e inocentes de la primaria, con quien de vez en cuando se veía cuando viajaba a Buenos Aires. Acordaron reunirse a tomar un café en una confitería de Recoleta. Eran las once de la noche y las calles estaban llenas de porteños que comenzaban a salir de los restaurantes y paseaban disfrutando del calor del verano del sur.

Dicen que la muerte es uno de los afrodisíacos más potentes. Posiblemente porque, ante el acto de intransigencia absoluta de la muerte, el instinto de vida nos hace canalizar el dolor y la estupefacción que producen la gran ausencia y la certidumbre de la gran nada en dirección al extremo opuesto, el que produce vida en vez de destruirla. Es a través de la cópula como los humanos intentamos desviar la mirada ante el rostro amarillento de la muerte. Por esa razón primitiva y desesperada, esa medianoche caliente de Buenos Aires Marcela encontró en la boca y las manos de Jacobo el alivio que su cuerpo le exigía para poder comenzar a aceptar que su madre había muerto a los cincuenta y tres años, demasiado pronto y demasiado sola. No se arrepintió nunca de ese encuentro.

Mientras tanto, en la Ciudad de México, Brenda leía *La cabaña*, de Juan García Ponce, sentada en un sillón de la sala mientras Eduardo terminaba de dormir a los niños. Cuando él vino a sentarse a su lado, lo más natural del mundo fue ofrecerle a Brenda un caballito de tequila Centenario, el favorito de Marcela, para platicar un rato antes de que ella se fuera a su casa. Desde que Marcela partió, dos días atrás, Eduardo y Brenda no habían tenido tiempo de hablar sobre la muerte de Isabel. Hablaban en español porque, a pesar de que el inglés de Eduardo era muy bueno, Brenda les había pedido a él y a Marcela que le hablaran siempre en ese idioma para poder practicar su pronunciación y su vocabulario.

—¿Sabes algo de Marcela? —Brenda hizo la pregunta con cautela, porque media hora antes había escuchado a Eduardo en el teléfono quejándose con uno de sus amigos del silencio de su esposa.

—Recibí una llamada en la tarde, pero no hablamos por más de dos minutos. Es carísimo llamar de larga distancia desde Argentina y además medio complicado porque tienes que ir a una caseta especial que se llama locutorio. Creo que eso es muy común porque el servicio en los teléfonos privados de las casas es pésimo y muy caro.

Eduardo dijo que se sentía marginado de todo lo que estaba sucediendo en Argentina y que se había sentido rechazado por su esposa. Brenda no tenía idea de qué hablaba. Siempre pensó que sus amigos tenían la relación perfecta y jamás imaginó que ese no fuese el caso. Vistas desde lejos, las parejas por lo general ofrecen una impresión de salud emocional íntegra, de normalidad, y ella nunca los vio de una manera crítica porque no había sido necesario. Escuchó a Eduardo con el mismo cariño que escuchaba a Violeta y Sebastián cuando estos le contaban cómo les había ido en la escuela. Brenda venía de una familia rota. Su padre era un hombre dedicado a su trabajo de una manera obsesiva. Era dueño de una pequeña empresa constructora. Cuando volvió de Vietnam después de haber realizado dos misiones, o *tours*, en esa guerra atroz en donde vio cosas que ningún humano tendría que ver, se refugió en el trabajo como antídoto contra la depresión que lo acechaba con tanta persistencia como los combatientes del Viet Cong lo habían hecho en la palúdica selva vietnamita. A diferencia de muchos de los veteranos de esa guerra, su padre rechazó con vehemencia las drogas y el alcohol como paliativo para enfrentar las heridas emocionales y físicas de los dieciocho meses de combate en la selva, que llegaron a su fin cuando una bala le perforó el estómago y estuvo a punto de matarlo durante la rebelión del Tet Mau Than, en 1968.

De vuelta en el barrio de Temescal de Oakland, donde había nacido y pasado toda su vida, Carlos Robles, hijo de un ceramista oaxaqueño que se dedicó toda su vida a pintar casas para poder trabajar en sus vasijas y esculturas y una lingüista francesa que daba clases en la Universidad Estatal de San Francisco, tuvo una revelación: si dejaba que sus pesadillas, el monstruo blanco del insomnio o las gárgolas de la culpa y el dolor moral se adueñaran de su día civil, muy pronto se transformaría en lo que muchos de sus amigos excombatientes que habían vuelto mutilados de la guerra se habían convertido: zombis, alcohólicos o activistas de izquierda condenados a la incertidumbre financiera y a la frustración que viene de pelear por sus derechos con el gigante ciego y sordo de la burocracia militar. Carlos se puso a trabajar con un amigo de su padre y, antes de que se cumpliera un año de que la bala le entrara en el vientre, ya había logrado conseguir su licencia de contratista general. En 1973, en una fiesta en el barrio Fillmore de San Francisco conoció a Fanny, una chica que acababa de terminar sus estudios universitarios. Se casaron a los tres meses. En octubre del 74 nació Brenda en el hospital Alta Bates de Oakland. En 1976 Carlos y Fanny se divorciaron porque ella se cansó de la obsesión que Carlos tenía con el trabajo y el dinero. Brenda creció en la casa de Temescal, donde se quedó a vivir con su madre y se acostumbró a ver a su padre solamente los fines de semana. Tal vez Brenda creció, como ella a veces bromeaba, con *daddy issues*, y quizá esa inconsistencia en la relación paterna la llevó de manera más o menos natural o espontánea a buscar relaciones sentimentales con hombres mayores que ella. Roberto, el júnior mexicano de quien se enamoró en Berkeley y a quien siguió hasta la Ciudad de México, era nueve años mayor que ella.

Es posible que un hombre o una mujer busquen relaciones sentimentales con personas más grandes que ellos simplemente porque eso es lo que su instinto, su curiosidad intelectual o su insatisfacción con amantes de su edad les ordena. En todo caso, lo que importa es que Brenda descubrió en Eduardo algo semejante a lo que descubrió en Roberto: madurez, sofisticación y aquello que ya mencionamos con anterioridad, una galantería desconocida, anticuada y, por lo tanto, encantadora.

Tres tequilas más tarde, Eduardo decidió que la conversación necesitaba música de fondo y, con un impulso parecido al de un director de cine que decide que ciertas secciones de su cinta deben ir acompañadas por las notas de un piano o de una guitarra, se levantó del sillón y puso un disco de Agustín Lara que hacía mucho tiempo no escuchaba. Brenda suspiró y se hundió por completo en el sillón, perdida en la poesía del momento. No era frecuente que estuviese a solas con alguien como Eduardo y como los elementos de la trama que se estaba desarrollando en ese momento (Ciudad de México, hombre maduro, bolero y tequila) no le eran familiares, la intensidad de su placer era extraordinaria. En ese instante, Brenda dejó de ser ella.

Cuando alguien deja atrás su vida, como ella abandonó su país primero y su vida con Roberto después, para despojarse de una piel indeseada, el propósito consciente o inconsciente es convertirse en otro; por ende, Brenda gozaba los momentos específicos en que esa otredad se manifestaba de manera tan sensual, con la intensidad de quien disfruta de algo placentero después de haber sufrido las privaciones de una condena en la cárcel. Tal vez no lo articuló así, pero desde algún lugar de su conciencia una voz le dijo: «Estás tomando tequila y escuchando boleros de los años cuarenta en la Ciudad de México. *Jeez*, *Brenda*, *this is so damn cool…*».

Cuando se despertó a las cinco de la mañana porque su cuerpo le exigió agua, Brenda no reconoció la cama ni la habitación donde estaba. Se dio cuenta de que estaba desnuda y recordó lo sucedido horas atrás.

—*Fuck* —dijo en voz alta.

Nunca se había acostado con un hombre casado. Nunca se había acostado con el esposo de una amiga. Caminó descalza hasta la cocina de la casa a buscar un vaso de agua y después entró al baño a orinar. Sentada en la taza sintió una mezcla de vergüenza, placer y deseo. Volvió a la cama, arrimó su cuerpo desnudo al de Eduardo y le pidió que volvieran a coger antes de que amaneciera. La culpa, se dijo, siempre puede esperar unas horas más.

7

Al día siguiente Eduardo descubrió que apenas podía controlar el remordimiento que comenzó a treparle desde la parte baja del estómago hasta casi cerrarle la garganta como una mano que quisiera estrangularlo. Tuvo suerte de que Violeta y Sebastián no se despertaron en la madrugada con una pesadilla o con sed, sino que siguieron durmiendo hasta que él y Brenda terminaron de lavarse el olor agrio del sexo y el sudor y de vestirse.

—¿Quieres que hablemos más tarde? ¿En la noche? ¿Quieres que pase por tu oficina?

Eduardo respondió que tenía que organizarse y que la buscaría en el curso del día para ponerse de acuerdo.

El teléfono sonó en el momento en que Brenda se despedía y cerraba la puerta. Era Marcela. Por un momento, Eduardo tuvo la idea absurda de que tal vez tendría que contarle a su esposa en ese mismo instante lo que había sucedido la noche anterior. Como la culpa era nueva, él todavía no sabía qué hacer con ese sentimiento desconocido; no había tenido tiempo de familiarizarse con él para administrar de manera eficaz la suciedad de la traición, para disfrazar con el aroma de lo normal la pestilencia de la infidelidad matrimonial, tan común, tan vulgar, tan barata. La culpa, esa clase de culpa, era un engendro extraño hasta entonces. Cierto, en su cerebro había un compartimento especial donde había tratado de esconder otras culpas, pero esta era demasiado reciente y la novedad le hacía sentir como si le hubieran puesto en los brazos una criatura monstruosa, un bebé maloliente y perverso que lloraba, gritaba e intentaba morderlo mientras él trataba de sostenerlo sin que se le cayese de los brazos; sus ojos incrédulos ante la presencia obscena de esa cosa repugnante, atroz, inmanejable, que le producía miedo y asco pero que no podía soltar, no debía abandonar, porque le pertenecía, era suya aunque él no lo quisiera. Así era esa culpa. ¿Qué le iba a decir a Marcela? ¿«Lamento informarte que el día que enterraste a tu madre me acosté con tu mejor amiga»? «Sí, en nuestra cama. Sí, al lado del cuarto donde nuestros hijos dormían. Ah, y me encantó, lo disfruté como un perro disfruta cogerse a una perra en medio de la calle».

A la una de la tarde su humor no había cambiado mucho. Llamó a César Trejo y le pidió que se reunieran a comer a las tres. Tenía la necesidad de hablar con alguien cercano y ese alguien tenía que ser César. ¿Por qué él y no Santiago? Porque Santiago le diría, con toda razón, que era un desgraciado, un hijo de la chingada que no tenía madre y le habría hecho sentirse como el ser humano más vil de todo México. Por eso tenía que ser César, el amigo que comenzó a tener amantes desde el primer año de su matrimonio con Julia y que contaba con toda la experiencia que él no tenía con ese tipo de asuntos sórdidos y lamentables. Eduardo llegó antes que su amigo al restaurante en donde César le sugirió que se juntasen porque le quedaba cerca de la oficina. Era un lugar viejo y decadente. Pensó que veinte o treinta años atrás tuvo que haber sido un lugar de cierto abolengo, pero ahora el lugar tenía el aspecto lamentable que tienen esos viejos cincuentones que hacen dieta, corren todas las mañanas, se pintan las canas y se compran ropa más o menos cara y más o menos de moda para aparentar una juventud que ya no tienen.

—¿Y qué vas a hacer? —La pregunta de César no era tanto una invitación a revelar la solución al drama por el que Eduardo pasaba en ese momento como una excusa para que su viejo amigo pudiera comenzar a darle una indicación de su estado de ánimo mientras se sacaba del pecho lo que había pasado la noche anterior.

—La verdad no sé, viejo. Esta niña es como una sobrina. Es como si me hubiera tirado a una hermana de Marce. Pero te juro que todo fue muy espontáneo y recíproco. Como si no supiéramos que realmente queríamos que eso pasara hasta que pasó. Todavía en la mañana, como a las cinco, nos dimos otro agarrón y la verdad es que los dos lo disfrutamos mucho.

—Me preocupa que te haya gustado tanto. —César tenía exactamente la edad de Eduardo, treinta y cinco años. Eran amigos desde que eran chicos, allá por los rumbos de Los Pirules, una colonia cerca de Satélite donde crecieron y jugaron juntos desde los cinco años los juegos de los chicos de una generación que creció sin internet: burro dieciséis, tochito, escondidas y pambol callejero. César se distinguió por ser el que primero tuvo novia, el que entendió antes que nadie el lenguaje misterioso de la relación heterosexual con niñas precoces como él, que lo encontraron atractivo y le dieron su tiempo y sus bocas—. Me preocupa que por esa razón vas a querer más y, si eso sucede, ¿qué vas a hacer cuando Marce vuelva? Ahora no hay bronca, supongo que tienes unos días para disfrutar tu luna de miel con esta chava hasta que Marce regrese.

—La verdad, no he pensado tan lejos. Estoy confundido y, como no es algo que yo haya planeado, me siento como perdido, sin mapa, sin rumbo, ni la más mínima idea de qué va a pasar. Estoy seguro de que ni Brenda y mucho menos Marcela se esperaban que una cosa como esta sucediera. Nadie piensa que su marido la va a engañar mientras entierra a su madre.

—¿Te acuerdas de que una vez me preguntaste cómo le hacía yo para vivir con la culpa de la infidelidad? Me estabas regañando por haberme clavado tanto con la chavita de Polanco, Sofi. ¿Te acuerdas de ella? Estaba guapísima, era súper inteligente y buena onda, pero durante el último año que estuvimos juntos las cosas se pusieron muy difíciles porque tuve que decidir si dejaba a Julia o terminaba mi relación con Sofi. Tal vez ya no te acuerdas, pero tú y Santiago me recordaban todo el tiempo que tenía a los enanos y que la diferencia de edad con Sofi iba a ser un problema en el futuro.

—No recuerdo qué pasó al final. Bueno, me acuerdo de que terminaste con ella, pero no recuerdo los detalles.

—Yo no terminé nada. Al final la Sofi se cansó de esperar que yo tomara una decisión y se fue con otro güey que la andaba rondando. Me dolió un chingo, cabrón, pero creo que fue lo mejor. Me tardé un buen rato en reponerme, ¿te acuerdas? Lloré y me arrepentí de no haber elegido a Sofi y no te voy a negar que todavía me duele no haberme ido con ella, no haber empezado todo de nuevo.

—¿Y por qué no hiciste eso? Ya no me acuerdo qué pasó.

—Por una razón muy simple: la esposa es tierra firme, Eduardo, tú lo sabes. Ve cuántos de nuestros amigos y conocidos se divorciaron. La verdad, yo no veo que después del divorcio estén mejor. Además, te conozco y no sé si vas a tener el estómago para mentirle a Marce y mantener una relación con Brenda. Creo que esto empezó mal, muy mal, y que lo que pasó tal vez fue muy rico y seguirá siéndolo por unos días, pero no va a poder continuar, al menos tal y como comenzó. La gringuita va a comenzar a actuar raro y cuando vuelva Marce, que no es ninguna pendeja, se va a preguntar por qué.

Eduardo tuvo miedo. Tuvo miedo de lo que Brenda podía hacer, miedo de que le dijera algo a Marcela. Tuvo miedo de que el orden al que estaba acostumbrado hubiera comenzado a derrumbarse de maneras que él todavía no podía ver y de que su vida, tal y como esta era apenas unos días atrás, ya hubiera cambiado. Todo parecía seguir igual pero no lo era. Todo, absolutamente todo se había infectado con un virus terrible que ya comenzaba a destruir los tejidos y los huesos que sostenían el cuerpo, sólido hasta entonces, de su familia. Se dio cuenta de que había plantado una bomba en su propia casa, de que era el terrorista de su vida.

César le aconsejó que hablara con Brenda y la convenciera de no decir nada. Era una mujer inteligente y tal vez él podría hacer que entendiera que lo mejor era no volver a tener contacto físico. Le dijo de manera enfática que tenía que convencerla de que no le dijera nada a Marcela, que le pidiera que pensara en los niños, que lo que había sucedido, el sexo, la conversación, el breve encuentro de los cuerpos, había sido placentero, bello, sincero, pero no podía suceder de nuevo.

—Dile que los dos —dijo César— entraron al paraíso por una noche y tendrían que estar agradecidos por ese privilegio. Que no tienen derecho a más. Yo ya usé esa metáfora y me funcionó muy bien. A las chavas les encanta la poesía.

—Okey. Voy a hablar con Brenda. Le voy a pedir que no le cuente nada a Marce y le diré que, a pesar de que los dos disfrutamos mucho esa noche, lo mejor es que no le sigamos.

—Está bien, y buena suerte con eso, Edu. Tal vez Brenda acepte, pero si el sexo estuvo tan rico como dices va a estar cabrón que no lo vuelvan a hacer, sobre todo si los dos están solos en la misma casa.

Eduardo no habló con Brenda. El sexo había sido tan bueno que no tenía ninguna intención de privarse de ese placer mientras pudiera convencerse de que tenía derecho a sentirse vivo.

8

Buenos Aires, 1998

Marcela tuvo la fortuna de que por unos días nada ni nadie interfirió con su duelo. Gabriel Moretti había muerto cinco años atrás y su memoria, su nombre y sus fotos le producían ahora un dolor quieto y agridulce. Dos días después del sepelio de su madre, comenzó a enfrentarse a una burocracia que era tan ineficaz que extrañó la mexicana, cosa que nadie en su sano juicio podía imaginarse que fuera posible. Puesto que se había ido de la Argentina tan chica, ya no tenía el famoso DNI o documento de identidad nacional. Supuso que lo había perdido o que estaría guardado en alguna caja en México y lamentó mucho no tenerlo, pues era indispensable para realizar todos los trámites relacionados con la sucesión. No tener el DNI la volvía invisible a los ojos de la ley argentina. Otra cosa que le faltaba era la habilidad de entender cómo funcionaba ese país.

Todo mundo en Buenos Aires pensaba que era mexicana, cosa que a Marcela le frustraba porque en México todos la trataban como argentina a pesar de llevar tantos años viviendo en la Ciudad de México. «No debo ser de ninguna parte», concluyó con enfado. Cuando pudo hacerlo, llamó a Eduardo y lo preparó para una ausencia más larga de lo previsto. Él le dijo que no se preocupara, que tenía todo solucionado, que todo estaba bien en México y que se concentrara en lo que tenía que hacer en Argentina. Los niños le pidieron que volviera cuanto antes porque la echaban mucho de menos y le rogaron que, cuando llegase el momento, no se olvidara de llevarles el mismo dulce de leche y los alfajores que la abuela Isabel siempre les llevaba cuando los iba a visitar.

Durante toda su vida, su madre tandilense habló despectivamente de los porteños, incluso cuando vivió en México, o sobre todo cuando vivió en México, puesto que para ella era muy importante que sus amigos y conocidos mexicanos supieran que ella no era de Buenos Aires, sino de la Pro-vin-cia de Buenos Aires, y que no toda la gente de Argentina era porteña, arrogante y majadera. Ahora Marcela desarmaba el departamento de una señora porteña en el Pasaje de la Piedad, un microcosmos de apartamentos antiguos escondidos en el corazón del viejo barrio de San Nicolás, donde Isabel y Gabriel se asentaron cuando ella lo convenció de volver a su país, cinco años después de que Raúl Alfonsín trajera de vuelta la democracia en el 83. Mientras sacaba las pertenencias de su madre de los placares para irlas guardando en cajas de cartón, Marcela imaginó con terror que algún día Violeta haría lo mismo con sus cosas, como si lo único que definiera nuestro paso por el mundo fuesen los objetos que elegimos para que nos acompañen hasta que llega la muerte. «Ese es nuestro destino», se dijo Marcela, «comprar mierda que acabará en cajas de cartón cuyos costados dirán con grandes letras negras: "ropa", "abrigos" y "álbumes de fotos"».

En medio del trabajo y la tristeza hubo una pequeña recompensa: en la cajonera antigua de la habitación de su madre, que seguramente había viajado en un barco desde Europa en el siglo XIX, Marcela encontró envueltas con primor en un pañuelo de seda las cartas escritas en inglés que su padre biológico, Amar Fergani, le envió a Isabel desde Ushuaia en febrero de 1965 para pedirle que se fuera con él hasta el fin del mundo, que lo siguiera hasta su cama fría y solitaria. Otras cartas de Amar tenían timbres y matasellos de lugares que ni ella ni su madre visitaron: Lyon, Estocolmo, Oslo y Marruecos. Otra carta, la más importante, se la había dejado su madre para que ella la leyera ahora que la muerte le estaba dando sentido final a la historia de esa vida que había terminado. La carta de la abuela Isabel explicaba la vida de Marcela como un producto legítimo del amor libre y espontáneo entre dos desconocidos. Por el contenido de las cartas, era claro que Amar no estaba al corriente de que Isabel había vuelto a Tandil embarazada y que nunca supo que tuvo una hija, ella, Marcela, que nació en el Sanatorio Tandil de la calle Sarmiento ocho meses después de volver a la casa de sus padres, enamorada pero asustada ante la posibilidad de viajar por el mundo con un chico que amaba, pero cuyo amor la conduciría a renunciar a todo lo querido en su vida: su familia, su casa, su lengua.

Isabel nunca se casó con Fabián. En aquellos años y en un lugar como Tandil era imposible que su novio le perdonara el haberse quedado embarazada de un extranjero y, además, un extranjero como Amar cuya piel no era negra, pero que para cualquier argentino blanco común y corriente nunca dejaría de ser un «negro de mierda». Cuando Fabián la rechazó luego de que ella le dijera que estaba embarazada, Isabel se preguntó si su novio habría aceptado criar al hijo de un europeo, un bebé que fuera blanco como ellos. Cuando nació Marcela, Isabel decidió que apenas le fuese posible se iría a vivir a Buenos Aires porque no aguantaba la pequeñez de Tandil, las miradas acusatorias que la seguían cuando salía empujando el cochecito con la niña de piel color oliva adentro. El día en que Marcela cumplió dos años y la pudo dejar en casa de sus padres, Isabel volvió a la escuela a estudiar una carrera universitaria; al año de haber comenzado sus cursos del profesorado de Historia en la Facultad de Humanidades, conoció a un joven profesor de pelo largo y barba que hablaba con entusiasmo de Marcuse y de un tal Julio Cortázar. Moretti, como todos sus amigos le decían, había llegado a Tandil proveniente de La Plata a enseñar Ciencias Políticas y se enamoró de ella sin importarle que fuera madre soltera. En el verano del 69 se casaron en una ceremonia que su madre quiso que se celebrara en Las Acacias, el campo de su padre, rodeados por los familiares más cercanos y unos cuantos amigos de Moretti, la mayoría de ellos colegas suyos de la Unión Cívica Radical, críticos de la dictadura militar de Juan Carlos Onganía, el enemigo número uno de las minifaldas inmorales y el pelo largo. Apenas Isabel concluyó sus cursos de licenciatura, la pequeña familia se mudó a la Capital Federal, donde Gabriel consiguió una plaza en la Universidad de Buenos Aires. Era 1972, Marcela tenía seis años y no quería irse lejos de sus abuelos, pero ellos mismos la subieron a su auto y manejaron cinco horas y media detrás del auto donde iban sus padres para llevarla hasta su nuevo apartamento en un edificio de la calle Paraná, en pleno microcentro, contentos de que su hija y su nieta hubieran encontrado un hombre que las quería a pesar de que en aquellos años de la Argentina conservadora y católica una madre soltera estaba condenada a la soledad y al desprestigio.

El pasado estaba en los cajones, en esas cajitas donde su madre guardaba documentos, cartas, alhajas valiosas y antiguas, bisutería, llaves que Marcela no sabía qué puertas abrían, fotos de gente que ella no conocía, de sus abuelos, y sobre todo la foto de un hombre de piel oscura y de facciones gentiles que ella identificó como su padre, pues ella tenía las mismas cejas pobladas, los mismos labios finos. Se sorprendió una vez más de que nunca sintió el mínimo interés por conocer a ese hombre misterioso y lejano. Posiblemente porque Gabriel ocupó de una manera total el espacio que un padre debe de ocupar en la vida de una hija, y pensar en Amar, que era un fantasma, habría sido una traición. Quizá porque su existencia nunca fue un secreto y, desde que ella tenía memoria, Isabel siempre le dijo que su padre había sido un científico viajero que se fue a vivir muy lejos y al que ella apenas conoció. Los secretos son engendros de la vergüenza, e Isabel nunca se avergonzó de sus sentimientos y sus decisiones; nunca quiso ocultar nada porque no había nada que ocultar. Cuando Isabel aún vivía en Tandil y se sentaba en el café La Vereda a tomar algo con la niña, ella un cortado en jarrito y la nena un jugo de naranja, o cuando caminaban por la avenida General Rodríguez o por la calle 9 de Julio rumbo a su casa y se encontraba con algún conocido, siempre lo miraba de frente y le hablaba de la hija con el orgullo de quien no tiene nada que ocultar. Ese orgullo lo heredó Marcela, y le dio la fuerza que necesitaría más adelante para tomar la decisión que tomó cuando se enteró de que su mejor amiga y su marido eran amantes.

9

Tromsø, 2018

La tarde de su segundo día en Tromsø, la joven dependiente inglesa de la tienda donde Eduardo entró a comprarse un suéter de lana, le recomendó el restaurante junto a la catedral («No es el más popular entre los turistas *foodies*, pero es al que van las familias locales»). Ahora, sentado en una mesa para dos junto a la ventana de Emma's, tuvo que recordarse a sí mismo que las sonrisas y las gentilezas que las mujeres de esa edad le ofrecían estaban más relacionadas con la cordialidad implícita en una transacción comercial que con cualquier otra cosa. ¿Qué otra cosa? Algo que poco a poco había desaparecido de su vida a medida que su edad avanzaba: el conocido cosquilleo de la seducción, el juego espontáneo del coqueteo inofensivo pero lleno de posibilidades, el espacio enigmático y oscuro que la puerta entreabierta de la fantasía ofrece a las hormonas y a la imaginación, la promesa del sexo, que después de los cincuenta poco a poco se esfuma, se desvanece.

Eduardo fue un hombre razonablemente atractivo toda su vida y estaba acostumbrado a gustarles a las mujeres, pero ahora tenía cincuenta y cinco años y un diagnóstico de cáncer. La sonrisa que componía para que fuese fresca y espontánea, así como la ropa juvenil y cara, no lograban el efecto deseado de compensar el resultado del proceso natural de envejecimiento al que todos los humanos eventualmente tenemos que resignarnos. Por el contrario. Para las mujeres de esa edad (¿cómo se llamaba la joven inglesa? Ah, sí, Nancy, y era una mujer agradable, inteligente y bella que había llegado de Sheffield a cursar en la universidad una carrera de estudios escandinavos), el encuentro ocasional con hombres como Eduardo demostraba, si es que elegían verlo desde ese punto de vista, un cierto patetismo masculino que no dejaba de ser encantador. Unos años atrás, cuando su cuerpo y su apariencia eran otros, Eduardo tuvo aquella relación con una diseñadora de interiores, Marisa, que en aquel entonces tenía veintinueve y ahora debía tener treinta y tres o treinta y cuatro, calculó. La llevó, todos los gastos a cuenta de él, a Nueva York, a Costa Rica, a Las Vegas y a Playa del Carmen. Cuando la conoció y comenzaron a salir primero y a acostarse después, Marisa le dijo que no quería casarse, que no quería tener hijos. Eso fue cierto hasta que dejó de serlo. Terminó odiándolo cuando él le dijo que a su edad prefería no comenzar de nuevo a criar chicos.

La mesera (amable, inglesa como Nancy, cosa que le hizo sospechar que ese rincón helado de Noruega era un destino popular entre las inglesas que no se imaginaban que un día el Brexit vendría a arruinarles su destino europeo) dejó un vaso de agua sobre la mesa y le preguntó si estaba listo para ordenar.

—¿Qué recomiendas?

—Si quieres algo típico de por acá, debes probar el filete de ballena.

Eduardo se sorprendió de que un animal cuyo consumo tendría que estar prohibido fuese ofrecido de manera tan casual. Con toda certeza tendría que haber una explicación.

—Tengo entendido que comer carne de ballena no es legal —dijo Eduardo apelando a su lado más verde y progresista.

—No te preocupes, esta es una especie de ballena que se cría para el consumo humano.

El tono casual y seguro de la mesera le hizo pensar que ella sabía algo que él no sabía. La duda era enorme, pero Eduardo consideró que nunca más tendría la oportunidad de comer ballena y especuló que si pedía otra cosa se arrepentiría más tarde.

—Okey. Filete de ballena —dijo Eduardo.

La mesera sonrió y se fue a poner la orden. Hacía calor en el restaurante y Eduardo se sacó el suéter que Nancy, la chica de Sheffield, acababa de venderle, una hermosa prenda de lana de *Dale of Norway* con agregados discretos de piel de alce, y se sorprendió de que por primera vez en lo que iba del día no se sentía abrumado por la pesadez y la oscuridad de ánimo con que comenzó el viaje. ¿Sería el suéter? ¿Las sonrisas inglesas? ¿El filete de ballena?

Frente a él, una familia noruega disfrutaba los últimos minutos de su comida. Una abuela que debería estar rondando los cien años. Hijos de setenta o más. Nietos de cuarenta y una mujer muy joven. Una familia vieja que le hizo pensar en la suya, desintegrada, dispersa por el mundo, fracturada. Pero esta familia estaba junta. «Tal vez», se dijo Eduardo, «uno nunca tendría que irse. Tal vez uno tiene que criar a los hijos con la convicción de que nunca deben abandonar el lugar donde nacieron».

Al otro lado de la ventana estaba la catedral gótica de madera de Tromsø, erguida en el centro de la plaza Kirkeparken en 1861 e inaccesible en ese mayo del 2018 porque la municipalidad estaba haciendo reparaciones y las veredas que conducían a ella estaban bloqueadas con una cinta amarilla de plástico que impedía el tránsito al interior de la plaza. A Eduardo le importaban un bledo esa catedral de madera y la que estaba al otro lado de las aguas heladas del estrecho de Tromsøysundet, la catedral del Ártico, porque no había ido a Tromsø a hacer turismo. Las veía desde la ventana del hotel o desde casi cualquier punto de la ciudad, pero no visitaba catedrales ni iglesias desde hacía mucho tiempo. A diferencia de su hermano Ramón, él no era católico y su limitada relación con Dios nunca tuvo intermediarios institucionales. Por la empinada calle Kirkegata bajaron unos chicos en *skateboards*, señoras con las bolsas del mandado, algunos turistas decepcionados por la falta de acceso a la catedral, gente local que instintivamente volteaba hacia el restaurante al sentirse observada. Un camión rojo se detuvo del otro lado de la calle. Era el camión de la basura.

Con una sonrisa que a él le pareció hermosa, la mesera depositó frente a él el filete de ballena. Por unos instantes Eduardo contempló el color y la textura de la carne. Era un plato arreglado de manera tan primorosa que Eduardo estuvo tentado de tomarle una fotografía con su teléfono, pero no lo hizo porque no tenía a nadie con quien compartirla. «La ballena no es un pez, es un mamífero», recordó. La carne era oscura, parecida a la del atún. A lo largo de su vida, Eduardo había comido cosas que seguramente nadie había comido nunca en esa ciudad remota del Círculo Ártico: chapulines, gusanos de maguey, escamoles, pero esta era la primera y última vez que iba a comer ballena. Pensó en Moby Dick porque era lo más obvio en ese momento. Pensó en el dominio de los humanos sobre las otras especies de animales de la tierra. Pensó en crímenes milenarios. Pensó en Brenda, pero apartó de inmediato el pensamiento. El filete olía a gloria. La mesera se acercó una vez más.

—¿Te gustó?

—Todavía no lo pruebo, estoy anticipando su sabor.

La inglesa le sonrió y se dio la vuelta para continuar atendiendo otras mesas, que a esa hora del día no eran muchas. Eduardo sacó la libreta donde venía tomando notas desde que salió de la Ciudad de México. Era una libreta marca Ideal que compró en Oaxaca porque ya no las vendían en la Ciudad de México. Cuando era joven esas libretas estaban a la venta en todas las papelerías de la ciudad. Las dejó de usar durante muchos años porque las sustituyó por marcas extranjeras, hasta que un buen día decidió que las mejores eran estas: las modestas, cómodas y resistentes libretas Ideal. Cuando quiso volver a ellas, ya no estaban en ningún lado. Por años entró a todas las papelerías de la ciudad, sobre todo las del centro, pues sospechaba que las encontraría en los establecimientos más antiguos de la ciudad. Sin embargo, los empleados nunca sabían informarle por qué razón habían desaparecido de sus estantes. No fue hasta que un día, en una papelería del centro de la ciudad de Oaxaca a donde había ido con Marisa para ver la Guelaguetza, las encontró. La dueña del establecimiento le refirió la historia de lo que había pasado con la compañía y le contó por qué ella sí las vendía. Compró diez libretas, las suficientes para muchos años de notas y apuntes, tantos que nunca alcanzaría a llenarlas.

La comida le pareció extraordinaria. Pero un ápice de culpa, una voz interior que le reprochaba cada bocado que se metía a la boca, le impidieron disfrutar de manera irrestricta el que pudo haber sido el mejor platillo que había comido en mucho tiempo.

Cuando terminó de comer, pagó, se puso el suéter nuevo y volvió a salir a las calles frías de Tromsø. No estaba haciendo turismo, se repitió, pero no pudo resistir la tentación de recorrer el centro de la ciudad. Caminó por Storgata y llegó hasta el Museo Polar. En la entrada sobre un pedestal estaba el busto de un tal Roald Amundsen. Había escuchado el nombre, posiblemente en algún documental en la televisión, pero no tenía ganas de entrar a ese ni a ningún otro museo. Dos días atrás, mientras miraba por la ventanilla del avión el extraordinario paisaje de las montañas noruegas y las docenas de islas de la costa de la península escandinava, pensó en la ironía de que la vida de su hija había comenzado en el lado opuesto del planeta, en la Tierra del Fuego, gracias a la abuela muerta que siguió hasta aquella isla a un joven científico africano y al hacerlo movió la primera ficha en el tablero del destino de su nieta, que ahora estaba en otra isla en otro continente al otro lado del mundo. Era como si al dejar Tandil para irse a Ushuaia la abuela le hubiese dictado una orden a la sangre futura de sus descendientes mujeres, que terminarían ligadas a extranjeros con los que no tendrían más que relaciones finitas como la suya, condenadas a terminar en algún momento. La abuela y el africano, su hija y el mexicano, y ahora Violeta, posiblemente con un noruego que él no conocía, aislada de todo, refugiada en un lugar inhóspito, lejano, casi inaccesible, perdido en el norte más distante del mundo. ¿Por qué supuso que había un hombre de por medio? Eduardo no se dio cuenta de ese sinsentido.

Una vez más, deseó que Sebastián estuviese a su lado porque en algún momento de su caminata la mirada curiosa de una pareja de ancianos que venían tomados del brazo con una bolsa del supermercado le recordó su extranjería. La mirada le trajo a la memoria algo que Marcela a veces decía: «No hay nadie más solo que un extranjero sin familia». Ahora él era el extranjero, más por el rechazo de su familia que por su circunstancia geográfica. Cuando era chico, Sebastián lloraba por su madre todas las noches hasta quedarse dormido y con frecuencia lloraba en la escuela, aunque haciendo un esfuerzo para que nadie lo viera. Dejó de hacerlo porque algunos de sus compañeros se burlaban de él («Mariquita sin calzones, te los quito y te los pones...») y, como no tenía un gramo de violencia en el cuerpo, no quería agarrarse a golpes como lo exige el protocolo de la agresión escolar mexicana, donde los niños más prepotentes, aquellos que al crecer se convierten en machos alfa, golpeadores de esposas, oficinistas acosadores, políticos corruptos o empresarios explotadores, comenzaban a ejercer sus oficios violentos. Sebastián, perdido en el submundo de la agresión y sin manera de entenderlo ni aceptarlo, eligió la soledad, los libros, el cine, el dibujo, todas esas cosas que eligen los inadaptados. Ahora a Eduardo le habría hecho tanto bien la compañía de su hijo, quien no le habría permitido que ordenara esa carne de ballena por mucho que le hubieran jurado y perjurado que era legal comerse a todas las ballenas de esa región del mundo.

De vuelta en el hotel, Eduardo no pudo resistir la tentación de hacer una búsqueda en Google para enterarse de cómo estaba regulado el consumo de la carne de ballena en Noruega: lo que encontró le hizo sentirse culpable, como si él hubiese sido el pescador que se asomó a la proa del barco con el arma letal para arponear a la ballena que él profanó una hora antes. Las noticias de las ballenas eran tan negras que intentó vomitar la comida, pero no pudo. «No importa. De todos modos, en algún momento voy a vomitar hasta la puta vida», se dijo.

El plan que Eduardo imaginó en el avión que lo llevó de México a Frankfurt consistía en llegar a Tromsø, descansar una noche y al día siguiente alquilar un auto para manejar los setenta minutos que lo separarían de su hija. Pero ahora parecía estar buscando excusas para posponer el encuentro. El segundo día transcurrió casi sin que él se diese cuenta. Se sentía débil. Su cuerpo le recordó que todo había cambiado y que, a partir del diagnóstico de cáncer, los planes ya no consistían en simples proyectos por cumplir sino en especulaciones. Eran las siete de la tarde y estaba cayéndose de sueño. Las horas de diferencia con la Ciudad de México, el sol de medianoche, la fatiga del viaje, pero sobre todo la debilidad de su cuerpo, que poco a poco estaba siendo destruido por el tenaz trabajo de esas células asesinas, todo se había combinado para hacerlo sentir viejo y vulnerable. Escribió en la libreta: «Mañana saldré a primera hora. A eso vine, a ver a mi hija por última vez y a pedirle perdón por lo que hice y lo que no hice». Luego se puso a leer un libro y se quedó dormido. A la media hora se despertó porque en su pesadilla sus manos estaban en el cuello de Brenda. Con un estremecimiento, se levantó a orinar y a tomar agua. Volvió a la cama y a los pocos minutos se volvió a quedar dormido. Después de un rato se despertó de nuevo y pensó en sus manos en el cuello de Brenda. Ya no pudo dormir.

Al día siguiente Eduardo bajó al restaurante del hotel a desayunar. Los comensales eran, o parecían serlo, escandinavos en su mayoría. Había un grupo de alrededor de treinta personas que tendrían apenas unos pocos años más que él. Posiblemente eran los integrantes de una excursión de jubilados. En algún lugar leyó que los habitantes de los países escandinavos eran los más felices del mundo. «No es posible», se dijo mientras tomaba la primera taza de café y observaba a esa gente feliz, «que Violeta esté aquí por una razón tan abstracta. Eso no es posible, simple y sencillamente porque Violeta no cree en la felicidad. No mi Violeta, que nunca va a tener hijos porque desprecia a la humanidad y la vulgaridad profunda que encierran nuestras ambiciones mezquinas. Violeta, que a los doce años decía que, si ella fuera la princesa de los cuentos, secuestrada en la torre de un castillo, le ordenaría a su dragón que matara a todos los insolentes que se acercaran a las puertas de la fortaleza porque jamás iba a permitir que un hombre la sacara del lugar donde ella había creado el refugio perfecto para protegerse de la estupidez del mundo. Violeta, que no tiene novios ni amantes y que nunca va a tener hijos. Pero tal vez la felicidad de Violeta no es como la del resto de los humanos». En ese preciso momento, Eduardo se acercó por primera vez en su vida a entender un poco la gran incógnita que su hija representaba. La felicidad de Violeta no era como la del resto de nosotros. Aquello que le daba placer o le causaba satisfacción tenía otro nombre que él desconocía. Existía dentro de los límites de la mente de su hija, pero no tenía nombre.

Hacía tiempo que a Eduardo no le interesaba cuestionarse si él había sido feliz o si todavía existía en el mundo algo que pudiera acercarlo a ese sentimiento. Por costumbre, se paraba frente al espejo todas las mañanas después de bañarse, se lavaba los dientes, se afeitaba, se peinaba y se vestía. Por costumbre, seguía haciendo el esfuerzo de ser cordial, amable, meticuloso en las cosas de todos los días, pero lo hacía como un acto reflejo y sin pensarlo. La mayoría de los humanos estamos conscientes de nuestra relación con el concepto de la felicidad porque esta se ha vuelto una obsesión cultural de la que es difícil librarse. Buscamos ser felices, pero intentamos serlo de la manera más rápida y conveniente. Lo que define nuestros tiempos no es la búsqueda intelectual de la felicidad, sino la impaciencia con que intentamos gratificar nuestros deseos, ya que en esta satisfacción instantánea hemos encontrado el sustituto perfecto de la dicha. La impaciencia es uno de los resultados más nefastos de nuestra relación con la tecnología, puesto que esta nos prometió la comodidad y la conveniencia del acceso inmediato a todo lo que queremos. Nos acostumbramos a apropiarnos de los objetos múltiples de nuestro deseo apenas nuestra imaginación o nuestro bolsillo los invoca. El teléfono inteligente, la conexión rápida y la computadora personal nos regalaron el incomparable éxtasis de cancelar la espera: nuestros son el mapa, la música, la imagen, la biblioteca de Babel de Wikipedia, la sabiduría infinita del todopoderoso y omnisciente Google, el mercado milagroso y tan infinito como el mismo universo de Amazon, el entretenimiento ilimitado de Netflix y el disfrute inmediato de todos los juegos que nos prometieron incrementar nuestra capacidad mental y distraernos para no tener que pensar nunca más en nosotros mismos ni en nuestra relación incómoda e insatisfactoria con el universo. Ese contrato sagrado de acceso y placer inmediato es la expresión más sofisticada de la felicidad que nos ofrece el agujero negro de la pantalla diminuta: la música, el video, el meme, el mensaje de texto, el Aleph milagroso que es el iPhone, que nos ha convertido a todos aquellos que podemos pagarlo en los herederos legítimos y desafortunados de Carlos Argentino Daneri (un nombre que siempre se puede googlear para salir de la duda).

Cuando terminó su desayuno, Eduardo salió del hotel y se sentó en una banca cercana, frente a las aguas del estrecho helado, sus ojos perdidos no en la catedral del Ártico ni en las montañas en cuyo regazo fue construida la iglesia, sino en la especulación. Sabía que Noruega era un país rico en petróleo, como México y como Venezuela. Sabía que los gobiernos de Escandinavia eran en su mayoría monarquías gobernadas por alianzas entre el gobierno, las corporaciones y los sindicatos de trabajadores. «Esto», recordó, «se llama el modelo nórdico». Cuando llegó a Oslo le impresionó la opulencia del aeropuerto y la apariencia de bienestar económico general que exudaba la gente que entraba y salía de las inmensas tiendas de *duty free*, las puertas de abordaje y salas de espera. Vio africanos, musulmanes, mujeres con velos y otras con burkas, pero sobre todo un mar de pelo rubio y piel blanca. Eduardo siempre creyó que era blanco porque pertenecía a la clase media alta mexicana, que por definición se considera blanca en un país de mestizos oscuros e indígenas, pero la blancura escandinava era muy diferente a la de América Latina, más mediterránea y mezclada con la sangre de muchas etnias.

Cuando llegó a Tromsø, se subió a un autobús que lo llevó del aeropuerto al hotel y en el trayecto entraron a un túnel que era en realidad dos túneles de tres kilómetros y medio de longitud. Cada túnel tenía dos carriles. Lo que más le impresionó a Eduardo fue que estas obras portentosas de ingeniería habían sido realizadas bajo el mar, a profundidades que llegaban a los cien metros. Ese túnel era posible gracias al enorme talento de los ingenieros noruegos y a las fabulosas cantidades de dinero generadas por la industria del petróleo. La misma existencia de Tromsø era posible gracias a esa riqueza; de otra manera, ¿quién querría vivir en el norte más lejano del mundo, en una ciudad donde por meses enteros no había oscuridad y por otros tantos no salía el sol? Tromsø no era una aldea pequeña perdida en medio de la nada sino una ciudad hecha y derecha, con una universidad importante, industria respetable, museos, restaurantes y una de las bibliotecas públicas más hermosas que Eduardo había visto en su vida. Pensó que tal vez ese era el secreto de la felicidad: vivir con seguridad financiera, confianza en el gobierno, en la sociedad civil, en las instituciones; tener la certeza de que el futuro no es una incógnita, poder pagar las cuentas, disfrutar de acceso gratuito a la educación y a la salud, vivir sin miedo y todo eso a cambio de hacer bien las cosas, ir a la escuela, trabajar y pagar impuestos; es decir, cumplir la parte correspondiente del contrato social y vivir una vida digna. «Ese debe ser el secreto del *hygge* escandinavo», concluyó Eduardo mientras sacaba su libreta para tomar unas notas sobre la felicidad de los países más ricos del mundo. ¿Y la suya? ¿Dónde mierdas había quedado su puta felicidad?

10

Ciudad de México y Buenos Aires, 1998

Los anacronismos son inofensivos hasta que su falsa inocencia los vuelve peligrosos. Posiblemente el error de Eduardo fue el haberse convencido de que podía comportarse como un caballero del novecientos a finales del siglo XX, cuando lo que más necesitaba el mundo eran hombres de su tiempo y no versiones caducas de gentilhombres. En 1998 nadie le dijo a Eduardo que un caballero tenía la obligación de mentir porque los hombres verdaderos mienten cuando es necesario. Nadie le dijo que la narrativa de la honestidad siempre ha sido la defensa de los hombres débiles que la esgrimen como excusa para sacarse la culpa de la cabeza y las tripas.

Los seres humanos somos imperfectos por definición y Eduardo no entendió, en uno de los momentos más importantes de su vida, que esa imperfección es indispensable para nuestra supervivencia. Para él, la prueba de fuego no fue la infidelidad misma, sino la manera pueril en que se enfrentó a su traición una vez que él y Brenda cometieron la transgresión del adulterio. Tal vez Eduardo pudo haber salvado su matrimonio si no hubiese cogido el teléfono para confesar el desliz con Brenda, aunque siempre es posible suponer que en realidad no quería salvar su matrimonio: la tentación de destruir lo más importante que tenemos, de elegir el fondo oscuro del precipicio como respuesta a la crisis, es casi irresistible para los humanos. ¿Sospechó acaso que, como él, Marcela buscó en otra persona el placer físico que últimamente ellos no se daban?

Eduardo tuvo que haber entendido que, como él, Marcela estaba expuesta a otras relaciones, en especial después de la muerte de su madre, cuando el sexo se convierte en la necesidad más apremiante de los deudos, de los supervivientes. Pero pocos días después de que comenzó la tortura de la culpa, Eduardo decidió transferirle el sufrimiento a su esposa y utilizó la falacia de la honestidad al decirse que, para ser íntegro, un caballero siempre debe aspirar a la verdad y a la pureza.

La llamada duró menos de un minuto. En menos de un minuto Eduardo destruyó su matrimonio y el futuro de sus hijos.

Marcela venía llegando del Banco Nación, molesta porque no tenía la más mínima idea de lo humillante y absurda que podía ser la experiencia de ir a un banco argentino a realizar una operación bancaria. En la máquina contestadora había un mensaje breve de Eduardo: «Llámame cuando puedas, besos». Marcela fue al baño y estaba a punto de coger sus llaves para bajar al locutorio cuando sonó el teléfono.

—¿Hola?

—Hola. ¿Marce? Eduardo.

—Acabo de entrar, iba a bajar al locutorio ahora mismo.

—No, no te molestes. Mira, te voy a decir algo que no te va a gustar.

Marcela no dijo nada. Conocía ese tono de voz y sabía que lo que su marido le iba a decir sería desagradable, algo que ella no quería escuchar pero que él le diría de todos modos. Recordó la última ocasión que Eduardo le dijo las mismas palabras: «Te voy a decir algo que no te va a gustar»; fue el día en que renunció a su trabajo sin consultarla. Estuvo sin ingresos por más de un mes hasta que pudo resolver su situación laboral en la firma de otro arquitecto amigo suyo. Ahora Marcela se imaginó que se trataba de algo semejante.

—Brenda y yo tuvimos relaciones sexuales.

Marcela entendió de inmediato que con esas palabras Eduardo les estaba prendiendo fuego a todos los años de su matrimonio y que no había nada en el mundo que pudiera causarle más daño del que esas seis palabras le estaban causando. Por un instante tuvo la tentación de decirle que ella también se había acostado con otra persona, pero no lo hizo porque ella sí sabía que la mentira tiene una función específica en nuestras vidas y que es tan necesaria como la verdad, tan importante como la explicación y tan valiosa como el silencio.

Marcela preguntó cuándo se habían acostado y Eduardo dijo que al día siguiente de su partida. Más allá de ese dato banal, no escuchó nada más porque algo pesado y oscuro le cayó sobre la cabeza y los hombros y comenzó a asfixiarla. Eduardo habló hasta que ella le colgó el teléfono. Él marcó de nuevo el número de Buenos Aires, pero Marcela desconectó el aparato después de cinco minutos, harta de ese sonido y de la insistencia de su marido, que era incapaz de esperar, de concederle tiempo a otras personas, de respetar el espacio y el tiempo de los demás. Su madre tenía el teléfono sobre una mesita ratona, al lado de un mueble donde estaba el viejo estéreo de su infancia. Cuando dejaron la Argentina, en 1977, ella tenía doce años. Recordó que Isabel le dio una valija para que guardara sus cosas personales, las que no se iban a llevar a México, las que quería guardar para cuando volvieran a Buenos Aires.

—Ya sé que no te querés ir, Marce, pero es nada más por unos meses, hasta que podamos volver. —Isabel no tenía la más mínima idea de cuánto tiempo estarían fuera de su país y Gabriel tampoco, pero la oferta de dar clases en México era la única oportunidad de empleo que él tenía y no se podían dar el lujo de despreciarla. Si se quedaban, sería cosa de semanas o meses antes de que un Falcon negro se detuviera frente a su casa en la noche para que tres o cuatro sujetos se lo llevaran. O se los llevaran a él y a Isabel. Marcela metió a la valija sus discos, unos juegos de mesa. Los libros que no la acompañarían. La cajita donde tenía sus tesoros de infancia. Dos muñecas que habían sido de su bisabuela alemana. Y ahora, más de veinte años después, perdido entre los discos de su madre en el mueble del estéreo estaba el álbum de Sui Generis que Isabel no le quiso comprar porque Charly García y Nito Mestre eran unos drogadictos, y que su tía Graciela le regaló en 1976. El disco se llamaba *Vida*. Marcela encendió el viejo tocadiscos que, junto con aquella maleta y otras cosas, quedó almacenado por muchos años en un cuarto de enseres de Las Acacias, el campo de su abuelo en Rauch, aguardando su regreso. Puso el disco a todo volumen y por espacio de una hora lloró desconsoladamente y cantó «Canción para muerte», hasta que la vecina del apartamento de abajo comenzó a golpear el techo con el palo de la escoba.

11

Tromsø, 2018

El tercer día no salió del hotel más que para alquilar el auto. Inició la mañana del cuarto día vomitando en el baño. Eduardo sabía que el motivo de su náusea no era el cáncer, sino el espejo. Vomitó y volvió a la cama. Llevaba tres noches sin dormir. Tres noches pensando en Brenda y en Marcela. En Violeta y Sebastián. Decir tres noches sin dormir quizá sea exagerado, pero dormitar, cerrar los ojos, dejarse vencer por el agotamiento por diez, quince, treinta minutos, cinco o seis veces a lo largo de una noche, no es dormir. Dormir es dejar la realidad, es salirse de ella. Dormir profundamente es, dicen algunos, una forma de morir sin dejar el mundo: es un ensayo para la muerte. Tal vez por esta razón nos causa espanto ver a una persona amada, a un hijo o a nuestra madre, profundamente dormida, porque el rostro del sueño absoluto se parece demasiado al de la muerte. Es común escuchar a alguien que, al ver a un muerto, dice: «Parece que duerme». Pero los muertos no duermen ni sueñan que están vivos. Sólo quienes duermen pueden soñar con la muerte.

Harto de dar vueltas, Eduardo se levantó de la cama. Eran las seis y tres de la mañana en el reloj del hotel que, como nunca, se había convertido en velador, en perro guardián. Lo consultó diez, veinte veces a lo largo de la noche inexistente, asomándose de vez en cuando a ver el sol absurdo de las dos de la mañana, el de las tres y media, el de las cuatro y cuarto. Eduardo, que había estado casado con una mujer argentina criada con postigos y oscuridad absoluta durante la noche, se había acostumbrado a que a su recámara no entrara ni un rayo de luz. Uno adopta los hábitos de aquellos con quienes vive más de lo que se da cuenta. Marcela se habría preguntado con auténtico azoro: «¿Cómo es posible que el hotel no tenga postigos o cortinas que oscurezcan de manera absoluta la habitación si el sol nunca se mete en este pueblo?». La luz se alcanzaba a filtrar por los costados de las cortinas pesadas, pero Eduardo entendió que si seguía despierto no era solamente por culpa de la luz, ya que él llevaba su antifaz y sus tapones para los oídos que utilizaba en los viajes. No era la luz, era la conciencia de que había luz; el conocimiento de que en la intimidad del Círculo Ártico los días del verano duraban veinticuatro horas y eso iba en contra de todo lo que su cuerpo sabía, un cuerpo hecho y criado en el sur, entre el trópico de Cáncer y el ecuador, e ignorante de esos caprichos de la luz y de la geografía.

Hay cosas que uno no decide, hay cosas que solamente las decide el cuerpo. Uno, por supuesto, no piensa en todas las cosas que son diferentes en lugares lejanos como Toronto, Somalia o Moscú cuando se levanta en la mañana y se sirve el primer café del día. ¿Quién tiene tiempo o ganas de estar pensando a qué hora se pone el sol en el Círculo Polar Ártico? Y cuando las cosas en las que uno nunca piensa le suceden a uno, uno entonces dice: «Pues claro, esta es la vida normal de todos los días para todos los que viven en esta ciudad fría, acostumbrada a los climas extremos, a vivir en el margen, lejos del centro, de todos los centros, en la periferia más distante, en la orilla fría del mundo».

El auto que alquiló el día anterior en Hertz era un Kia diminuto, igual a todos los autos diminutos y baratos del mundo. El empleado le dijo que ya no vendían mapas en el establecimiento. «Ya nadie los compra». Nadie en el mundo necesitaba mapas de aquellos que uno desdoblaba y nunca podía devolver a su forma original. Mapas que se acumulaban olvidados y envejecidos en la guantera, en los compartimentos de las puertas o del respaldo de los asientos delanteros y que en su momento fueron verdaderos tesoros que nos llevaban al poblado que siempre quisimos visitar en unas vacaciones que resultaban inolvidables por las cosas buenas y malas que suelen pasar en las vacaciones. Ahora Google Maps se había apoderado de la información de nuestros destinos y de nuestra manera de movernos por el mundo con voluntad propia, libertad e independencia. Hasta hace poco Eduardo no sabía que Google mantenía un itinerario detallado de cada uno de sus pasos. Si el celular estaba encendido, la aplicación registraba cada calle y cada lugar visitado. Google sabía si el dueño del teléfono había recorrido cierta distancia en autobús o caminando. Sabía a qué café entrabas, en qué restaurante te comiste la ensalada y los fideos. «Esta chingadera sabe demasiado», pensó Eduardo mientras salía del ascensor y saludaba al empleado de la recepción, que era un hombre español que se refería a los noruegos como «cornudos», cosa que a Eduardo le hizo pensar que había inmigrantes que justificaban la xenofobia de los nativos. Después entró al restaurante del hotel a desayunar algo antes de salir a buscar la casa de Violeta, o la casa donde vivía Violeta.

12

Buenos Aires, 1998

La idea le vino de repente en la esquina de Talcahuano y Santa Fe. Marcela había ido al bazar, no al más cercano, sino al que siempre iba su madre cada vez que necesitaba algo para la casa, a buscar un rallador de queso. La noche anterior, luego de comprar ñoquis para la cena en la fábrica de pastas de la calle Montevideo, se sintió casi traicionada por no haber podido encontrar por ningún lado de la cocina de su madre muerta un rallador de queso. Estaba tan vulnerable que se descubrió primero molesta y luego indignada, porque ¿cómo mierda puede vivir una persona en Buenos Aires, donde lo único que se come son fideos, y no tener un puto rallador de queso? Tiró los ñoquis a la basura y se puso a llorar con un desconsuelo huérfano y profundo. Al día siguiente salió del viejo bazar de Marcelo T. de Alvear con el artefacto nuevo envuelto en papel y se puso a caminar con la intención de llegar hasta alguna librería a buscar algo que leer porque necesitaba distraerse y hacía años que no leía a ningún escritor argentino.

En la esquina de Talcahuano y Santa Fe se detuvo como si un francotirador le hubiese disparado la idea entre ceja y ceja: «¿Y qué pasa si no vuelvo, si me quedo aquí para siempre?». Al principio la ocurrencia hizo que experimentara un sentimiento de horror profundo. No es posible que una persona, una madre que se respeta a sí misma, sea capaz de imaginarse una vida sin sus hijos, ¿correcto? El mierda de Eduardo podía irse a la reverenda concha de su madre y la puta que lo re mil parió porque era un cobarde, un pelotudo y un hijo de la chingada. ¿A quién carajos se le ocurre cogerse a la mejor amiga de su mujer y correr a confesarlo al día siguiente? ¿Es que ni siquiera fue capaz de tener un *affaire* normal como cualquier persona respetable? «Por mí que se vaya a la mierda para siempre. Pero ¿Violeta y Sebastián?». Marcela estaba parada en la esquina, estorbando el paso de la gente que a esa hora salía de las oficinas y los negocios del Microcentro para ir a algún bar o restaurante a almorzar y que no tenía tiempo que perder haciendo maniobras para esquivar a una forra extranjera que se había detenido justo en medio de la vereda como una pelotuda. El empellón de una vieja la hizo reaccionar. En efecto, parecía extranjera porque no se movía, no se vestía y ni siquiera hablaba como el resto de la gente de la ciudad. El remisero que la llevó el día anterior desde una de las oficinas donde estaba realizando un trámite relacionado con las propiedades que había dejado su madre hasta el portón del Pasaje de la Piedad le preguntó que cómo estaba todo en México, así nomás. ¡El taxista asumió que era mexicana! Y por supuesto que ella no iba a ponerse a darle explicaciones ni a contarle su vida a un taxista porteño, que son los más entrometidos y pesados del universo. Buenos Aires era, como ella acertó a definirlo en su español méxico-argentino apenas se despertó en medio del caos de la ciudad al día siguiente de su llegada, «un pinche quilombo», un lugar de una belleza oscura e intensa, como el viejo apartamento de su madre en el Pasaje de la Piedad, una joya arquitectónica oculta en el centro de la ciudad, una joya bella y maltratada.

Los porteños se las arreglaban para disfrazar el mal humor que les causaba la crisis económica endémica con una prestancia irónica de aristócratas pobres. Pero la energía de la ciudad le hacía sentirse inadecuada, como si su cuerpo no hablara el mismo idioma urbano de los otros cuerpos. ¡Qué complicado ajustarse al ritmo de una ciudad desconocida! Marcela recuerda que cuando llegó a México con sus padres en 1977 las cosas fueron mucho más fáciles. Tal vez esa facilidad estaba relacionada con su corta edad o con la buena disposición de los mexicanos hacia los extranjeros, sobre todo si eran exiliados. En el D. F. todos querían ser amigos suyos, la invitaban a sus fiestas, le preguntaban cosas sobre su pasado, sobre su país, sobre su vida. En Buenos Aires nadie tenía tiempo. «Pero paciencia, acabas de llegar. ¿Qué querés, que la gente te pare a mitad de la calle y te haga conversación? Esto no es Tandil». Por el resto del día Marcela se ocupó en cosas que la distrajeran y no le hicieran pensar en sus hijos. No había hablado con ellos en un par de días. El locutorio de la esquina era una tentación. Podía entrar y llamarlos antes de volver al apartamento, pero no lo hizo. Entró al supermercado Coto y compró un pote de dulce de leche, verduras, unas tortillas Bimbo (porque su estómago ya era mexicano), que en Argentina se llamaban «rapiditas», no tortillas, y una pechuga de pollo para la cena. Pensó en comprar una botella de vino, pero había tantas marcas que se enfadó antes de poder tomar una decisión y terminó no comprando nada. «Mejor así, necesito tener la cabeza clara». No había estado sola desde hacía muchos años y no era muy buena administrando las horas eternas de la soledad, cosa que le molestaba porque lo veía como una falla de su carácter. «Tal vez», pensó, «este viaje es una oportunidad para crecer y aprender a hacer cosas que nunca he hecho. En México siempre están Eduardo y los niños, siempre hay alguna invitación, siempre está Brenda. Brenda, carajo. No lo puedo creer, no lo puedo creer. Qué perra hija de puta. Qué pesadilla».

El ruido de la ciudad era tan intenso que por un instante a Marcela le pareció que estaba metida en un panal. México también era un lugar ruidoso, pero en su memoria no era así, tan agresivo. Supuso que esa concentración abrumadora de ruido y actividad frenética se debía a que estaba en el Microcentro, rodeada de edificios altos que atrapaban todos los sonidos, pero pronto se dio cuenta de que otras zonas de la ciudad eran, si no tan ruidosas, sí agitadas e intensas de una manera que también la abrumaba. Sin saber por qué, se dijo que si se quedaba en Buenos Aires podría aprender a vivir sola en el apartamento del Pasaje, podría adaptarse y aprender a llevar una vida nueva. La posibilidad de realizar ese cambio radical era algo que se planteaba en abstracto, con una gran dosis de negación, como si la decisión remota e imposible de tirar su pasado a la basura y empezar de nuevo en la Argentina no tuviese nada que ver con su vida en México, como si soñar con otra vida eliminara la existencia de sus hijos gracias a una magia nefasta. «En teoría», pensó, «puedo comenzar de nuevo». Su madre no era rica, no había sido rica, pero dejó, además del departamento de Buenos Aires, los departamentos de Tandil, el alquiler del campo de Rauch y todo el efectivo que encontró en la caja de seguridad del Banco Nación. Argentina era un país tan inestable que nadie en su sano juicio invertía en bonos y acciones como la gente de otros países. Todos los ahorros de aquellos que podían darse el lujo de ahorrar estaban en efectivo en cajas de seguridad o en cajas fuertes en las casas. La otra manera de protegerse de la inflación era invirtiendo en propiedades, y tanto su madre como su padre muerto habían sido eficientes con esa estrategia. Los alquileres de los tres departamentos de Tandil, en una de las torres del centro que administraba una inmobiliaria muy conocida de la ciudad, le habían permitido a su madre tener una vida muy cómoda en la Capital Federal.

Todo lo que pudiera meterse en la cabeza para no pensar en México, Marcela se lo metía: los rostros fascinantes de los porteños, las noticias de las porquerías del gobierno de Menem, el último escándalo de Maradona, los chismes de Susana Giménez y Moria Casán, todo, con tal de no pensar en México. Ya llevaba dos semanas en Buenos Aires y cada día que transcurría separada de su familia los extrañaba menos. Con Eduardo no quería cruzar ni media palabra, así que cuando marcaba el número de su casa en México lo hacía calculando la hora en que los niños volvían de la escuela, siempre antes de que él volviera del trabajo. «¿Cuándo vuelves, mamita? ¿Cuándo venís?» eran las preguntas que tanto

Violeta como Sebastián hacían cada vez con menor frecuencia. Sebastián lloraba mucho cuando hablaba con ella y Violeta últimamente ya no quería saludarla. Marcela, cuyo cerebro en esos días funcionaba con una lógica que solamente le convenía a ella, se sentía cada vez menos motivada para llamar. A la pregunta de «¿Qué pasa si no vuelvo?» le siguió otra pregunta tan terrible y perversa como la primera: «¿Qué pasa si no llamo por teléfono?». Sacó su calendario de la cartera y se fijó en el día que tenía marcado con un círculo rojo: la fecha en que Eduardo, de acuerdo con su confesión, se había acostado con Brenda. Una puta semana después de su viaje a Buenos Aires. En la única conversación que sostuvieron, la última de su vida, Brenda le confirmó que su traición había sucedido la segunda noche de su ausencia y no a la semana; ese dato empeoró las cosas: «El hijo de puta me llama para confesarme que se cogió a mi amiga, me llora, me pide perdón, me ruega que vuelva, sugiere que mi ausencia es la responsable de su infidelidad como si todo fuera mi culpa y encima de todo me miente con la fecha como si haberse cogido a mi amiga unos días después de que me fui y no de inmediato demostrara que es un caballero considerado que esperó una semana antes de cometer su puta traición. ¿Por qué mejor no se calló el hocico? Esos son los peores maridos, los que te confiesan las infidelidades para lavarse la conciencia y en el proceso te hacen mierda, te destruyen. Y yo soy una pelotuda, una tarada que tendría que haberle dicho que yo también me cogí a alguien casi al mismo tiempo que él se acostó con Brenda, pero no lo hice porque quiero que se repudra en su culpa». Estaba agotada de pensar lo mismo.

Al día siguiente se detuvo en un estudio de abogados de la calle Viamonte. Caminaba por el barrio de los Tribunales y eso era lo que más había en la zona: estudios jurídicos. En la recepción de la oficina pidió una consulta para hablar de un caso de divorcio y custodia, y la secretaria le dio una cita para la mañana siguiente con un hombre que se apellidaba Lombardi. Al otro día, Marcela se levantó y, como no tenía ganas de prepararse el desayuno, se fue caminando hasta el café Libertad de la esquina de Libertad y Santa Fe, donde se tomó un jugo de naranja chico que era una porquería a pesar de que le dijeron que era fresco, un cortado en jarrito y una media luna salada. Extrañaba los desayunos mexicanos más que a sus hijos. «Soy una perra», pensó. «Una pinche perra». Pagó. Se levantó y caminó hasta Tribunales.

Lombardi era rubio, bizco y tenía una serie de estrategias que empleaba con mediano éxito para disimular el problema de sus ojos. El abogado la hizo entrar a su despacho, le ofreció un café que ella declinó y Marcela explicó su situación lo mejor que pudo.

—Y la cosa está muy complicada, señora. ¿Usted me dice que también es mexicana?

—Soy mexicana por naturalización, pero argentina de nacimiento. Justo ahora estoy con el trámite de revalidar mi DNI.

—Ah, por el acento asumí que era mexicana.

—Sí. Usted y todos los pinches taxistas porteños.

—¿Perdón?

—No, nada. Pero, bueno, dígame qué tan complicado está el asunto porque necesito tomar una serie de decisiones importantes que tienen que ver con mis hijos y mi futuro en Buenos Aires. Mi marido no me importa.

—Y, bueno, mire, señora, si usted insiste en quedarse acá lo que puede llegar a pasar es que su esposo le ponga una demanda por abandono del hogar familiar en Ciudad de México, que es donde usted me dijo que vive o vivía. Ahora, yo no conozco las leyes mexicanas, pero supongo que, si este recurso jurídico existe allá, es posible que el abogado de su marido haga uso del mismo en cuanto la ley se lo permita, eso siempre y cuando él decida adelantarse y pedir la custodia de los chicos, ¿comprende? Una vez que esa demanda proceda, a usted se le complica todo simple y sencillamente por estar en el exterior. No quiero ser pesimista y decirle que no hay una solución que la favorezca, pero me parece que las autoridades mexicanas van a tener más simpatía por el padre mexicano que se quedó a cargo de los hijos que por la madre extranjera que se fue al exterior y los dejó en México, ¿comprende? Perdón que le diga esto, señora. No la acuso de nada, simplemente le señalo lo que puede pasar.

Marcela nunca supuso que tenía la más mínima posibilidad de llevarse a sus hijos con ella a la Argentina, pero quería que alguien con algún tipo de conocimiento legal o autoridad le confirmara que, de no volver de inmediato a su país (¿su país? ¿Cuál de esos dos países era el suyo?) a parchar la relación con Eduardo, lo más probable era que los perdiera para siempre. Se retiró de la oficina del abogado y caminó hasta la avenida Corrientes, donde dio vuelta a la derecha. Subió luego por Montevideo y se perdió entre las calles aledañas al Congreso. Caminó por casi dos horas sin rumbo fijo y en algún momento se descubrió sentada en una pequeña plaza de Montserrat. Un cartonero pasó con su hijo harapiento, los ojos del chico exploraron con curiosidad los de Marcela. «¿Y qué pasa si no hago nada?», se preguntó mientras la ciudad parecía devorarla como si su cuerpo estuviera hecho de una luz muy débil que se desvanecía y se ahogaba en el brillo plomizo de la tarde. «¿Qué pasa si no hago absolutamente nada?».

EPÍLOGO

La vida surge de una rebelión de lo inorgánico, de un salto trágico de la materia inerte: la vida es materia animada y, es justo reconocerlo, corrompida por el dolor.

E. M. Cioran

Aquí estaré con mi amor a solas como recuerdo del porvenir por los siglos de los siglos.

Elena Garro

1

Autopista Fv862, Store Sommarøya, 2018

Aquellos que no tuvimos hijos nos preguntamos si los padres de un recién nacido son capaces de leer en sus ojos algo que revele alguna pista sobre su futuro. Es posible que los padres pobres de un bebé imaginen, al ver las manos diminutas de ese cuerpo frágil, el futuro delirante de una maestra o un cirujano. O los padres que son dueños de un negocio vean al futuro propietario de todo lo que ellos han creado a partir de un sueño y largos años de trabajo. ¿Qué cosa oscura o triste vieron en los ojos de su hijo de dos días de nacido los padres de Charles Baudelaire? ¿Qué cosa terrible o violenta percibieron en el gesto de sus hijos los padres de Rodrigo Duterte o Bashar al-Assad? Aquellos que tuvieron la suerte de que sus hijos se convirtieran en una gran poeta como Sor Juana o Audre Lorde, o en un atleta como Muhammad Ali o Simone Biles, o aquellos que trajeron al mundo a seres despreciables como Videla o Trump, ¿qué futuro glorioso o aterrador vieron en los ojos de esos niños indefensos cuyos pañales estaban repletos de mierda?

Demasiado optimismo en la especie humana. Demasiado optimismo injustificado. Ahora resulta que algunos de los asesinos más brutales de la historia tuvieron una infancia feliz, llena de cuidados amorosos. ¿Sería más fácil de digerir que podamos responsabilizar por una vida dominada por la crueldad y la prepotencia a un padre ausente y a una madre inepta? ¿Por qué tenemos que explicar el mal en función de la infancia? No concebimos que el bien y el mal existan en estado puro; necesitamos la explicación, la excusa. Nos repetimos que el mundo está regido por la lógica: un padre cruel o inexistente, una madre demasiado joven o sin el apropiado instinto materno, sumados a equis número de circunstancias y multiplicados por los vicios de la sociedad, nos tienen que dar siempre un asesino en serie o su opuesto, un sacerdote franciscano o una perversión: el cura pederasta. Un padre alcohólico que golpea a sus hijos y una madre amorosa pero débil y oprimida nos tiene que dar un hijo que crece para convertirse en otro marido golpeador o en un ciudadano ejemplo de rectitud, un ingeniero abstemio y exitoso, una novelista que gana el Premio Alfaguara o el Pulitzer. ¿Qué sucede cuando un premio Nobel de Física le deja a la humanidad una hija que es empleada menor de una compañía mediocre, o un mesero que trabaja el turno de la noche en Denny's? No hay una narrativa gloriosa y lógica que podamos anticipar en la infancia porque nuestro futuro siempre es impredecible. No hay orden ni predeterminación porque no hay destino: hay caos y voluntad individual.

Eduardo jamás se imaginó que su vida fuera a escaparse de su esfera de control. Como las de la mayoría de los hombres, sus ambiciones eran concretas y limitadas; quería algo sólido y palpable: una vida exitosa pero pequeña, dinero en el bolsillo y en el banco, los accesorios normales de una vida buena, una mujer guapa y satisfecha y niños sanos. Eduardo supuso que, si lograba conseguir eso, todo estaría «bien» y disfrutaría una Navidad feliz, la vacación a alguna Disneylandia del mundo y la casa y el auto pagados, hasta que un día se despertó solo en su cama. Su mujer había encontrado refugio en un país que estaba al otro extremo del continente, su hijo no le dirigía la palabra y la hija que lo odiaba se había marchado para siempre, porque todo en la vida es tangible y para siempre hasta que te das cuenta, y ese momento siempre llega, de que en realidad todo es efímero e inasible.

Mientras manejaba con cautela el Kia en la autopista Fv862 en dirección a Sommarøy, Eduardo se acordó de que tiempo atrás encontró en una caja las fotografías de la primera infancia de Violeta y Sebastián; una de esas fotos le recordó que, cuando Violeta era una beba de horas de nacida y la tenía en sus brazos, con la voz quebrada por la emoción le dijo a Marcela algo así como «Esta niña hermosa nos va a dar las alegrías más grandes de nuestra vida y siempre va a estar con nosotros. Un día la voy a entregar en la iglesia. Un día vamos a tener un hijo suyo en los brazos. Un día, cuando yo ya no esté, ella va a estar siempre contigo». «Pues qué plan más culero», le dijo Violeta cuando ella tenía diecisiete años y él tuvo la ocurrencia de contarle esa anécdota. «No me vas a entregar a nadie porque no soy tu propiedad y porque ni loca me casaría en la iglesia. Hazme favor, qué ideas más medievales». Así era Violeta.

Eduardo pensó otra vez que la felicidad absoluta tendría que incluir la concentración de todas las cosas y los seres queridos en un espacio palpable, reducido, bendecido con la cercanía física. Nadie que abandona a su familia puede ser feliz. Irse es condenarse a la infelicidad. Nunca se lo dijo a Marcela, pero cuando ella le contó lo que sabía sobre Amar Fargani y su madre, Eduardo pensó que todos los traumas de su esposa tenían que estar relacionados con ese acto impulsivo de su suegra, por mucho que gracias a aquel acto Marcela había nacido. Entendía también que jamás habría tenido la oportunidad de conocer a su esposa si ella y su familia no hubieran dejado la Argentina para evitar que en algún momento los militares o la policía se llevaran a Gabriel y a Isabel, acusándolos de subversivos simplemente porque Gabriel era profesor, y por ello esa salida de su país natal le parecía justificada. Lo que él no entendía ni aceptaba era que alguien dejase todo atrás para irse sin una razón válida. Ahí está el resultado de esta locura: millones y millones de inmigrantes sufriendo en todo el mundo. Millones de indocumentados mexicanos viviendo vidas miserables en los Estados Unidos, trabajando como esclavos en un país donde se les considera subhumanos, sufriendo discriminación y pobreza, sin una posibilidad real de integrarse a la vida de los americanos porque no hablan inglés y no salen de sus barrios. Se van y no pueden volver. Se van y quedan atrapados en el infierno de la ilegalidad. «Jamás debí haberle permitido a Violeta que se fuera a estudiar al extranjero. Menos mal que Sebastián nunca tuvo la idea peregrina de irse. Menos mal que él sí apostó por nuestro país, como todos estos noruegos que viven en esta isla, lejana y remota para el resto del mundo, pero que para ellos es su casa, su espacio propio y legítimo en el universo».

Conducía rumbo a Sommarøy sin saber que la noche anterior en la Ciudad de México Antonio le había entregado a Sebastián la copia fotostática de un viejo documento. Era el informe preliminar del doctor Gonzalo Fuentes Romero, del Servicio Médico Forense del municipio de Ecatepec, Estado de México, donde establecía que «el cuerpo sujeto a examen el 27 de mayo del año en curso, 1998, es el de una mujer de tez blanca, sin señas particulares, de aproximadamente veinticinco años de edad. El cuerpo de la occisa presenta marcas de constricción del cuello y anoxia encefálica causadas por mano, así como traumatismo en la parte trasera posterior de la cabeza generados por el impacto de un objeto pesado». Sebastián continuó leyendo y se enteró de que veinte años atrás el doctor Fuentes Romero, una vez que procedió al examen de los órganos internos de Brenda, descubrió evidencia de un embarazo de aproximadamente diez semanas. Eduardo nunca supo que después de una conversación intensa con Antonio, quien sentía que la obligación de su pareja era comunicarle la existencia de ese documento a su hermana, Sebastián cogió la copia fotostática, la rompió en pedazos y la tiró al bote de la basura con el firme propósito de no volver a hablar nunca más de ese asunto. «Eduardo se va a morir muy pronto. Ya tiene su castigo. Si debe algo, que lo pague en el infierno», le dijo a Antonio tras cerrar la tapa del bote, y se fue a la cama a dormir.

2

Sommarøy, 2018

Todo era verde. La casa era de un color verde pistache y estaba al lado de una colina cubierta por un verde profundo e intenso. El pasto y los arbustos que rodeaban la casa eran de un verde brillante y al fondo, del otro lado de las aguas del mar, se veían las montañas verde esmeralda de otra isla. «Este verde debe ser el resultado de veinticuatro horas de sol», se dijo Eduardo. La casa era pequeña y sencilla, era la última de ese camino asfaltado; donde terminaba la calle sin banquetas comenzaba la casa, y donde terminaba el terreno de la casa comenzaba el mar Ártico. Parecía la última casa construida al final del último camino del último poblado del mundo, pero no tenía la apariencia de una casa triste. Parecía el refugio perfecto para alguien que se recupera de un mal terrible, de una tragedia atroz. Era un lugar al que uno va a aprender de nuevo a estar vivo.

Eduardo estaba estacionado a unos cuarenta metros de distancia de la pequeña cerca de madera pintada de color blanco que separaba la casa de la calle y la rodeaba. La cerca era un poco absurda, pero él supuso que tendría una función; tal vez mantener a los animales salvajes de la isla fuera de la propiedad. ¿Alces? ¿Renos? ¿Lobos? La noche anterior cenó reno ártico en un restaurante de Tromsø. Todos en la zona lo comían y no tuvo reparo alguno al disfrutarlo, aunque la misma noción de disfrutar algo ahora le resultaba un poco chocante. ¿Disfrutó el trayecto del hotel hasta ese lugar? Fue un viaje corto: setenta y cinco minutos de viaje, manejando a una velocidad moderada, para recorrer los casi sesenta kilómetros desde el hotel hasta la casa de Violeta. Es difícil saber si Eduardo se dio cuenta de lo extraordinario del paisaje o si se sorprendió al descubrir que no estaba recorriendo un lugar deshabitado. Era posible que la isla de Store Sommarøya fuera una de las islas más remotas del mundo, pero no era un lugar desolado. La autopista Fv862 estaba bordeada por casas y establecimientos comerciales. Había secciones con un carril especial para bicicletas y de vez en cuando alguien pedaleaba por él. Era un lugar remoto pero afluente y vibrante, lleno de vida. La autopista abrazaba la isla, y desde ella la visión de esa región del planeta era de una belleza casi insoportable.

Las montañas nevadas, los fiordos, el verde intacto de esa vegetación nórdica que Eduardo veía por primera vez, eran como un mensaje que quizá llegaba demasiado tarde. No resultaba difícil imaginar ese lugar como el dominio centenario de los vikingos y sus dioses. Pero es imposible saber si Eduardo podía pensar en nada de eso, porque el corazón le temblaba con el frío miedo del rechazo. Si Sebastián puso sobre aviso a su hermana de la llegada de Eduardo, era posible que ella ya no estuviera en la isla. Todo era posible con Violeta. Se la imaginó subiendo a un avión rumbo a Oslo el día anterior a su llegada para evitarlo por completo. Pero también era posible que Sebastián hubiese decidido no contarle nada y que hubiera continuado su vida con la actitud que lo había mantenido mentalmente sano desde que tuvo que inventarse una estrategia para sobrevivir: dejar ser, dejar pasar. Antes de comprar su boleto, Eduardo todavía le envió un texto a su hijo invitándolo a realizar ese viaje con él. En otras circunstancias, la invitación habría sido irresistible, pero Sebastián respondió dándole las gracias y alegando que estaba muy ocupado en el trabajo. Eduardo entendió que su hijo no quería estar con él más de lo absolutamente necesario y que un viaje con él a otro país, así fuese a ver a su hermana, era inconcebible.

Habían pasado más de veinte minutos desde que Eduardo detuvo el Kia en la calle Prestvikvegen. Lo único que tenía que hacer ahora era salir del coche y caminar hasta donde comenzaba el terreno de la propiedad, abrir la puerta de la cerca blanca, acercarse a la casa y tocar el timbre. Una vez que tomó la decisión de ir a buscar a su hija, encontró relativamente fácil llegar hasta esa orilla del mundo. Lo verdaderamente difícil ahora era recorrer esos cuarenta metros, los últimos de su viaje, llegar a esa puerta y enfrentar a Violeta. La puerta era ahora la frontera. La última frontera.

La carta que Violeta le dejó con Sebastián en agosto del 2016 lo desconcertó porque nunca sospechó que su hija fuera capaz de sentirse de esa manera. («Me voy a San Francisco, entre otras razones, porque los hombres de este país me han fallado, me han traicionado y me han herido»). Desde que ella entró a la pubertad, Eduardo pensó en su hija como una persona con un carácter difícil, pero no imaginaba que tanta amargura tuviese cupo en la mente y el corazón de una mujer joven a la que él siempre quiso y protegió de una manera que él consideraba irreprochable. («Entender no es perdonar. También puedo entenderte a ti y tratar de imaginar qué cosa te llevó a ser una persona torpe y egoísta que siempre buscó la aprobación, la admiración y el respeto de todas las personas que te rodeaban, menos el de tus hijos y, cuando la tuviste, el de tu esposa»).

La carta estaba guardada en el hotel. En su momento la leyó hasta casi memorizarla, pero hacía muchos meses que no la sacaba de su sobre. La metió a su maleta más como un recordatorio de todo lo que su hija sentía y pensaba, pero no quiso traerla consigo hasta esta isla en la orilla del mundo, donde su hija vivía como si el resto del planeta estuviese sufriendo una infección masiva o una invasión zombi y ella hubiese decidido enclaustrarse en la isla más remota para ponerse a salvo del apocalipsis. («Lo único que te pido es que me dejes vivir mi vida sin interferir. Quizá más adelante yo te busque, pero por ahora sólo te pido que respetes mi decisión y mi soledad»). A eso olía esa acción radical de su hija: a escape realizado con urgencia, a alejamiento ofuscado de todo lo familiar y cercano. También olía a venganza, pero esa idea era algo que él no podía considerar porque quería ser justo con Violeta. Eduardo hizo un esfuerzo consciente para no pensar nada negativo sobre ella desde que salió de México rumbo a Europa.

Cuando Violeta se fue, él estuvo enojado durante mucho tiempo y optó por seguir el consejo de uno de sus amigos, que le dijo que él no tenía por qué estar mendigando el cariño de sus hijos y que, si ellos no querían tener nada que ver con él, pues que los dejara que vivieran sus vidas. («Sebastián ya me dijo que, si hay necesidad de comunicar algo importante, él se puede hacer cargo de eso, pero no me ates a ti con chantajes ni con culpa. Te quiero, pero no te puedo perdonar muchas de las cosas que me han lastimado. Espero poder hacerlo algún día»). A final de cuentas, él ya había cumplido su parte como padre y era mejor que aceptara que le habían tocado unos hijos malagradecidos. Hasta a Eduardo, que le daba demasiada importancia a lo que sus amigos le decían, le pareció imposible aceptar ese consejo como una posible solución a la ausencia emocional y física de Violeta y Sebastián. Eduardo sabía que ambos tenían razones muy válidas para no quererlo y respetarlo, pero nunca iba a reconocerlo en público ni discutirlo de esa manera con sus amigos más cercanos. («Puedo entender que hayas tenido un desliz con Brenda cuando mamá se tuvo que ir a Buenos Aires porque, bueno, todos los humanos somos imperfectos. Pero me doy cuenta de que, si no me voy ahora, pasaré el resto de mi vida entendiendo a los demás y justificándolos»). Cuando alguien decide que ya no nos quiere más y se aleja de nosotros, el dolor por esa distancia nueva es parecido al de la ausencia producida por la muerte. Al principio duele el silencio en los espacios compartidos; cuesta mucho que los ojos se acostumbren al vacío, que los oídos se resignen a no escuchar nunca más el sonido de la voz de una persona querida y que el olfato deje de percibir un olor que ya no está. Pero Eduardo no pensaba en sus hijos como si estuviesen muertos; lo que le dolía era pensar que él era el muerto, el padre al que sus hijos habían tenido que matar por necesidad, para poder vivir libres de su presencia, libres de todos los dolores que les trajo haber crecido bajo su sombra.

Ahora Violeta estaba al otro lado de esa cerca blanca, protegida por la cerca diminuta y los muros de la casa verde. Protegida por algo desconocido que a Eduardo le impedía bajarse del auto y tocar la puerta. Todo aquello que pensó mientras manejaba, mientras esperaba en el auto, y que podría servirle para explicar lo inexplicable; todo aquello que se había imaginado que iba a decirle a su hija desapareció de su mente. Eduardo se sintió más huérfano que nunca. «Estoy cometiendo un error», pensó al recordar de nuevo que la carta de Violeta había sido muy clara. Su primer impulso al leerla fue enojarse y pensar que era mejor que las cosas terminaran así, que era preferible morir con la dignidad y el orgullo intactos antes de pedir perdón. Pero no pudo y ahora estaba aquí, sentado en un auto en el extremo de una isla remota, con miedo. Jamás en su vida se sintió más huérfano, más extranjero. Para no llorar cerró los ojos.

3

Eduardo se quedó profundamente dormido, porque su cuerpo había llegado a un punto en que no podía resistir más tiempo sin un poco de descanso. El cuerpo sabe más de lo que nos imaginamos, pero uno se acostumbra a no prestarle atención. El día en esa isla diminuta del Círculo Polar Ártico no podía ser más perfecto. El sonido de las olas que llegaban a la costa, a escasos treinta metros de distancia de donde él estaba estacionado, tal vez era el responsable de que su sueño fuera tan profundo. Era un arrullo materno. La canción de cuna del mar. La canción de la madre, la original, la primera madre, la última. El sol del mediodía era más brillante que el de la medianoche y esa luz lo despertó.

Comprendió que no podía posponer más el encuentro. Salió del auto y, por instinto, le puso el seguro a la puerta sin darse cuenta de lo absurdo del gesto, se pasó las manos por el cabello y se puso en marcha para recorrer los últimos metros que lo separaban de la casa verde. Caminó con cautela de forastero. Abrió la puerta de madera de la cerca blanca y pisó las baldosas rectangulares que marcaban la vereda que iba a la puerta de la casa. En el jardín, del lado derecho del camino de baldosas, había una mesa con sillas blancas de plástico; al aproximarse a la casa Eduardo observó que en la terraza a la que conducían los tres escalones que llevaban a la entrada principal había unos muebles de plástico iguales a los que estaban sobre el pasto: sillas blancas y una mesa para comer afuera en días perfectos como ese. Tal vez Violeta le prepararía una taza de té y lo invitaría a sentarse con ella en esa mesa a platicar como no lo habían hecho en años. Eduardo subió los escalones y se acercó a la puerta. Temblaba. Recordó una vez más la carta de Violeta. Respiró hondo y llamó a la puerta.

4

Nadie respondió. Eduardo volvió a tocar, esta vez con más fuerza. No había nadie. Muy a su pesar, respiró aliviado y dio la vuelta para bajar de la terraza hacia el jardín y volver de nuevo al coche. Por un instante consideró que tendría que llamar a Sebastián y pedirle que, por favor, verificase la información que le había dado. ¿No sería absurdo que, después de haber recorrido medio planeta para buscar a su hija, estuviese llamando a la puerta de la casa equivocada?

Desde hacía más de media hora Eduardo tenía ganas de orinar, pero no se dio cuenta cabal hasta ese momento. «Qué bueno», pensó, «que Violeta no está en su casa». Qué papelón habría hecho si su hija le hubiera abierto la puerta y lo primero que él le hubiera dicho fuese que necesitaba usar su baño. «Hola, Vio. Soy yo, la última persona que quieres ver en el mundo. ¿Me permites usar tu baño?». Volvió al auto, sacó un paquetito de toallas húmedas desechables y recorrió los treinta metros que lo separaban de la costa para buscar un lugar donde orinar. Al lado de unos árboles pequeños que estaban del lado derecho del camino había una vereda que lo condujo a una pequeña playa rocosa. Buscó un lugar que no pudiera verse desde la calle y orinó al lado de un arbusto. Cuando terminó, sacó una de las toallas húmedas y se limpió las manos. Sacó otra y se la pasó por la cara. Se sentía muy débil y se sentó sobre un tronco seco. Supo que esa fatiga crónica se debía a la combinación de los medicamentos que estaba tomando y la falta de sueño. Nunca en su vida se sintió tan frágil como en ese momento, y supo que el fin estaba mucho más cerca de lo que él había imaginado. Era cosa de meses. No sabía cuántos, pero sí que era cosa de unos pocos meses.

Violeta escogió el rincón más distante del mundo para refugiarse. Eduardo todavía no sabía de qué quería protegerse y tampoco si ese nuevo hogar sería para siempre. Lo que sí supo en ese instante fue que la isla de Store Sommarøya quizá fuera el único lugar del mundo en donde alguien como Violeta podía encontrar lo que venía buscando desde hacía muchos años. Esa certeza le hizo sentirse menos culpable, como si todos sus errores hubieran hecho posible que ella estuviera aquí. Eso no quería decir que Violeta tuviera que sentirse agradecida con él ni mucho menos; sólo significaba que la vida es terriblemente compleja, y que muchas cosas buenas y malas tienen que pasar para que una persona llegue a donde tiene que llegar y encuentre lo que tiene que encontrar.

Empezaba a sonreír, pensando que una pequeña epifanía le había sucedido en ese momento, después de haber orinado junto al mar noruego, sentado en un tronco como se tienen que sentar los viejos, cuando escuchó el sonido universal de las llantas de un vehículo en un camino de tierra. Volteó en dirección a la calle que llevaba a la casa verde y se dio cuenta de que un auto rojo acababa de pasar al lado de donde él había estacionado el Kia. Se incorporó y con pasos lentos, emprendió el regreso a la calle Prestvikvegen. Cuando llegó a donde estaba su auto, vio a la distancia que del coche rojo recién estacionado salía Violeta. Tenía el pelo largo. No estaba vestida de negro, como él la recordaba cada vez que pensaba en ella. Tenía puestos unos pantalones grises ajustados y un suéter azul de lana. Ella todavía no lo había visto y tampoco lo vio cuando se dirigió a la parte trasera del coche rojo y abrió la cajuela. Violeta sacó dos bolsas del mandado que quizá contuvieran los alimentos de la semana, el pan, la leche, las verduras y los huevos. Tampoco se dio cuenta de su presencia cuando dejó a un lado del auto, cerca de la pequeña puerta de madera de la entrada, las dos bolsas de lona del súper. Violeta abrió la puerta trasera del lado derecho del auto y se inclinó para meter la mitad del cuerpo en el coche. Desapareció por un instante. Eduardo supuso que buscaba algo que tal vez se le había caído en el asiento trasero o en el piso del coche, un llavero, un lápiz o el teléfono celular. Cuando Violeta volvió a aparecer del otro lado del auto, tenía un bebé en los brazos.

Eduardo ve a su hija con el bebé y comienza a llorar sin poder contenerse. Violeta lo escucha o percibe que algo inusual sucede a sus espaldas y voltea para descubrir a un hombre que llora a media cuadra de distancia. No conoce ese auto y tampoco puede identificar de inmediato a esa persona mayor, canosa y delgada que llora con las manos sobre su cara. Piensa que tal vez se trata de un viejo perdido que necesita ayuda. El bebé abre los ojos como si alguien hubiese pronunciado su nombre. Es un niño de aproximadamente seis meses de edad. Tiene el pelo rizado, del mismo color castaño oscuro de su bisabuelo africano y de su abuela argentina, y su piel es blanca. Sus ojos son muy negros, como los de su madre y como los ojos de la abuela mexicana que nunca podrá conocer. Violeta camina en dirección del hombre, que en ese momento la encara con el llanto de quien está a punto de perderlo todo y no puede hacer nada para evitar la pérdida.

Violeta reconoce a Eduardo y se detiene en seco. Toma al bebé con ambas manos, avanza hacia él y, al tiempo que le entrega a su hijo, lo mira a los ojos. Con una sonrisa luminosa, dice:

—Se llama Anders.

Oakland, mayo de 2019

POST SCRÍPTUM Y AGRADECIMIENTOS

En algún momento del otoño del 2017 se me ocurrió que quería contar la historia de una chica mexicana que no quería seguir viviendo en México. Esta joven terminaría dejando el país obligada por circunstancias que en aquel entonces yo desconocía, pero que estaban directamente vinculadas a la violencia que las mexicanas sufren en las calles de pueblos y ciudades de ese país. Nací en México, pero tengo treinta y cuatro años viviendo en el extranjero, diez más de los que viví en México. Sé que quienes nos vamos lo hacemos por razones tan variadas como nuestras historias individuales. Violeta, que en aquel entonces no tenía este nombre, se iría para nunca volver, como millones de mexicanos que estamos desperdigados por el mundo. Unos meses después de que Violeta entrara a mi imaginación, una amiga mía sufrió en Oaxaca el ataque real que inspiró el ataque ficticio que Violeta sufrió en la Ciudad de México. Ese atroz incidente me dio una de las razones de su partida, pero no me dio el destino ni la historia de esta chica a quien todavía no lograba conocer.

Un año antes de Violeta, en el 2016, fui a Dinamarca invitado a participar en uno de los congresos más decepcionantes a los que he asistido en mi vida. He estado los suficientes años en la academia y en el mundo de la literatura para saber que con frecuencia los encuentros de académicos y escritores son excusas para ensanchar el grueso de los *curriculum vitae* o pasearse por el mundo a costas del presupuesto de instituciones educativas o culturales, presupuesto con frecuencia proveniente del «dinero del pueblo». Más allá de la experiencia desagradable de aquel congreso, mi viaje a Copenhague (costeada por mi universidad y no por los daneses) me ofreció la oportunidad de ver de cerca cómo vive la gente en una región de Europa que nunca había visitado. Supe que mi curiosidad era hermana menor de aquella que los europeos sintieron por los pueblos y las naciones de África, Asia o América Latina desde que tuvieron la desafortunada idea de recorrer esas partes del mundo en busca de mercancías, feligreses y aventuras. Me dije, como ellos se lo dijeron siglos atrás, que esos nativos (daneses los míos, pero tan exóticos a mis ojos como los nativos del tercer mundo a los de ellos) eran fascinantes: hablaban idiomas incomprensibles, su apariencia física era novedosa, su cultura culinaria peculiar, sus hábitos urbanos curiosos y sus usos sociales extraños.

Una vez más, con el apoyo de mi universidad, decidí volver a Escandinavia en el verano del 2018 para examinar de cerca algo que me suscitó una gran curiosidad: el consenso occidental sobre esa región del mundo que la describía como la más feliz del universo conocido. Especulé que al concluir el viaje podría escribir mi novela del descubrimiento de esos nativos amantes de la bicicleta, prósperos y felices. Puesto que ya había estado en Dinamarca, exploré Finlandia, Suecia y Noruega. No tuve tiempo para visitar Islandia. Llegué a Oslo sin saber qué buscaba, porque cualesquiera que haya sido el objeto de ese viaje, era algo indefinible, desconocido, que no logré identificar hasta que llegué a Tromsø, la ciudad del Círculo Polar Ártico que me dio la clave de una novela, no la del descubrimiento del norte del mundo, sino la de la historia de Violeta.

El Círculo Polar, Tromsø en particular, es un lugar remoto de belleza imposible que era lo opuesto de las ciudades donde yo he vivido toda mi vida: la de México, Morelia, Berkeley, Oakland, San Francisco, Buenos Aires, y la más pequeña de todas, Tandil. Aquel extremo frío y alejado del mundo era el lugar perfecto para que alguien que necesita encontrar el refugio más lejano lo eligiera como destino final, como promesa de algo nuevo, seguro y alejado del trauma del pasado. Supongo que Violeta no llegó a Tromsø buscando la dichosa felicidad escandinava sino algo mucho más complejo que le permitiera entender el caos, las posibilidades de la historia que tenía la necesidad de contar en sus propios libros. No lo sé porque yo no soy Violeta. Sé en cambio que uno aprende mucho de los personajes que inventa. De ella aprendí algo muy importante sobre la dignidad de la mujer mexicana, sobre todo la mujer mexicana de su generación que está harta y ha dicho basta.

No he querido escribir una novela feminista ni «apropiarme» de ninguna historia. Esta es una investigación novelada. Un intento más de comprender por qué nos empeñamos en seguir adelante a pesar de las claras señales que nos da el planeta para indicarnos que es hora de parar, de poner un freno, de descontinuarnos. He dedicado esta novela a mi hijo porque no hay nada más importante para mí en el universo. Este amor desmedido, ciego e irracional que tengo por él, también explica el desastre que hemos causado. Comencé esta novela antinatalista cuando mi hijo tenía once años. Me he dicho que si Trump hubiese sido presidente cuando mi esposa y yo decidimos que ya era hora de tener un hijo y tuvimos la fortuna de lograrlo, es muy posible que no lo hubiéramos tenido, pero esta especulación no tiene nada que ver con la realidad de Emilio en el universo. No estoy seguro de que esto que acabo de escribir sea cierto. Una novela antinatalista que termina con un bebé en brazos de la protagonista puede ser calificada como un fraude. El fraude, creo ahora que he terminado la novela, hubiese sido imponer el orden de un razonamiento lógico (por ejemplo, sostener que una persona consecuente con una filosofía de vida debe cumplir de manera puntillosa todo aquello que sus convicciones le exigen que cumpla) por encima de algo desorganizado, complejo y lleno de contradicciones como la realidad de nuestras pequeñas vidas humanas. La lógica de una novela puede o no ser parecida a la lógica imperfecta e incierta de la vida (tiene y no tiene propósito; tiene y no tiene destino) y es posible que por estas razones en ninguna de mis cinco novelas el final de cada trama sea definitivo.

Debo agradecer en dos idiomas a quienes me ayudaron con este proyecto. Gracias a Bettina, por ser ella y dejarme ser yo. Gracias a mis editores, Carmina Rufrancos y Gabriel Sandoval, quienes escucharon la idea de la novela y ofrecieron su apoyo irrestricto; a mi editor, José Eduardo Latapí, por su paciencia y su ojo crítico. Gracias a los amigos que conocí y reencontré en mis viajes por la península escandinava: Nancy Roddison, Stephan Mendel, Antti Tuomainen, y Margit Lein. Sus recomendaciones, sabiduría, consejos, asesoría, ayuda con datos y sobre todo su gentileza hicieron posibles esta novela.

I must also acknowledge the support of my academic home, California College of the Arts, and my provost, Tammy Rae Carland, who offered the financial backing that allowed me to spend part of my sabbatical leave in Europe. I was able to travel to Scandinavia (and later on to Transilvanya for a Dracula symposium) on several occasions, and more importantly, I was able to finish the book before the end of my leave.

Many pages of this novel would have been impossible to write without the kind support of friends who gave me advice, provided me with valuable information, sent me photographs and answered many questions about the places where they live: Nancy Roddison, from Tromsø, who left England, looking for something, much like Violeta did, and found in the north of Norway the unexpected. She gave me a restaurant's name, shared with my snippets of her own story, photographs taken from the heights of a mountain, and a destination where I found a home and a door for Violeta. Thanks to my *bror*, the writer Stephan Mendel, from Södermalm, Stockholm, who gave me his friendship, his wisdom, his novel, and many details about life in Sweden (what was the name of the old stadium where Hammerby used to play back in the nineties?) that I would have found impossible to access without his generous help, he also showed me streets of his city and a view of the Baltic Sea I would not have seen without him. Gracias to my friend, the king of Helsinki noir, the novelist Antti Tuomainen, who in just a few hours of pleasant conversation that included a walk in the center of Helsinki, was able to reveal to me insider's information about his city and the history of Finland, in particular its relationship to Russia. Some of this knowledge managed to make it into this novel. Professor and philosopher Roe Fremstedal, from the Norwegian University of Science and Technology, shared with me some of his essays on the work of Tromsø's philosopher and mountaineer Peter Wessel Zapffe, a profound influence on this novel. Margit Lein, whom I met at the Nordnorsk Kuntsmuseum (Northern Norwegian Museum of Art) shared with me personal anecdotes of Peter Zapffe, who was a friend of her parents and used to come regularly to her house when she was little for dinner and drinks. She recalls him as a very funny person, full of life and stories, and remembers how he would sit on her chair and pretend that he did not have to give it back to her. She was a very young child, but the memory of the pessimistic philosopher with a remarkable *joie de vivre*, was still fresh in her mind. Margit is also responsible for directing me to the work of Tromsø's artist and novelist Sara Fabricius who used the *nom de plume* Cora Sandel as a novelist. Sandel is the author of *Alberta & Jacob*, the novel young Anders receives from Rolf's mother's hands. My advice to young writers: always talk to strangers. Thanks to all of them for their kindness and generosity.

Finalmente quiero reconocer la influencia de los autores y las obras que son la columna vertebral de esta novela: Thomas Ligotti, narrador y ensayista norteamericano, autor de *The conspiracy against the human race: a contrivance of horror*, un ensayo demoledor sobre el antinatalismo y horror de la vida contemporánea que me introdujo a la obra de Zapffe. David Benatar, autor sudafricano de *Better never to have been: the harm of coming into existence*, otra obra fundamental del antinatalismo. Y *last but not least*, el filósofo argentino Julio Cabrera, quien escribió mucho antes que Benatar un libro importantísimo para entender los antecedentes y la postura antinatalista de los filósofos del principio de este milenio: *Crítica de la moral afirmativa: una reflexión sobre nacimiento, muerte y valor de la vida*. Cabrera es quizá el más sofisticado de estos autores y es el creador de una obra compleja que va mucho más allá de los márgenes limitados del pesimismo y el fin de los tiempos.

Oakland, California, mayo del 2020. En confinamiento.

ÍNDICE